주석으로 쉽게 읽는
고정욱 삼국지 8

일러두기

1. 《고정욱 삼국지》는 기존의 여러 《삼국지》 번역본들을 비교, 대조하여 작가의 시각에서 현대적인 문장으로 재해석해 평역한 새로운 《삼국지》입니다.

2. 《삼국지》 원본의 장황하고 불필요한 사건이나 서술, 시, 관직, 인물명 등은 과감히 생략하여 쉽고 빠르게 읽을 수 있도록 구성하였습니다.

3. 주석과 고 박사의 '여기서 잠깐' 코너를 통해 역사와 문학, 그리고 사상과 철학 및 지식을 쉽게 배울 수 있도록 하였습니다.

4. 지리적 배경에 대한 이해를 돕기 위해 간략한 지도를 주석에 삽입하였습니다.

주석으로 쉽게 읽는

고정욱
삼국지

8

천하를 향한 대야망

고정욱 편역

애플북스

차
례

1
관우와 장비의 원수를 갚다

장비의 목을 벤 범강과 장달은 곧바로 손권에게 투항했다. 손권은 기뻐하며 일단 그들을 받아들인 뒤 대책을 논의했다. 이 일이야말로 남의 칼로 사람을 죽이는 차도살인이나 마찬가지 경사였기 때문이다.

"유비가 지금 칠십만 대군을 이끌고 쳐들어오고 있소. 형세가 거대하니 어찌하면 좋겠소?"

엄청난 사태를 두고 어떤 신하도 섣불리 의견을 내지 못했다. 이때 제갈공명의 형 제갈근이 나섰다.

"주공, 제가 그간 군후의 녹을 먹고살았는데 아직 이렇다 할 공을 못

세웠습니다. 이번에 유비를 찾아가 이해와 득실을 설명하고 서로 화합해 조비를 치도록 설득하겠습니다."

"오, 그대가 간다면 해볼 만하오. 부탁하오!"

이때 유비의 군사들은 백제성에 주둔했다. 선봉 부대는 이미 더 전진해 기세등등하게 동오를 향해 나아가는 중이었다.

제갈근이 찾아가자 유비가 그를 맞았다.

"그대는 어쩐 일로 먼 길을 왔는가?"

"저는 죽을 각오로 찾아왔습니다. 지난날 관공이 형주에 있을 때 오후께서 사돈을 맺자고 여러 번 청했지만 듣지 않았습니다. 그 뒤 관공이 양양을 차지했을 때도 조조가 저희에게 여러 차례 사람을 보내 자신을 도와 형주를 공격하라고 명했지만 오후께서는 따르지 않았습니다. 그런데 관공과 사이가 좋지 않던 여몽이 오후께 아뢰지도 않고 군사를 함부로 일으켜 돌이킬 수 없는 큰 실수를 저질렀습니다."

관우를 죽인 책임을 여몽 개인의 실수로 돌려 보자는 술책이었다.

"오후께서도 엄청난 일을 막지 못한 것을 후회하고 계십니다. 이것은 여몽의 잘못이지 오후의 잘못이 아닙니다. 게다가 벌을 받았는지 여몽도 급살을 맞았습니다. 또한 손 부인†께서는 폐하께 돌아갈 생각만 하고 계십니다."

"그리하여 무엇을 얘기하러 온 것이오?"

유비의 태도는 냉랭하다 못해 얼음장 같았다.

"오후께서 손 부인을 보내 드리고자 신을 먼저 사자로 보냈습니다. 뿐만 아니라 항복하거나 배신한 장수들을 모두 폐하께 돌려보내겠습니다. 형주도 반환하겠습니다. 그런 뒤 두 나라가 우호를 맺어 조비를 비롯한 역적을 다스리는 것이 어떻겠습니까?"

유비로서는 손해 볼 것이 없는 파격적인 제안이었다. 관우와 장비의 원한도 갚고 땅도 되찾으며 아내까지 되찾을 수 있는 멋진 제안이었다. 오나라로서는 모든 패를 보여준 셈이다. 그만큼 오나라의 입장은 절박했다. 하지만 이미 황제에 올라 오만해진 유비는 그런 조건들이 귀에 들어오지 않았다. 그만큼 현실감이 없거나 관우의 죽음으로 이성을 잃었을 수 있다. 유비가 제갈근을 크게 꾸짖었다.

"너희 동오가 내 아우를 죽여 놓고 교묘한 말로 희롱하려 드느냐? 내 아우를 죽인 원수들과는 무슨 일이 있어도 한 하늘을 이고 살 수 없다. 군사를 거둘 수도 없거니와 마땅히 그대의 목부터 쳐야 하지만, 승상의 체면을 보아 살려 주니 가서 손권에게 목을 씻고 죽을 준비를 하라 이르라!"

제갈근은 당황했다. 온건하고 주위 얘기를 잘 듣던 예전의 유비가 아니었기 때문이다.

"폐하, 다시금 살펴 주십시오!"

여기서 잠깐!!

《삼국지연의》에서 흥미로운 인물인 손 부인은 정사에는 보이지 않아. 허구의 인물일 가능성이 크지. 하지만 이야기가 워낙 낭만적이라 후대의 잡극이나 희곡에는 자주 등장해. 후대에는 《삼국지》를 읽어주고 돈을 버는 이야기꾼이 많았기 때문에 재미를 위해 소설에 남녀의 이야기를 집어넣곤 했어.

"듣기 싫다. 당장 물러가라!"

완강한 유비 때문에 제갈근은 동오의 운명을 걱정하며 강을 건넜다.

제갈근이 돌아오자 손권이 물었다.

"어찌 되었소?"

"유비는 저희와 화친할 뜻이 전혀 없었습니다."

"우리가 그만큼 양보했는데 들은 척도 않던가?"

"그렇습니다."

"큰일이구려. 강동이 위태롭게 되었소이다."

그때 중대부 조자가 나섰다.

"주공, 저에게 계교가 있습니다. 주공께서 위 황제 조비에게 표문을 써 주시면 제가 들고 가서 설득해 한중을 습격하게 만들겠습니다. 그러면 촉이 위태로워 유비가 자연히 군사를 돌릴 것입니다."

"그거 좋은 계책이구나. 가서 우리 동오의 체면을 살리면서 설득해 보도록 하게."

"실수가 있으면 제가 강물에 몸을 던져 돌아오지 않겠습니다."

손권은 조비가 기뻐할 만큼 아첨하는 표문을 지어 조자에게 들려 보냈다.

얼마 후 조비는 조회 석상에서 동오에서 사람이 왔다는 보고를 받았다.

"동오의 중대부가 찾아왔습니다."

"보나 마나 아니겠는가? 촉군을 물리쳐 달라는 청을 하러 왔겠지."

삼국의 균형을 위해 지금 필요한 것이 무엇인지 아는 조비였다.

이윽고 조자가 계단 아래 엎드려 표문을 바쳤다. 표문을 읽은 조비가 뜬금없는 말을 건넸다.

"오후인 손권은 어떤 사람인가?"

"저희 주군은 총명하고 지혜로우며 영웅의 지략을 갖춘 분입니다."

"하하하, 칭찬이 과하지 않은가?"

"그렇지 않습니다. 오후께서는 사람 보는 눈이 탁월하십니다. 평범한 사람들 가운데 노숙을 알아보고 등용했고, 여몽을 발탁해 작전을 펼치게 했습니다. 우금을 죽이지 않는 어진 성품에 형주를 칼에 피 한 방울 안 묻히고 얻는 지략도 갖추고 계십니다. 삼강에 의지해 천하를 살피며 기회를 엿보는 영웅이라 할까요? 게다가 폐하께 몸을 굽혀 신하를 자청하니 지혜롭지 않으면 할 수 없는 일입니다."

조비는 살짝 당황했다. 조자의 말이 전부 맞았기 때문이다.

"오후는 글을 읽을 줄 아는가?"

"저희 주공은 잠시라도 여가가 나면 책을 읽고 역사와 경전을 섭렵하십니다. 하지만 문장을 짓거나 구절을 외우는 일은 하지 않습니다."

"내가 만일 유비를 치지 않고 동오를 친다면 어쩔 것이냐?"

"저희는 두려워하지 않습니다. 백만 명의 군사가 장강과 한수를 연못처럼 드나드는데 무엇이 두렵겠습니까?"

상상만 해도 끔찍한 일이었지만 무엇을 묻든 조자가 겸손하면서도 힘 있게 대답하자 조비가 감탄했다.

"동오에 그대 같은 자가 얼마나 있나?"

"총명하고 뛰어난 인재는 팔구십여 명 됩니다. 저와 같은 자는 수레로 실어 내고 말로 퍼내도 헤아릴 수 없을 정도입니다."

조비가 다시금 칭찬했다.

"그대야말로 다른 나라에 사신으로 가서 자기 임금을 욕되게 하지 않는 신하일세그려. 좋다. 그에 상응하는 조처를 해주겠노라."

조비는 손권을 오나라 왕으로 책봉하고 구석(황제가 큰 공을 세운 신하에게 내리는 아홉 가지 상)을 내린다는 조서를 쓰게 했다.

조자가 물러나자 유엽이 아뢰었다.

"아시겠지만 손권이 사자를 보낸 건 촉이 두려워서입니다. 촉과 오의 싸움은 저희에게 지극히 이로운 일입니다. 지금 수만 명의 군사를 보내 동오를 공격하십시오. 위와 촉이 안팎으로 치면 동오는 며칠 못 가 무너질 것입니다. 어서 군사를 동원하심이 어떠신지요?"

"아니다. 손권이 예를 갖춰 복종했는데 공격한다면 어느 누가 나에게 항복하겠는가? 천하의 인심을 막아서는 안 될 일! 손권을 받아들이는 게 낫겠다."

"손권이 재주가 뛰어나다 해도 한나라 표기장군 남창후에 불과합니다. 그런데 왕위를 주시면 폐하 바로 아래로 올라오게 됩니다. 거짓으로 항복한 것을 지위까지 높여 왕으로 봉하셨으니 호랑이에게 날개를 달아 줬다 해도 할 말이 없게 되었습니다."

"그렇지 않다. 나는 동오도 안 돕고 촉도 안 도울 것이야. 그저 둘이 싸우는 걸 구경하다 하나가 망하면 나머지를 쳐 없애면 될 텐데 무엇을 걱정하겠는가?"

조비에게도 생각이 있었다.[†] 그는 손 하나 까딱하지 않을 생각이었다. 형정이 조비의 명령을 받들어 손권을 왕으로 봉하는 책문과 구석을 가지고 조자와 함께 동오로 향했다.

손권은 백관을 불러 유비의 군사를 막을 계책을 짜느라 정신이 없었다. 조자가 들어와 위에 다녀온 사실을 알렸다.

"위제께서 주공을 왕으로 봉하셨으니 나와서 예로 영접하라 하십니다."

그러자 고옹이 아뢰었다.

"주공, 주공께선 그저 상장군이라 하시고 구주백의 자리를 지킬 뿐 조비가 주는 벼슬은 받지 마십시오."

하지만 손권은 엄청난 영예를 받고 싶었다.

"무슨 말인가? 옛날에 유방도 항우가 주는 벼슬을 받지 않았던가? 천하의 모든 일이 형편에 따라 하는 것인데 거절할 필요가 있겠나?"

손권이 문무백관을 거느리고 성 밖으로 나가 위나라 사자를 맞이했다. 그런데 위나라 사자였던 형정은 오만하기 짝이 없게 수레에서 내리지도 않은 채 성안으로 들어가려 했다. 이를 본 장소가 꾸짖었다.

"엄연히 예의와 법도가 있는 것인데 그대는 어찌 이리 교만한가? 우리 강남에 칼 한 자루 없는 줄 아는가?"

여기서 잠깐!!

조비의 이런 생각을 우리는 실용주의라고 불러. 지도자에게 실용주의는 꼭 필요한 덕목이야. 물론 당시에는 실용주의라는 말이 없었어. 훗날 생긴 개념이지만 이름만 없을 뿐 생각은 일맥상통하지. 문제를 개선하려고 할 때 절대적인 명분이나 진리를 부정하고 다양한 가치를 옹호하는 거야. 그러다 보니 융통성 있고 유연하게 대응할 수 있게 해 주지. 조비는 그런 생각을 가진 지도자였음을 엿볼 수 있어.

그 말을 듣고 형정이 슬그머니 수레에서 내려 손권과 인사를 나누었다. 그때 서성이 나타나 한탄하며 말했다.

"우리가 목숨 바쳐 위나라와 촉나라를 무찌르지 못한 까닭에 오늘날 우리 주공께서 벼슬을 받는구나. 이런 치욕이 어디 있단 말인가?"

형정이 그 소리를 듣고 두려움에 떨었다.

'아, 강동 장수와 재상들이 이토록 강한 기상을 가지고 있구나. 손권이 남의 밑에 오래 있지는 않겠구나.'

손권은 조비가 내린 왕의 작호를 받고 문무백관의 인사를 받은 뒤 고마움을 전하는 재물을 잔뜩 들려 형정에게 보냈다. 하지만 손권은 갑갑했다. 달라고도 하지 않은 왕위만 받았을 뿐 촉을 쳐 달라는 부탁에는 감감무소식이었기 때문이다. 촉군이 점점 가까이 다가온다는 소식을 듣고 손권이 신하들에게 물었다.

"장차 이 일을 어찌하면 좋겠는가?"

아무도 입을 열지 않자 손권이 탄식했다.

"아, 주유가 간 다음 노숙이 있었고, 노숙이 간 다음 여몽이 있었는데, 이제 그 또한 죽었으니 누가 나와 함께 근심을 나눌꼬?"

그때 한 젊은 장수가 성큼 앞으로 나섰다.

"주공, 제가 나이는 어리지만 군사를 내주시면 촉군을 무찌르겠습니다."

스물다섯 살의 앳된 손환이었다. 그는 말타기와 활쏘기에 능한 장수였다. 이미 손권을 따라 전장에 나가 공을 많이 세워 벼슬이 무위도위에 올랐다. 손권이 손환에게 물었다.

"너에게 무슨 계책이 있단 말이냐?"

"저에게 장수 둘이 있습니다. 이이와 사정입니다. 일만 명의 군사를 상대할 만한 용맹한 자들이니 수만 군사를 내주시면 당장 유비를 사로잡아 오겠습니다."

호위장군 주연이 나섰다.

"신이 손 장군과 함께 가서 유비를 잡아 오겠습니다."

손권은 수군과 육군 오만 명을 내주며 손환을 좌도독, 주연을 우도독으로 삼았다.

그때 척후병이 들어와 아뢰었다.

"촉의 대군이 이미 의도에 다다라 영채를 세웠습니다."

손환은 곧장 이만오천 명의 군사를 거느리고 접경 지역으로 나가 촉군과 대치했다.

이때 촉의 장수 오반은 선봉으로 성도를 떠나 가는 곳마다 칼에 피한 방울 안 묻히고 항복을 받았다. 오반이 오나라에서 나이 어린 장군이 선봉에 나섰다고 알리자 유비가 가소롭다는 듯 말했다.

"젖비린내 나는 녀석이 나와 맞서겠다는 것이냐?"

관흥이 나섰다.

"어린놈이 나왔다니 폐하께서 대장을 보내실 필요도 없습니다. 제가 나가서 잡아 오겠습니다."

그러자 장포도 나섰다.

"관흥이 나간다면 저도 함께 가겠습니다."

"조카 둘이 함께 나간다니 보기가 좋다. 조심하고 서두르지 말고 다녀오너라."

관흥과 장포가 선봉 부대 세력을 합쳐 군사를 이끌고 나아갔다. 손환 도 촉의 대군이 왔다고 하자 영채의 군사들을 끌고 나왔다. 장포는 장팔 점강모를 들고 관흥은 대감도를 비껴들었다. 아버지의 성미를 닮은 장 포가 먼저 성급하게 외쳤다.

"어린놈 손환아, 네가 곧 죽을 줄 모르고 황제의 군사에게 대항하겠 다는 것이냐?"

손환도 지지 않았다.

"네 아비가 대가리 없는 귀신이 된 지 오래인데 이젠 너까지 귀신이 되겠다는 게로구나."

장포가 분노해 말을 몰고 달려 나갔다. 두 장수가 삼십여 합을 맞붙 었다. 손환이 더는 당해내지 못하고 도망치자 장포가 승세를 놓치지 않 고 뒤쫓았다.

그때 동오의 비장 담웅이 장포가 너무 강한 것을 알고 몰래 활시위를 당겨 장포의 말을 겨냥했다. 화살이 말머리에 꽂히자 장포가 바닥으로 나뒹굴었다. 순간 오나라 장수 이이가 재빨리 달려들어 도끼를 휘둘렀 다. 장포의 목이 떨어지려는 찰나였다.

그런데 이게 웬일인가? 장포의 머리 대신 이이의 머리가 땅바닥에 떨 어졌다. 두 사람의 싸움을 지켜보던 관흥이 번개같이 나타나 장포를 구 해 준 것이다. 관흥이 군사를 몰아쳐 기세를 올리자 손환의 군사들이 사 기가 떨어져 크게 패했다.

다음 날에는 손환이 관흥과 맞붙었지만 다시 힘이 달려 도망쳤다. 관흥과 장포가 기다렸다는 듯 동오의 진지로 밀고 들어가 사정없이 적의 목을 베었다. 장포는 사정을 단칼에 죽이고 대승을 거두었다.

장포가 군사를 이끌고 본진으로 돌아왔을 때 마침 관흥이 보이지 않았다.

"아우를 잃고 내가 어찌 혼자 산단 말인가?"

장포가 곧장 말을 타고 관흥을 찾아 나섰다. 얼마 안 가 적장을 사로잡아 끌고 오는 관흥을 만났다.

"그자가 누구냐?"

"형님의 원수요."

"내 원수라고?"

자세히 보니 어제 말을 겨냥해 활을 쏜 담웅이었다. 장포는 담웅의 목을 베어 피를 뿌림으로써 죽은 말을 위한 제사를 지냈다. 장수들을 잃은 손환은 적을 물리칠 수 없게 되자 손권에게 구원을 요청했다.

이때 촉의 장수 장남과 풍습이 적의 사기가 떨어진 것을 간파하고 오반에게 말했다.

"이땝니다. 적의 영채로 쳐들어가시지요."

선봉장 오반이 말했다.

"아직도 주연이 수군을 거느리고 강에 진을 치고 있잖은가. 우리가 영채를 급습하는 사이 수군이 땅으로 올라와 퇴로를 막는다면 큰일 나지 않겠나."

"걱정 마십시오. 관흥과 장포에게 군사 오천 명을 이끌고 산골짜기에 매복해 있다가 주연의 수군이 응원하러 올 때 일제히 협공하게 하면 승산이 있습니다."

"거 좋다. 그렇다면 군사 몇 명을 주연에게 거짓 투항시켜 우리가 손
환의 영채를 급습할 거라는 역정보를 흘리세. 그런 다음 횃불을 올리면
주연이 구원하러 올 테니 그때 복병을 쓰자고."

"좋은 계책입니다."

주연은 많은 군사를 잃은 손환을 구원하려고 출군 준비를 서둘렀다.
그때 뭍에서 망을 보던 군사들이 거짓으로 항복한 촉군을 잡아 왔다.

"너희들은 승리를 하고도 왜 투항하려 하느냐?"

촉의 군사가 말했다.

"저희들은 풍습 휘하의 군졸들입니다. 풍습은 상벌을 공정하게 내리
지 않아 불만이 많던 차에 투항한 것입니다. 게다가 기밀도 알려 드리고
자 합니다."

"무슨 기밀이냐?"

"오늘 밤에 풍습이 손 장군의 영채를 급습할 것입니다."

"신호가 무엇이냐?"

"횃불을 올려 군호를 삼는다 했습니다."

주연이 손환의 영채에 이런 사실을 알리려 사람을 보냈다. 하지만 전
령이 길목을 지키던 관흥에게 잡혀 죽고 말았다. 주연이 휘하 장수들과
상의한 뒤 군사를 끌고 손환을 구하러 가려 하자 부장 최우가 말렸다.

"투항한 군졸의 말을 믿지 마십시오. 적의 계략이라면 우리 모두 끝
입니다. 장군께서 배를 지키시면 제가 다녀오겠습니다."

그날 밤 풍습과 장남, 오반이 군사를 세 방면으로 나누어 손환의 영

채를 기습했다. 촉군이 함성을 지르며 불을 지르자 동오군은 혼란에 빠졌다. 최우가 손환을 구하러 가다가 솟아오르는 불길을 보고 급히 군사들을 몰아치는데 관흥과 장포가 협공해 왔다. 최우는 제대로 싸워 보지도 못한 채 장포에게 사로잡혔다.

주연은 오군이 불리하다는 말을 듣고 오륙십 리 하류로 배를 물렸다. 패잔병을 이끌고 도망가던 손환은 몸을 피할 곳을 찾았다.

"부근에 양식이 많고 견고한 성이 어디인가?"

"북쪽에 이릉성이 있습니다. 충분히 군사를 거둘 만한 곳입니다."

부장의 말에 손환은 이릉성을 향해 달렸다. 하지만 이릉성에 도착하기 무섭게 쫓아온 오반의 군사가 성을 겹겹이 둘러쌌다. 관흥과 장포는 최우를 끌고 자귀로 돌아갔다. 유비는 크게 기뻐하며 최우의 목을 베라고 명한 뒤 군사들에게 상을 내렸다.

기세등등한 촉군의 기세에 오나라 군사들은 벌벌 떨었다. 이릉성에 갇힌 손환은 손권에게 구원을 요청했다.

전황을 듣고 난 손권은 깜짝 놀랐다.

"손환은 성에 갇히고 주연마저 후퇴할 만큼 촉의 형세가 대단하다. 어찌하면 좋겠느냐?"

장소가 패기 있게 나섰다.

"대왕이시여, 이번 전투에서 여러 장수를 잃었지만 아직 저희에게 십여 명의 쟁쟁한 장수가 남아 있습니다. 한당을 대장으로 임명하시고 주태를 부장으로 삼으십시오. 또 반장을 선봉으로 삼고 능통에게 후군을 맡기며 감녕에게 지원군을 지휘하게 해 십만 대군을 일으키면 충분히 적을 물리칠 수 있습니다."

쟁쟁한 오나라 장수들을 배치하겠다는 작전이었다. 손권은 그대로 진영을 갖추어 떠나도록 했다.

이때 유비는 무협, 건평에서부터 이릉의 경계까지 무려 칠백여 리에 걸쳐 영채를 사십여 개나 세웠다. 그 형세가 자못 어마어마해 웬만한 장수들도 오금이 저릴 정도였다.

"나를 따르던 옛 장수들이 늙어 별로 쓰일 데가 없어 걱정이었는데 조카들이 영웅의 기질을 갖추었구나. 내가 어찌 손권 따위를 걱정하겠느냐?"

유비가 기뻐하며 장포와 관흥을 칭찬했다.

얼마 뒤 한당과 주태가 군사를 이끌고 온다는 보고가 들어왔다. 유비가 군사들을 내보내려 하는데 측근 신하가 와서 아뢰었다.

"폐하, 노장 황충이 군사 대여섯만 이끌고 동오로 투항한 듯합니다."

"하하하!"

노장이 투항했다는데 유비는 웃었다.

"황 장군은 절대 배반할 자가 아니다. 내가 무심코 늙은 장수들을 쓸 데가 없다고 했더니 아마 그렇지 않다는 걸 보여주려 한 모양이다."

대수롭지 않게 말했지만 유비는 걱정이 되었는지 관흥과 장포에게 은밀히 도우라고 명했다. 아닌 게 아니라 황충은 유비가 무심결에 한 말에 자존심이 상했다.

"내가 늙지 않았음을 보여주리라!"

황충은 대여섯 명의 군사만 이끌고 이릉의 영채를 향해 달려갔다. 오반이 장남과 풍습을 거느리고 황충을 맞이했다.

"노장군께서 어쩐 일로 여기까지 오셨습니까?"

"내가 오늘날까지 황제를 모시고 싸우면서 근력이 떨어졌다고 생각해 본 적이 없소. 그런데 어제 폐하께서 늙은 장수가 쓸모없다 말씀하시니, 내 적장의 목을 베어 늙었는지 안 늙었는지 보여드릴 작정이오."

때마침 오의 선발대가 왔다는 말을 듣고 황충이 벌떡 일어났다.

"내가 나가서 목을 쳐 오겠소."

"장군, 가벼이 움직이지 마십시오."

풍습이 말렸지만 소용없었다. 황충이 단숨에 오군 진영 앞으로 가서 선봉장인 반장에게 싸움을 걸었다. 그러자 반장이 황충의 심기를 건드렸다.

"촉군에 장수라곤 씨가 마른 모양이오. 늙은이를 다 내보내고."

황충이 성을 내며 달려들자 반장은 부장인 사적을 내보냈다. 그러나 사적은 황충의 상대가 되지 않았다. 삼 합을 겨루기도 전에 사적의 몸이 두 동강 났다. 반장이 격노해 소리쳤다.

"이 늙은 놈이 오늘 제삿날을 받았구나!"

반장이 청룡도를 휘두르며 달려 나왔다. 관우가 살아생전에 쓰던 칼이었다. 반장과 황충이 여러 합을 겨뤘지만 좀처럼 승부가 나지 않았다. 아무리 관우의 무기를 가지고 싸우는 반장이지만 상대가 산전수전 다 겪은 황충이 아니던가. 나이가 일흔이 넘었다지만 그는 아직도 한자리에서 고기 열 근을 먹어 치우는 근력 좋은 장수였다. 황충이 밀리기는커녕 오히려 반장이 힘이 달려 말머리를 돌렸다. 황충이 승세를 몰아 적을 무찌르고 돌아왔다. 그때 관흥과 장포가 다가왔다.

"장군, 이제 저희와 함께 돌아가시지요."

하지만 황충은 거절했다.

"아직 분이 덜 풀렸다."

다음 날 반장이 다시 싸움을 걸었다. 오반도 돕겠다고 하고 관흥과 장포도 나섰지만 황충은 거절했다.

"나 혼자 싸우겠다!"

황충이 말을 타고 나오자 반장은 몇 차례 맞서 싸우다 뒤돌아 도망치기 시작했다. 힘에 밀리자 이번에는 계교를 들고 나온 것이다.

"게 서라! 오늘 관공의 원한을 갚겠다!"

황충이 삼십 리쯤 쫓아갔을 때 갑자기 복병이 쏟아져 나왔다. 오른쪽에서 주태, 왼쪽에서 한당, 뒤에서 능통이 나타났다. 황충은 완전히 포위되고 말았다.

"아뿔싸!"

황충이 깨달았을 때는 이미 늦었다. 언덕 위에서 마충이 군사들과 함께 화살을 날렸다. 화살은 곧장 날아와 황충의 어깨에 명중했다. 황충은 휘청거리다 말 아래로 떨어질 뻔했다. 대오가 무너진 촉군을 향해 오군이 사납게 달려들었다. 저마다 황충의 목을 베려 앞다투어 달려들 때 포효하는 소리와 함께 관흥과 장포가 나타났다.

"황 장군의 몸에 손끝 하나 닿는 자는 목이 달아날 줄 알아라!"

두 장수가 오군을 헤집으며 황충에게 다가갔는가 싶었는데 어느새 황충을 구해 쏜살같이 포위망을 뚫고 달아났다. 오군은 닭 쫓던 개 지붕

쳐다보는 꼴이 되었다.

본진으로 돌아온 황충은 화살을 뽑고 상처를 치료했다. 하지만 이미 연로한 노장군이라 병세가 점점 위중해졌다. 뒤늦게 유비가 병문안을 와서 황충을 위로했다.

"노장군을 이렇게 만든 건 짐의 잘못이오. 짐을 꾸짖으시오."

열에 들뜬 황충은 간신히 눈을 떴다.

"폐하, 저는 한낱 무장에 불과했습니다. 천행으로 폐하를 만났고 올해 일흔다섯까지 살았습니다. 천수를 누렸으니 아쉬울 것 없습니다. 용체를 잘 보존하시어 반드시 중원을 도모하십시오."

말을 마친 황충은 숨을 거두었다. 후세 사람들은 그의 담력과 위엄을 크게 칭송했다. 비록 백발이었지만 영웅의 기개는 오히려 더욱 빛났다고 칭송한 것이다. 장례식을 후하게 치른 유비가 탄식했다.

"오호대장† 가운데 벌써 세 장군이 죽었구나. 그런데도 나는 아직 원수를 못 갚았다. 참으로 원통하구나."

비통함 속에서도 유비는 장수들을 불러 여

여기서 잠깐!!

'오호대장'이란 후세에 그럴싸하게 만든 말이야. 정사에 따르면 황충의 직책은 후장군(後將軍)이었고, 건안 24년(219)에 죽었어. 그러고 나서 2년이 지난 다음 유비가 동오를 공격하지. 그러니까 황충이 정벌 전쟁에 따라 나갔다 죽었다는 것은 허구라고 할 수 있어. 《삼국지연의》에서는 이미 죽은 황충을 살려 충성의 화신, 늙어서도 목숨을 바쳐 나라를 위한 인물로 그려 낸 거야.

덟 갈래로 쳐들어가도록 명령을 내렸다. 이때가 장무 2년 2월 중순이었다. 한당과 주태는 유비와 직접 맞서 싸우려고 군사를 거느리고 나섰다. 양 진영이 대치한 가운데 한당과 주태가 말을 타고 촉군의 정세를 살피자 유비가 직접 말을 몰고 나왔다. 한당이 조롱했다.

"폐하는 촉의 주인 아니시오? 어찌 경솔하게 나서는 것이오? 그랬다가 잘못돼도 나는 책임질 수 없소이다."

유비가 크게 노해 한당을 가리키며 외쳤다.

"너희 동오의 개들이 나의 수족을 상하게 했으니 무슨 일이 있어도 네놈들과 한 하늘 아래에서 살 수 없다."

한당이 부하들을 둘러보며 말했다.

"누가 나가서 촉군을 물리칠 것인가?"

부장 하순이 말을 몰고 달려 나왔다. 그러자 장포가 맞상대하려고 장팔사모를 끼고 모습을 드러냈다. 하순이 몇 합 싸우지 않고 장포의 기세에 눌려 달아나려 하자, 주태의 동생 주평이 칼을 휘두르며 도우러 나왔다. 그 모습을 본 관흥이 재빨리 쫓아 나가 주평의 목을 베었다. 장포와 관흥이 승세를 몰아 주태와 한당을 덮쳤다. 오의 군사들은 촉의 예봉을 피해 본진으로 후퇴했다. 이를 지켜보던 유비가 칭찬했다.

"과연 호랑이 아비에게 개 같은 자식은 없는 법이로다. 어서 저들을 물리쳐라!"

유비의 진격 명령에 오군은 혼쭐이 났다. 촉군이 파도처럼 물밀듯이 밀려들어 추격하자 오의 군사들 시체가 들판에 널렸고 피가 내를 이룰 지경이었다.

이때 이질을 앓던 감녕은 배 안에서 치료를 받다가 촉군이 몰려온다는 말을 듣고 말에 올라 달아나려다 머리를 산발한 만병과 맞닥뜨렸다. 만병이 때맞춰 기습한 것이다. 떼 지어 밀려오는 만병의 기세를 감당하지 못하고 감녕은 도망가다 죽었다.

유비가 승세를 타고 적을 쳐부숴 마침내 효정 땅을 점령했다. 오군은 산지사방으로 흩어져 도망갔다. 군사를 정비하던 유비가 관흥이 보이지 않자 그를 찾아오라고 일렀다. 이때 관흥은 적을 몰아치다 적진 깊숙이 들어갔다. 아버지를 죽인 원수인 반장을 보고 흥분했던 것이다.

"아버지의 원수 놈아, 게 서라!"

혼비백산한 반장이 산으로 숨어들자 관흥은 그를 쫓아 산골짜기를 헤매고 다녔다. 그러다 날이 저물어 길을 잃고 말았다. 별빛과 달빛에 의지해 길을 찾던 관흥은 지칠 대로 지쳤다. 그때 멀리서 희미하게 반짝이는 불빛이 보였다. 불빛을 따라 내려오자 집 한 채가 나왔다.

"계십니까?"

"뉘시오?"

"이 몸은 전투 중인 장수입니다. 길을 잃어 이곳까지 왔으니 잠시 쉬었다 갈 수 있겠습니까?"

"들어오시오."

노인은 문을 열고 관흥을 집 안으로 안내했다. 검소한 집 안으로 들어가자 방에 촛불이 켜져 있고 벽 한가운데 그림이 한 폭 걸려 있었다. 다름 아닌 관우의 신상이었다. 아버지의 모습을 본 관흥은 엎드려 통곡하며 절을 올렸다.

"그대는 누구기에 관공에게 절을 하는 것이오?"

"저의 부친이십니다."

그 말을 들은 노인이 일어나 엎드려 절을 했다.

"관공의 자제분이군요."

"어르신은 어찌하여 제 아버님을 모시고 계십니까?"

"이곳 사람들은 모두 관 장군을 신으로 공경하고 있소. 살아 계실 때부터 모셨는데 신령이 되셨으니 어찌 모시지 않겠소이까? 이 늙은이는 어서 촉군이 원수 갚기를 바랐는데 이제 군사들이 왔으니 모두 우리들의 복입니다."

노인은 정성껏 술과 밥을 내주었고, 관흥은 먹고 쉬었다. 밤이 깊어 삼경이 지났을 때 갑자기 문밖에서 인기척이 났다. 노인이 밖으로 나가며 물었다.

"뉘시오?"

"싸움을 하던 장수입니다. 길을 잃고 예까지 왔으니 하룻밤만 쉬게 해주십시오."

바로 오군의 반장이었다. 관흥은 반장이 초당으로 들어서는 순간 번개같이 칼을 뽑아 벼락같이 외쳤다.

"네 이놈, 반장아! 꼼짝 말고 게 서라!"

깜짝 놀란 반장이 몸을 돌려 나가려 할 때였다. 문밖에서 녹색 전포를 입은 거인이 나타나 문을 가로막았다. 짙은 눈썹에 아름다운 수염이 세 갈래로 드리운 관우†였다.

"으악!"

반장이 새파랗게 질려 꼼짝 못 했다. 그 순간 관흥의 칼이 번쩍였고, 반장의 목이 땅에 나뒹굴었다. 아버지의 원수를 갚은 것이다. 관흥은 반장의 심장을 도려내 관우의 신상 앞에 놓고 피를 뿌리며 제사를 올렸다.

다음 날 관흥은 생전에 관우가 쓰던 청룡언월도를 되찾고 반장의 목을 말에 매단 뒤 노인과 작별했다. 산에서 몇 리쯤 내려왔을 때 한 떼의 군사가 나타났다. 반장의 부장인 마충이었다. 마충은 반장을 찾아 나섰다 관흥을 만났는데 말에 걸린 반장의 목을 보고 이를 갈았다.

"으, 저놈이……."

관흥도 마충을 보자 복수심이 불타올랐다. 마충은 반장과 함께 아버지를 살해한 원수였기 때문이다. 관흥이 청룡도를 휘두르며 달려들자 마충의 부하들이 일제히 관흥을 둘러쌌다. 그 순간 또 다른 한 떼의 군사들이 서북쪽에서 나타나 관흥을 도왔다. 장포의 군사들이었다. 촉군이 기세를 올리는가 싶었는데 얼마 안 가 미방과 부사인이 군사를 거느리고 마충을 찾아왔다. 뜻하지 않게 양편 군사가 아침부터 맞붙어 혼전이 벌어졌다. 그러나 군사 수가

여기서 잠깐!!

그간 수많은 영웅이 죽었는데 왜 관우의 혼령만 자주 등장할까? 대중들이 그만큼 관우의 죽음을 안타까워했기 때문이야. 관우는 꿈을 이루지 못하고 억울하게 죽은 충의의 화신이 되었어. 세상이 의리를 저버리고 약속을 가볍게 여길수록 관우 같은 인물이 절실히 필요하지 않겠어? 그런 대중의 욕구가 죽은 관우를 자꾸 소환하게 만든 거지.

적은 관흥과 장포가 밀릴 수밖에 없어 결국 효정으로 후퇴했다. 관흥이 유비에게 반장의 수급을 바치며 산속에서 겪은 일을 아뢰었다. 유비는 기이하게 여기면서도 삼군에게 상을 내리고 크게 잔치를 베풀었다.

한편 마충은 미방과 부사인을 거느리고 강변에 주둔했다. 죽거나 다친 군사들이 많아서인지 남은 군사들은 안정을 못 찾고 일부 군사들은 심란한 마음을 드러내기까지 했다.

"우린 원래 형주 군사들인데 여몽에게 속아 관 장군이 목숨을 잃게 했잖아. 유 황숙이 왔으니 우리는 다 죽은 목숨일세."

"그러게 말이야. 미방과 부사인 때문에 우리가 이 모양이 됐지. 차라리 우리가 그놈들을 죽이고 투항하는 게 어떻겠나?"

"그러지 말고 두 놈을 안심시킨 다음에 손을 쓰자고."

군사들은 뜻밖에도 배반할 궁리를 하고 있었다. 군사들의 이야기를 엿들은 미방은 깜짝 놀라 부사인을 찾아가 의논했다.

"군심이 변했소. 이들을 거느리고 싸울 수가 없소이다."

"그럼 어찌하면 좋겠소?"

"유비가 원한을 품은 자는 마충이오. 차라리 우리가 마충을 죽여 목을 바치고, 지난번에 어쩔 수 없이 동오에 항복했으나 이제 황제께서 친히 오셨기에 죄를 청하러 왔다고 하면 어떻겠소?"

"그건 안 되오. 돌아가는 즉시 죽을 것이오."

"하지만 유비는 관대하고 후덕한 사람이잖소. 게다가 아두 태자는 나의 조카요. 친척의 정리를 봐서라도 설마 죽이기까지 하겠소?"

"그럴까요? 달리 방법이 없으니 어디 한번 해봅시다."

부사인은 미방의 의견에 따라 깊은 밤에 장막으로 들어가 마충의 목을 벴다. 그러고는 기병 수십 기를 거느리고 효정으로 달려갔다. 도중에 매복한 촉군의 눈에 띄어 장남과 풍습에게 붙잡혀 갔다.

다음 날 미방과 부사인이 유비 앞에 꿇어 엎드려 마충의 목을 바치고 울면서 용서를 빌었다.

"폐하, 저희들이 원래 반역할 마음이 있었던 게 아닙니다. 관 장군이 돌아가셨다는 말에 속아 성문을 열고 항복했던 겁니다. 이제 폐하께서 오셨으니 원한을 갚으려 마충의 목을 베어 왔습니다. 저희들의 죄를 용서하소서."

유비는 백전노장이었다. 말만 듣고도 그들의 간특한 계교를 알아차렸다.

"그렇다면 내가 성도를 떠나 이곳에 온 지 오래되었건만 왜 그동안 찾아오지 않았더냐?"

"그, 그건……."

"형세가 위급해지니까 교묘한 말장난으로 목숨을 보전하러 온 것이 아니더냐?"

"……."

"너희들을 용서한다면 내 어찌 저승에 가서 관공의 얼굴을 보겠느냐?"

"제발 목숨만 살려 주십시오, 폐하!"

유비는 들은 척도 않고 관흥에게 관우의 신위를 차리게 하여 마충의 목을 올려놓고 제사를 지냈다. 이어 미방과 부사인을 발가벗겨 영전에 꿇어 엎드리게 한 뒤 직접 칼을 뽑아 목을 쳤다. 그리고 관우의 영전에 바치고 제를 올렸다. 그러자 장포가 엎드려 통곡했다.

"으흐흑, 백부님의 원수는 주살했는데 신의 아버님의 원수는 언제 갚는단 말입니까?"

"걱정 마라. 동오의 개들을 모조리 소탕하고 두 원수 놈을 잡아서 내가 직접 처단해 네게 제를 올리게 해주겠다."

그 말에 장포는 절을 하고 물러났다.

유비의 위세는 강남 일대를 진동시켰다. 강남 사람들은 두려움에 벌벌 떨었다. 한당과 주태는 미방과 부사인의 소식을 듣고 손권에게 보고했다.

"미방과 부사인이 마충의 목을 베어 유비에게 투항했으나 둘 다 죽임을 당했답니다."

손권은 놀라서 문무백관을 모아 대책을 상의했다.

보즐이 나서서 말했다.

"관우의 원한은 이미 처리됐습니다. 여몽, 반장, 마충, 미방, 부사인 등 관련자들이 다 죽었습니다. 문제는 범강과 장달인데, 그들이 지금 동오에 있지 않습니까? 당장 그자들을 잡아 장비의 머리와 함께 돌려보내야 합니다. 또한 형주를 서둘러 돌려주고 손 부인도 보낸 뒤 표문을 써서 화해를 청하십시오. 옛정을 돌이키고 화친하자고 하면 촉군이 물러갈 것입니다."

이때까지만 해도 유비에게는 기회가 있었다. 위세를 보여주었기 때문에 오와 화친을 택했다면 역사의 흐름이 바뀌었을 것이다.

"그렇게 해보자. 마지막 기회다."

손권은 보즐의 말대로 실행했다. 침향목으로 만든 상자에 비단으로 싼 장비의 목을 담고 범강과 장달을 함거(죄인을 실어 나르는 수레)에 실은 다음 정병을 사신으로 삼아 국서를 들고 효정으로 가도록 명했다.

유비가 다시금 진군하려 할 때 측근 신하가 와서 알렸다.

"오에서 사신이 도착했습니다. 장 장군의 머리와 함께 범강과 장달을 결박해 보내 왔습니다."

유비가 하늘을 우러르며 감격했다.

"이는 하늘이 도우시고 막내의 혼령이 돕는 것이다!"

유비가 장포에게 제사 지낼 준비를 하라고 이른 뒤 상자를 열었다. 소금에 절인 장비의 얼굴은 살아생전의 모습과 조금도 다름이 없었다. 유비가 목 놓아 대성통곡했다.

"흑흑흑, 아우야!"

장포는 범강과 장달을 난도질해 죽인 다음 시신을 부친의 영전에 놓고 제를 올렸다. 그런데도 유비는 원한이 사그라들지 않았다.

"내 반드시 오를 멸망시킬 것이다!"

마량이 옆에서 말렸다.

"폐하, 원수를 갚았으니 원한을 푸십시오. 사신으로 온 대부 정병이 형주를 반환하고 손 부인을 돌려보내겠노라 했습니다. 영원한 결맹으로 위를 치자고 하오니 성지를 내려 주십시오."

지극히 현실적이고 합리적인 제안이었다. 그대로만 된다면 조비로서는 최악의 상황을 맞는 셈이었다. 하지만 이성을 잃은 유비는 화를 내며 꾸짖었다.

"원수를 누가 갚았다고 하던가? 내가 이를 가는 원수는 바로 손권이다. 원수와 화친한다면 아우들과의 맹세를 저버리는 게 아니고 무엇이겠는가? 짐은 오를 쳐서 없앤 다음 위를 멸할 것이다."

유비가 사신으로 온 정병의 목을 베려 했다. 하지만 관원들이 적극 만류해 목숨만은 구할 수 있었다.

2
육
손
의
등장

정병은 머리를 감싸쥐고 부리나케 돌아가 손권에게 보고했다.

"유비가 독 오른 뱀처럼 저희 제안을 거절하고 반드시 오를 멸한 다음 위를 치겠다고 이를 갈았습니다. 옆에서 아무리 말려도 듣지 않는 것을 보니 큰일 났다 싶었습니다. 어찌하면 좋겠습니까?"

손권이 놀라 당황하자 감택이 나섰다.

"걱정하지 마십시오. 우리에게는 하늘이 무너져도 지켜 줄 기둥이 있습니다."

"지켜 줄 기둥? 그게 누구란 말인가?"

감택이 기다렸다는 듯이 말했다.

"형주에 있는 육손입니다. 육손은 선비지만 지략이 뛰어나고 재주 또한 결코 누구에게도 뒤지지 않습니다. 지난날 관우를 물리칠 수 있었던 것도 육손의 지략 덕분이었습니다. 그를 등용하시면 반드시 유비를 물리칠 것입니다."

"그렇게 대단한 인물인가?"

"그렇습니다. 저희 가문을 걸고 추천하오니 깊이 생각하소서."

장소가 앞으로 나서며 반대했다.

"육손은 유비의 적수가 못 됩니다. 등용하시면 안 됩니다."

그러자 고옹과 보즐 또한 맞장구를 쳤다.

"맞습니다. 육손은 나이도 어리고 경솔해 군사들이 따르지 않을까 두렵습니다."

"육손의 재주라면 그저 작은 고을을 맡아 다스릴 정도입니다."

신하들이 육손을 깎아 내리자 다시 감택이 외쳤다.

"지금 육손을 쓰지 않으면 동오의 앞날은 없다고 봐야 합니다. 신이 보증하겠습니다."

듣고 있던 손권이 마침내 결단을 내렸다.

"그동안 육손에 대한 이야기는 나도 많이 들었소. 그를 불러 써 보도록 하겠소."

손권은 당장 형주로 사람을 보냈다. 육손은 키가 팔척에 옥처럼 잘생긴 청년이었다. 진서장군을 맡아 임무를 수행하던 육손이 손권의 부름을 받고 달려왔다.

육손이 절을 올리자 손권이 당부했다.

"지금 촉의 군사들이 국경을 쳐들어왔다. 그대에게 중책을 맡기려 하는데 유비를 격파할 수 있겠는가?"

육손이 머리를 조아리며 대답했다.

"조정의 문무백관은 주공의 오랜 신하들입니다. 모두 지략이 뛰어나고 재주가 출중합니다. 어리고 재주 없는 제가 어찌 감히 그들을 이끌겠습니까?"

"감택이 그대를 추천했다. 사양하지 말고 명을 따르라!"

"백관들이 저를 따르지 않을까 두렵습니다."

육손은 겸손하기도 했지만 젊은 장수의 명에 조정 신하들이 일사불란하게 따르지 않을 것을 걱정했다. 육손의 마음을 알아챈 손권이 차고 있던 칼을 풀어 그에게 내렸다.

"명을 어기는 자가 있다면 이 칼로 목을 벤 뒤 나중에 나에게 알리도록 하라!"

육손이 칼을 받으며 말했다.

"지엄하게 명하시니 따르겠나이다. 하지만 문무백관이 모두 모인 자리에서 다시 신에게 명을 내려 주시옵소서!"

감택이 곁에서 말했다.

"예로부터 대장을 임명할 때는 그에 걸맞은 예의를 갖춰야 하는 법입니다. 위엄을 세우고 명령을 엄숙히 전달하시려면 길일을 택해 대를 쌓아 대도독으로 제수하시면 될 것입니다."

한마디로 모양새를 갖춰 온 세상에 선포해 달라는 말이었다. 권위가

육손

육손은 대대로 강동 지역을 다
스려 온 호족 집안 출신이야. 그
는 오나라가 늘 외침에 시달릴
때 의병을 모집해 무찌르고 세
력을 키워 갔지. 이를 기특하게
여긴 손권이 형인 손책의 딸을
시집보내 친분관계를 맺었어.
육손은 이민족을 평정하고 그
들 가운데 정예병을 선발해 강
군을 만드는 정책을 시행했어.
그런 그의 능력이 관우를 잡고
그 복수를 하러 온 유비조차 이
릉대전에서 격파하는 기염을
토하게 돼.

실리려면 보고 들은 실체가 있는 권위여야 한다. 실체를 확인하지 않으면 사람은 자신이 처한 상황을 믿지 않고 의심하게 된다. 육손이 진정 자신들의 지도자임을 확인해야 한다는 말이 백 번 타당했다. 손권은 단을 쌓게 한 뒤 인수를 내려 육손에게 여섯 군 여든한 주 군사를 모두 통솔하게 했다. 왕명을 받은 육손은 단에서 내려와 군마를 정비하고 육지와 수로 양쪽에서 군사를 이끌고 출정했다.

마침내 육손이 군영에 도착했다. 하지만 부하 제장들은 그의 능력에 대한 의심의 눈길을 거두지 않았다. 대책을 세우려 장막으로 장수들을 부르자 제장들이 건성으로 와서 앉아 있을 뿐 아무도 진정으로 따르지 않았다. 육손이 그들에게 당부했다.

"주상께서 나를 대장으로 임명한 이상 제장들은 주상의 명령을 잘 따라 주시오. 사정을 봐주는 일은 없을 터이니 혹시 나중에라도 후회하지 않기 바라오."

그때 주태가 입을 열었다.

"안동장군 손환이 지금 위기에 처해 있습니다. 이릉성에 갇혀 있으니 어떻게 구출해야 할지 생각해 주십시오."

육손이 대답했다.

"안동장군은 군사들의 마음을 얻은 이상 이릉성을 잘 지킬 것이오. 따로 도울 필요 없이 내가 촉의 군사를 물리치면 저절로 풀려날 것이오."

그 말을 들은 장수들은 속으로 웃었다. 맞는 말이었지만 그걸 어떻게 해내느냐가 문제였기 때문이다. 육손은 아랑곳하지 않고 명령을 내렸다.

"제장들은 요충지를 굳게 지키면서 경솔하게 나서지 않도록 하시오."

육손의 전략은 과감한 공격이 아니라 수비였다. 어떻게 하나 보자는 심정이던 나이 많은 장수들은 육손의 명을 비웃으며 콧방귀를 뀌었다.

"적이 두려워 나서지 못하는 게야."

"그럼 그렇지."

장수들의 반응을 모를 리 없는 육손은 다음 날 제장들을 다시 불러 호되게 꾸짖었다.

"그대들은 하나같이 내 명령을 따르지 않고 있소. 어찌 된 일이오?"

한당이 장수들을 대신해 나섰다.

"나는 손 장군(손견)을 도와 강남을 평정하고자 수백 번 전쟁에 나간 사람이오. 여기 있는 다른 장수들도 마찬가지요. 그런데 주상께서 공에게 대도독을 제수하시고 촉을 물리치라 하셨으니 군령에 따라 군사를 출정시켜야 할 것 아니겠소? 그런데 적을 코앞에 두고 지키라고만 하니, 하늘이 적을 멸하기라도 한단 말이오? 우리는 죽음을 두려워하지 않는데 왜 우리들 기세를 막는 것이오?"

"맞소. 우리는 언제든 명령만 내리면 죽음을 각오하고 싸울 준비가 되어 있소."

장수들이 동요하는 빛을 보이자 육손이 칼을 뽑았다.

"나는 서생에 불과하지만 주상의 엄명을 받은 사람이오. 요충지를 지키고 경솔하게 움직이지 마시오. 명을 어기는 자는 목을 베겠소."

다부진 육손의 명에 장수들은 터져 나오는 불만을 간신히 누르고 자리에서 물러났다.

연이은 승전에 고무된 유비는 효정에서 서천 어귀까지 칠백 리에 걸쳐 사십여 개 영채를 세우고 위세를 자랑했다. 그 무렵 육손이 오의 대도독에 제수되었다는 소문이 들려왔다.

"육손이 도대체 누구인가?"

유비의 물음에 마량이 대답했다.

"육손은 동오의 젊은 서생입니다. 재주가 많고 계략이 뛰어나다 들었습니다. 지난날 형주를 칠 때도 동오의 모든 지략이 그자에게서 나왔다고 합니다."

유비가 분이 치솟아 얼굴이 벌게졌다.

"젖비린내 나는 어린놈 때문에 두 아우를 잃었단 말인가? 내 그놈을 가만두지 않겠다."

"가벼이 볼 위인이 아닙니다. 자중하소서!"

마량이 조심하라고 일렀지만 소용없었다. 유비는 총공격을 개시해 나루와 지역 요충지를 하나씩 점령해 나갔다. 촉군이 움직이자 한당은 육손에게 자신이 나가 싸우겠다고 자청했다.

"나에게 기회를 주시오."

하지만 육손은 고개를 저었다.

"지금은 싸울 때가 아니오. 우리는 험한 지형을 이용해 굳게 지켜야 하오. 지금 촉군은 광야를 달려와 기세가 등등하지만 우리가 지키고 싸우지 않으면 그들은 싸울 수가 없소. 아마 곧 군사들을 산속으로 옮길 것이오. 그때 계책을 써야 하오."

한당은 불만이었지만 참을 수밖에 없었다.

육손의 예상대로 촉군은 오군 진영 앞에 와서 갖은 욕설을 퍼부으며 싸움을 걸었다. 하지만 육손은 일체 싸움을 허락하지 않고, 직접 말을 타고 영채 안을 오가며 군사들을 진정시키고 위로했다.

 "어떤 모욕도 참아라. 곧 갚아 줄 날이 온다."

 오의 군사들이 움츠러들어 나오지 않자 유비는 초조해졌다. 마량이 유비에게 말했다.

 "육손에게 계략이 있을 것입니다. 이번 원정이 길어져 어느새 여름이 되었습니다. 적이 싸우러 나오지 않는 것은 우리에게 변동이 있기를 기다리는 것입니다. 폐하께서는 신중하게 살피시옵소서."

 "저자들에게 무슨 계책이 있겠는가? 겁나서 못 나오는 것이다. 싸울 때마다 패했으니 어찌 나올 용기가 나겠는가?"

 그때 선봉장 풍습이 다가와 아뢰었다.

 "폐하, 날씨가 찌는 듯 무덥습니다. 물이 먼 곳에 있어서 군사들이 매우 불편합니다."

 유비는 장기전에 대비해 명령을 내렸다.

 "시원한 나무 그늘로 영채를 옮겨라. 지구전을 펼쳐 가을이 되면 다시 쳐들어간다."

 마량이 걱정스레 말했다.

 "폐하, 군사들이 이동할 때 적이 쳐들어오면 어찌합니까?"

 "걱정하지 마라. 복병을 숨겨 놓으면 된다. 우리 군사들이 이동할 때 오의 군사들이 쫓아 나오면 거짓으로 패한 척하고 도망가 육손을 깊숙이 끌어들일 것이다. 그때 매복한 군사들이 적의 뒤를 끊어 젖비린내 나는 놈을 잡을 것이다."

유비가 자신만만하게 말했지만 마량은 여전히 걱정스러웠다.

"폐하, 제갈 승상은 동천에서 요충지를 시찰하면서 위의 군사가 쳐들어올 것에 대비하고 있다 들었습니다. 폐하께서 영채를 옮긴 지형을 도면으로 그려 제갈 승상에게 보여주시면 어떻겠습니까?"

황제가 되면서 오만해진 유비는 기분이 떨떠름했다.

"짐도 병법을 안다. 군이 승상에게 물을 필요가 있겠는가?"

"그렇지 않습니다. 옛날에 여러 사람 말을 들으면 밝고 한쪽 말만 들으면 어둡다고 했습니다. 폐하께서 부디 살펴 주소서."

유비가 마지못해 허락했다. 마량은 영채의 도면을 갖고 동천으로 떠났다. 유비가 장수들에게 명했다.

"군사들을 숲속으로 옮겨 더위를 피하도록 하라."

촉군의 움직임은 즉시 염탐꾼에 의해 한당과 주태의 귀에 들어갔다. 그들은 당장 육손에게 달려갔다.

"촉군 사십여 개 영채가 산속으로 들어갔소이다. 군사들이 계곡 냇가에서 목을 축이고 있다 하니 이때 공격합시다."

육손은 기뻐하며 직접 동정을 살피러 나갔다. 과연 촉군이 물러간 자리에는 나이 든 군사 만여 명만 주둔하고 있었다. 주태가 당장 쓸어버리겠다고 나섰다.

"한 장군과 내가 두 갈래로 쳐들어가면 저런 허수아비 군사쯤은 단번에 쳐부술 수 있소."

육손이 주위를 살피더니 고개를 저었다.

"앞산에 복병이 숨어 있는 게 분명하오. 평지에 약한 병사들을 놔둔 것은 우리를 유인하려는 술책이니 절대 나가선 안 되오."

장수들이 하나같이 육손을 비웃었다.

"나약한 선비라 어쩔 수 없군."

다음 날 촉군 선봉 오반이 군사를 끌고 와 싸움을 걸었다. 욕을 퍼붓고 무력을 뽐내다 아예 옷을 벗고 누워 쉬거나 잠을 자기까지 했다. 이를 본 오군 장수들은 부아가 치밀었지만 육손이 절대 출정을 허락하지 않았다.

"왜 우리를 내보내지 않는 것이오?"

"그대들은 혈기만 남았을 뿐이구려. 적이 우리를 유혹하는 계책을 쓰는데 사흘만 참으시오. 곧 나머지 영채를 옮길 테니 그때 칩시다."

"그때 어떻게 친다는 겁니까?"

"나는 저들이 영채를 모두 옮기길 기다리고 있소."

육손의 속을 알 리 없는 장수들은 그를 비웃었다. 육손은 때를 기다리고 있었다. 완벽한 때를. 인내심이야말로 지도자의 가장 큰 덕목이다. 인내는 그 어떤 무력보다 강하다. 단번에 꺾지 못할 것도 꾸준한 노력으로 꺾을 수 있다. 인내는 최강의 정복자인 셈인데 육손이 바로 그런 덕목을 갖춘 자였다.

사흘이 지나자 육손의 말대로 오반의 나머지 군사들도 사라지고 너른 들판이 텅 비었다. 촉의 군사들이 영채를 옮기자 숲속에 숨어 있던 유비가 비로소 모습을 드러냈고 군사들이 쏟아져 나와 이동했다. 오의 군사들은 그제야 간담이 서늘했다. 육손이 보란듯이 말했다.

"그대들이 나가 싸우자 해도 말린 것은 저들 때문이었소. 적의 복병이 밖으로 나왔으니 이제 열흘 안에 격파할 수 있소."

"도독, 처음에 촉의 군사들이 먼 길을 오느라 지쳤을 때 예봉을 꺾었어야 하는데 칠팔 개월이 지나 요충지를 지키고 방비를 튼튼히 하는 지금 무슨 수로 격파한단 말입니까?"

"하하, 그건 공들이 병법을 몰라서 하는 소리요. 유비는 당대 호걸이고 실전 경험도 아주 많소. 처음에는 촉군의 법도가 분명하고 질서정연했지만 지금은 오래 지키느라 지쳤소. 우리가 응해 주지 않아 기강이 해이해졌으니 지금이야말로 적을 무찌를 좋은 기회라는 말이오."

후세 사람들은 이러한 육손의 지략을 미끼로 고래를 낚는 지혜라고 칭송했다. 육손은 손권에게 표문을 보내 적을 공격할 적당한 날짜를 받았음을 알렸다. 손권은 대군을 보내 육손을 지원하게 했다. 이때부터 육손을 서생이라 얕잡아 말하는 자가 없었다.

이때 유비는 수군을 거느리고 강을 따라 내려가며 동오의 경계 깊숙이 들어가 강가에 수채를 짓고 주둔했다. 황권[†]이 아뢰었다.

황권은 원래 유장의 주부였고 유비가 촉으로 들어오지 못하게 말린 사람이야. 유비가 익주를 점령한 뒤 회유해 우장군으로 삼았지. 하지만 가만히 보면 지조가 있는 사람은 아니야. 나중에는 귀로가 끊기니까 위나라에 투항했거든. 그렇지만 유비의 인격에 크게 감복한 건 사실이야. 유비를 무한히 신뢰했으니까.

"폐하, 강물을 따라 내려가면서 전진하기는 쉽지만 거슬러 물러나기는 대단히 어렵습니다. 신이 앞장서 나갈 테니 폐하께서는 후진해 군사들을 단속하십시오. 그래야 형세가 불리해도 폐하의 옥체를 보존하실수 있습니다."

하지만 유비는 자신감이 충만했다.

"오나라의 도적놈들이 이미 겁을 먹어 단숨에 쳐들어가도 아무 걱정 없소."

"그래도 신중한 것이 좋습니다."

관원들이 아무리 간해도 유비는 말을 듣지 않았다. 자신이 직접 전군을 지휘해 강을 끼고 양쪽으로 영채를 세우려 고집을 피웠다. 정탐꾼들은 신경을 곤두세우며 정황을 파악해 속속 조비에게 소식을 전했다.

"폐하, 촉군이 칠백 리에 걸쳐 사십여 곳에 영채를 늘여 세워 주둔하고 있습니다."

"영채를 세운 곳의 지형은 어떠하더냐?"

"산을 의지해 숲속에 있습니다."

조비가 어이없다는 듯 웃었다.

"하하하, 유비에게 패배만이 남았구나."

다른 관원이 물었다.

"어찌하여 그리 생각하십니까?"

조비는 짜장 잘 안다는 듯 대답했다.

"유비는 병법을 모르는 아둔한 자로다. 제갈공명이 없기 때문에 그런 모양이다. 칠백 리나 영채를 늘여 세우고서 어떻게 적을 막는단 말이냐? 높은 산이나 습한 땅, 지형이 험한 곳에는 절대로 군사들을 몰아넣어선 안 된다. 두고 봐라. 유비가 육손에게 크게 패했다는 소식이 들려올 것이야. 우리가 할 일은 육손이 서천을 취하려 진격할 때 오를 돕는다는 명분으로 텅 빈 오를 쳐들어가는 것이다."

"아, 참으로 타당하십니다."

조비는 군사들에게 태세를 갖추게 했다. 그리하여 명령만 내리면 세 갈래 길로 오나라를 급습하기 위한 준비를 마쳤다.

이처럼 정세가 긴박하게 돌아갈 때 마량은 영채 도면을 갖고 동천에 도착했다. 마량이 제갈공명을 만나 말했다.

"황제께서 이 도면을 보여드리라 했습니다. 저희들이 진을 친 것이 이러합니다."

제갈공명은 도면을 보고 깜짝 놀라 주먹으로 책상을 쳤다.

"어째 이런 일이……. 누가 영채를 이리 세우라 했소?"

"황제 폐하께서 직접 하신 일입니다. 다른 이의 계책이 아닙니다."

"정말이오? 아아, 한나라의 운수가 여기까지로구나."

"무슨 말씀이십니까?"

"병법을 완전히 무시한 진지를 세웠구려. 화공을 당해도 빠져나갈 수가 없고, 진지를 칠백 리에 늘여 세워 적을 막을 수도 없소. 육손이 밖으로 나오지 않은 것은 이런 기회가 오기를 기다렸구려. 재앙이 코앞에 닥쳤으니 그대는 빨리 가서 영채를 옮기도록 아뢰시오."

"하지만 오군이 이미 쳐들어와 싸움에 패했다면 어찌하오리까?"

다시 돌아가는 데만도 오랜 시간이 걸리기에 하는 말이었다.

"육손이 감히 우리 군사를 추격하지는 못할 테니 성도는 걱정할 필요 없소."

"왜 육손이 추격하지 않는다고 보십니까?"

"위나라가 있지 않소. 위가 뒤를 급습할까 두려워 쫓아오지는 못할 것이오. 만일 폐하께서 싸움에 패하셨다면 백제성으로 피하셔야 하오. 내가 들어오면서 이런 일에 대비해 십만 명의 군사를 이미 어복포에 매복해 두었으니 거기서는 걱정 없을 거요. 그 군사 때문에 육손이 절대 깊이 들어오지 못하오."

어복포에 군사를 매복했다는 말은 금시초문이었다.

"오는 길에 그곳을 지났지만 군사가 하나도 없었습니다."

"두고 보면 알 거요."

마량은 제갈공명의 표문을 들고 황급히 길을 재촉했다. 제갈공명은 싸울 준비를 하며 성도에 돌아와 군마를 징발했다.

"위기가 닥쳤다. 전군은 준비하라!"

한편 촉군이 나태해지고 군기가 빠지자 육손이 장수들을 불러 작전을 짰다.

"드디어 싸울 때가 다가왔소. 그동안 촉군의 동태를 충분히 파악했소. 먼저 강의 남쪽 기슭에 있는 영채 하나를 시험 삼아 빼앗을 생각인데 누가 맡겠소?"

말이 끝나기 무섭게 한당과 주태, 능통 등이 나섰다.

"우리가 하겠소!"

육손은 그들을 제쳐 두고 맨 밑에 있는 말단 장수인 순우단을 불렀다.

"그대에게 오천 명의 군사를 내줄 것이다. 남쪽 적의 영채 가운데 네 번째 영채를 꼭 얻도록 해라. 오늘 밤 기습에 성공해야 한다. 그러면 나도 군사를 거느리고 지원하겠다."

순우단은 생각지도 못한 기회를 얻자 각오를 다지며 군사를 이끌고 떠났다. 육손은 마지막 병사가 빠져나간 것을 보고 나머지 장령들에게 명했다.

"그대들은 삼천 명의 군마를 이끌고 적의 영채 오 리 밖에서 주둔해 있어라."

"순우단이 가지 않았습니까?"

"순우단은 패해서 돌아올 것이다. 그를 구해 주면 된다. 당황하지 말고 절대 적을 추격하지 마라."

순우단이 이윽고 촉군의 영채에 도착했다. 밤이 깊을 무렵 군사들이 함성을 지르고 북을 울리며 영채를 공격했다. 촉군에서 부동[†]이 창을 들고 나와 순우단과 겨루었다.

"하룻강아지 범 무서운 줄 모르는구나. 여기가 감히 어디라고 공격하느냐?"

부동은 정사에는 '부융(傅肜)'으로 되어 있어. 이름이 바뀌어 등장하지만 기개가 있고 충절이 있는 장수였어. 죽을 때까지 의리를 저버리지 않았지.

"내 칼을 받아라!"

순우단이 기세 좋게 치고 들어갔다. 그러나 말단 장수인 순우단이 부동을 이길 수는 없었다. 몇 합 싸우다 말머리를 돌려 달아나려 하자 조융이 나타나 순우단의 군사들을 짓밟았다. 순우단은 태반의 군사를 잃고 간신히 활로를 뚫고 나오는데 촉군이 놓치지 않고 쫓아왔다. 그때 육손의 명령을 받은 서성과 정봉이 기다렸다는 듯 나타나 촉군의 추격을 막았다. 순우단은 온몸에 부상을 입고 돌아와 육손 앞에 무릎을 꿇고 패전의 죄가를 청했다.

"저를 죽여 주십시오! 적에게 패했습니다."

"그대 잘못이 아니다. 적들의 태세가 어떠한지 알아보려 했을 뿐이니 염려할 것 없다. 이제 촉을 격파할 계책이 섰느니라."

촉군과 싸워 본 서성과 정봉이 말했다.

"촉군이 생각보다 강합니다. 공연히 군사를 잃을까 두렵습니다."

"하하하, 걱정 마시오. 내가 속이지 못할 사람은 이 세상에 제갈공명뿐이오. 다행히 그자가 이곳에 없으니 우리가 성공할 수 있소."

육손은 은밀히 모든 장수들에게 화공을 준비시켰다.

"영채 사십 개 중에 하나씩 건너뛰어 스무 곳에 불을 놓으시오. 공격할 때는 밤이고 낮이고 쉬지 않고 유비를 사로잡을 때까지 멈추지 마시오. 격전의 날이 왔소."

이때 유비는 적의 공격을 맞받아치려고 준비하고 있었다. 그런데 장막 앞에 있던 중군기가 바람도 없는데 쓰러지는 사고가 일어났다.

"깃발이 왜 쓰러졌느냐?"

불길한 징조였다. 그때 오나라 군사들이 산기슭을 따라 동쪽을 향해 가고 있다는 소식이 들려왔다. 관흥과 장포가 오백 기씩 거느리고 나가 순찰하다 해 질 무렵에 돌아왔다.

"폐하, 강북 연안에 있는 영채에서 오군의 침입으로 불길이 솟았습니다."

유비가 급히 관흥은 강북으로, 장포는 강남으로 보내 연안의 정황을 살펴보게 했다. 두 장수가 떠나고 얼마쯤 지났을까. 갑자기 바람의 방향이 바뀌었다. 동남풍이 몰아친 것이다. 적벽대전에서 동남풍이 불어 바람이 북쪽으로 몰아쳤던 기억이 생생한 유비였다.

"예감이 안 좋다. 바람의 방향이 바뀌었구나."

그러나 때는 이미 늦었다.

"불이 났다!"

유비의 영채 왼쪽에서 불길이 치솟더니 오른쪽에서도 불길이 일었다. 불길은 바람을 타고 금세 거세져 풀숲과 수목으로 옮겨 붙었다. 유비가 있는 어영의 군사들은 거센 불길에 당황하지 않을 수 없었다. 어둠 속에서 뒤엉켜 서로 밟고 밟히는 아수라장을 만드니 이때 죽은 자가 부지기수였다. 이어서 오나라 군사들이 불과 함께 덮쳤다. 어둠 속에서 적의 수효가 얼마나 되는지 짐작조차 할 수 없었다.

"대피하라!"

유비가 급히 말을 타고 풍습의 영채로 달려갔다. 그러나 풍습의 영채에서도 화염이 치솟았다. 강남과 강북의 연안이 온통 불바다로 변해 대낮처럼 밝았다. 그때 적장 서성이 군사를 이끌고 들이닥쳐 혼전이 벌어졌다. 유비는 군사들을 휘몰아 서쪽으로 도망쳤다. 오군이 놓치지 않고 사방에서 밀고 들어왔다. 유비가 퇴로가 막혀 당황할 때 장포가 치고 들어와 포위를 뚫었다. 촉장 부동과 장포가 힘을 합쳐 겨우 포위망을 뚫었지만 오군은 맹렬히 쫓아왔다.

달리고 달리던 유비는 마안산에 이르러 산 위로 올라갔다. 곧바로 육손의 군사들이 산을 겹겹이 둘러쌌다. 산 위에서 내려다보니 온통 들판이 불바다가 되고, 촉군의 시체가 강을 메울 듯이 떠내려갔다.

다음 날 날이 밝기도 전에 오군이 또다시 사방에서 불을 질렀다. 불길이 온 산으로 번져 열기와 연기가 하늘을 뒤덮자 촉군은 어지럽게 도망쳤다.

"이를 어찌하면 좋으냐?"

유비가 어쩔 줄 몰라 당황하고 있는데 관흥이 군사 몇 기를 끌고 산 위로 올라왔다.

"폐하, 사방에서 불길이 번져 이곳은 위험합니다. 빨리 백제성으로 군마를 옮겨 수습하십시오."

"누가 뒤를 막을 것인가?"

"제가 막겠습니다!"

부동이 나섰다. 관흥이 앞장서고 장포가 중군이 되어 유비를 호위하며 길을 뚫었다. 부동이 추격하는 오군을 막아 황혼 무렵 겨우 산을 내려왔다. 하지만 오군의 추격은 계속되었다. 달아나는 유비를 잡으려고 앞을 다투며 쫓아왔다.

"유비를 잡아라!"

"유비의 목은 내 것이다!"

나부끼는 깃발이 하늘을 가리고 군마가 대지를 울리며 쫓아왔다. 다급해진 유비는 군사들에게 갑옷과 옷을 벗게 한 뒤 그것에 불을 질러 적의 추격을 차단했다. 죽을 고비를 몇 차례나 넘기며 숨 가쁘게 퇴각하는데 한 떼의 군사가 맞은편에서 달려왔다. 꼼짝없이 죽었다 싶었는데 뜻밖에도 조자룡이 나타났다.

"폐하, 제가 왔습니다!"

조자룡은 서천의 강주에 있다가 오군과 전투가 벌어졌다는 소식을 듣고 군사를 끌고 오던 중 하늘을 달군 불길을 보고 길을 잡아 바람처럼 달려오는 길이었다. 조자룡이 쫓아오던 적장 주연의 가슴을 단칼에 꿰뚫어 버리자, 군사들 사이에 금세 상산 조자룡이 나타났다는 소문이 파다하게 퍼졌다. 오나라 군사들은 그 이름만 듣고도 두려워 저마다 도망치기 바빴다. 유비는 겨우 목숨은 건졌지만 군사들의 안위가 걱정되어 눈물을 뿌렸다.

"아, 짐은 위기를 넘겼지만 군사들은 어이됐을꼬?"

조자룡이 유비를 위로했다.

유비의 촉군과 육손의 오군이 크게 맞서 싸웠던 이릉 주변 지도

"폐하, 정신을 차리십시오. 적이 쫓아와 잠시도 지체할 수 없습니다. 얼른 백제성으로 들어가 옥체를 회복하십시오. 다른 장수들은 제가 구해 오겠습니다."

유비가 백제성에 도착했을 때 따라온 군사는 고작 백여 명에 불과했다. 촉군이 대패한 것이다.

유비를 추격하는 오군을 막던 부동은 퇴로가 끊겨 포위되었다. 정봉이 큰 소리로 외치며 항복을 권했다.

"촉군은 죽거나 항복했다. 유비도 이미 사로잡혔으니 항복하지 않겠느냐?"

부동이 코웃음을 쳤다.

"나는 한나라 장수다. 어찌 오의 개들에게 항복한단 말이냐?"

부동이 창을 움켜쥐고 군사들을 독려하며 백여 합을 싸웠지만 오군의 포위망을 뚫을 수가 없었다. 결국 부동은 오군에게 둘러싸인 채 말에서 떨어져 피를 쏟고 죽었다. 한나라 충신이자 장수로서 부끄럽지 않은 죽음을 맞은 것이다. 항복을 권하는 오의 군사들을 꾸짖은 부동의 명성은 훗날까지 오래오래 기억되었다.

이때 많은 촉의 충신들이 자결하거나 당당히 싸우다 죽음을 택했다. 정기와 풍습, 장남 등이 전사한 용감한 장수로 이름을 남겼다. 촉군의 원정으로 시작된 이 싸움이 《삼국지》의 3대 대첩 가운데 하나로 기록된 이릉대전이다.[†]

이때 오에 있던 손 부인은 유비가 승리해 자신을 데려갈 거라는 실낱같은 희망을 안고 있었다. 그런데 믿고 싶지 않은 소문이 전해졌다. 유비가 죽었다는 것이다.

"불바다에 갇혀 촉의 황제가 붕어했답니다."

수레를 타고 강기슭에 나가 유비를 애타게 기다리던 손 부인은 더는 살아야 할 의미가 없다고 여겨 스스로 강물에 몸을 던져 목숨을 끊었다.

대승을 거둔 육손의 군사들은 사기가 충천해 촉군을 뒤쫓았다. 기관이라는 지역에서 멀지 않은 곳에 이르렀을 때 문득 육손은 강기슭을 끼고 강물이 흐르는 곳에서 무서운 살기가 도는 것을 느꼈다.

"저곳에 복병이 있다. 경솔히 진격하지 마라!"

육손은 정탐병을 보내 주변을 샅샅이 탐색하게 했다.

조금 뒤 정탐병이 돌아와 보고했다.

"복병이라고는 그림자도 없었습니다."

"그럴 리가 없다."

해가 지자 살기가 점점 더 뻗쳤다. 육손은 도무지 의심을 누그러뜨릴 수 없어 심복 부하를 보냈다. 심복 부하가 살펴보고 오더니 보고했다.

여기서 잠깐!!

《삼국지연의》를 읽다 보면 수없이 벌어지는 전쟁에서 참전 병사의 숫자와 사상자 수가 엄청난 것을 알 수 있어. 하지만 과연 그 숫자가 정확한지는 의문이야. 200년대의 중국 인구수에 비하면 지나치게 과장되었기 때문이지. 3대 대첩의 실제 병사 수를 계산해 보면 다음과 같아. 관도대전에서 원소군은 70여만 명으로 묘사돼. 하지만 정사에 의하면 원소 군은 12만, 조조 군은 10만 정도였어. 전투에 패해 죽은 원소군은 약 8만으로 확인돼.

적벽대전에서 조조 군은 80만이라고 했는데, 정사에 의하면 주유 군이 3만, 유비 군이 2만이며 조조 군은 실제로 20만에 이르는 것으로 알려졌어.

이릉대전에서는 유비 군이 70만이라고 했는데 실제로는 8만 정도이며, 육손의 선봉대가 5만 정도였다고 해.

"강기슭에 돌무더기만 팔구십여 개가 있었습니다. 사람이나 말은 보이지 않았습니다."

"그럼 이 살기는 어디에서 나오는 것이란 말이냐? 이곳에서 오래 산 백성을 불러오너라."

몇몇 백성이 끌려오자 육손이 물었다.

"강기슭의 돌무더기는 누가 쌓은 것이냐? 거기서 살기가 치솟는 이유를 아느냐?"

한 백성이 말했다.

"여기는 어복포라는 곳입니다. 그 돌들은 제갈량이 쌓았습니다."

"제갈량이? 언제 쌓았느냐?"

"서천으로 들어갈 때 병사들에게 돌을 모아 진세를 꾸미도록 해 놓았습니다. 그런 뒤로 구름 같은 기운이 항상 돌무더기에서 솟아나고 있습니다."

육손은 높은 곳에 올라가 돌무더기를 살폈다. 사면팔방에 모두 문이 있는 돌로 만든 진지였다.

"하하하, 제갈량이 사람을 속이려고 이런 짓을 했구나. 내 직접 가서 살펴봐야겠다."

육손이 말을 타고 석진 안으로 들어갔다. 이리저리 한참 동안 훑어보는데 옆에 있던 부장이 말했다.

"도독, 해가 저물었습니다. 그만 돌아가시지요."

"그러자."

육손이 말을 돌려 석진을 빠져나오려 할 때였다. 갑자기 회오리바람이 불고 돌덩이들이 구르며 소리를 내기 시작했다. 이어 하늘과 땅을 구분할 수 없을 만큼 사방이 캄캄해지면서 돌무더기가 마치 병사로 변해 창칼로 찌르는 듯이 느껴졌다. 게다가 강물 소리와 북소리가 어우러지는 환청이 들려 도무지 정신을 차릴 수 없었다.

"아, 내가 제갈량의 계책에 속았구나."

육손이 당황해 사방을 살펴보았지만 어디로 가야 진을 빠져나가는지 도무지 알 수 없었다.

"아, 내가 여기서 죽는단 말인가?"

육손이 탄식할 때 한 노인이 홀연히 나타나 웃으며 물었다.

"장군은 어찌하여 이 진에 들어오셨소?"

"노인장, 살려 주시오. 어떻게 해야 여기서 벗어날 수 있소?"

"나를 따라오시오. 도와드리겠소."

지팡이 짚은 노인이 천천히 걸음을 옮겼다. 육손 일행은 노인을 놓치지 않으려고 바짝 뒤를 따랐다. 한참을 걷다 보니 어느새 석진 밖으로 나와 있었다.

"어르신, 감사합니다. 존함을 여쭤도 되겠습니까?"

"나는 황승언이라 하오."

"어디서 많이 들은 존함입니다."

"허허, 내 사위가 제갈공명이오."

"아……, 그러시군요."

"내 사위가 이곳에 석진을 벌여 놓았소. 팔진도라고 하는 진지인데, 문 여덟 개가 매시간 변화무쌍하여 능히 십만 병사와 비길 만하다오."

"그런데 어찌하여 저를 구해 주셨습니까?"

"사위가 내게 한 부탁이 있었소. 오나라 대장이 이곳에 빠지면 절대 구해 주지 말라는 것이었지요. 한데 내가 오늘 산에 올랐다가 장군이 곤경에 빠진 것을 보았소."

"그럼 왜 사위의 부탁을 들어주지 않으신 겁니까?"

"나는 원래 선한 삶을 살고자 하는 사람이오. 누가 죽거나 다치는 것을 보고 싶지 않소. 그래서 진지에 갇힌 장군을 살 수 있는 문으로 인도한 것이라오."

"감사합니다. 그런데 석진의 진법을 아신다면 저에게 좀 가르쳐 주십시오."

"변화무쌍한 진법이라 우리 사위나 알지, 나는 잘 알지 못하오."

육손은 다시 한 번 황승언에게 감사함을 전한 뒤 돌아서서 긴 탄식을 했다.

"아, 제갈공명은 참으로 놀라운 사람이로다. 나 같은 자가 도무지 따를 수가 없구나."

육손은 전군에 회군을 명했다. 그러자 장수들이 뜻밖이라는 듯 눈을 둥그렇게 떴다.

"유비는 고작 성 하나를 지키고 있습니다. 당장 쳐들어가 요절을 내야지, 어찌 겁을 먹고 돌아간단 말씀입니까?"

"석진이 무서워서가 아니다. 조비가 간특하고 음흉한 것이 조조와 꼭 닮은 인간 아니더냐? 우리가 계속 촉군을 추격하면 분명히 빈틈을 노려 우리 오를 칠 것이야. 서천으로 깊이 들어가면 돌아오기 힘드니 지금 돌아가는 것이 낫다."

육손은 장수 하나를 남겨 뒤를 맡게 한 뒤 대군을 거느리고 돌아섰다. 얼마 안 가서 파발꾼이 달려와 보고했다.

"위나라 군사들이 동오를 향해 움직였습니다. 세 갈래 길로 나눠 내려오고 있답니다."

"하하하, 내 생각이 맞았구나."

육손은 이미 계책을 세워 놓고 있었기에 당황하지 않았다.

3
유비의 죽음

장무 2년(222) 육손은 효정 이릉 땅에서 촉의 군사들을 크게 무찔러 이름을 날렸다. 유비는 백제성으로 몸을 피해 조자룡과 함께 성을 지켰다. 마량이 뒤늦게 제갈공명의 명을 받고 돌아왔는데 전쟁은 허무하게 끝난 뒤였다. 마량은 참패한 것을 알고 괴로워하며 제갈공명의 말을 전했다. 마량이 전하는 말을 듣고 유비가 탄식했다.

"아, 내가 진작 상보(제갈공명)†의 말을 들었더라면 이 지경이 되지는 않았을 것이다. 내 어찌 상보의 얼굴을 볼 것이며 무슨 낯으로 성도로 돌아간단 말이냐?"

유비는 백제성에 머물기로 결정했다. 작은 백제성의 역관을 고쳐 영안궁이라 이름했다. 그 뒤로도 촉군의 패배 소식은 속속 더 들어왔다. 유비는 슬픔에서 헤어나지 못했다. 게다가 황권의 군사들이 위에 투항했다는 말까지 들렸다.

"폐하, 황권이 강북의 군사들을 이끌고 조비에게 투항했다 하니 그의 가족을 잡아다 처벌하소서."

신하들이 유비에게 강력히 권했다. 그러나 유비는 자신의 시대가 끝났음을 알고 있었다.

"황권이 돌아오고자 해도 오나라 군사들이 강북 연안의 길을 막고 있으니 어찌 돌아오겠는가? 이는 내가 황권을 버린 것이다. 황권의 가족에게 물을 죄가 아니다. 오히려 그 가족을 잘 지켜 주어라."

유비는 늙고 지쳤지만 아직 과거의 의리가 남아 있었다. 이익을 놓고도 의리를 생각하고, 어려울 때 목숨을 내놓고, 오랜 약속을 평생토록 잊지 않고 지키는 자가 전인이라고 한다면 유비는 충분히 그런 덕목을 가지고 있는 영웅이었다.

제갈공명은 황제의 바로 아래 지위여서 상보라 불렸어. 상보는 원래 주나라 무왕이 강태공에게 준 칭호야. '존경하는 아버지뻘'이란 뜻이지. 그랬던 말이 황제가 대신을 존중할 때 사용하는 최고의 칭호가 된 거야.

이때 황권은 조비 앞에 끌려가 심문을 받고 있었다.

조비가 황권에게 물었다.

"그대가 투항한 것은 옛날 진평과 한신을 추모하기 위해선가?"

진평과 한신은 둘 다 애초에 항우의 부하였지만 유방에게 항복해 나중에 항우를 쳐서 개국공신이 된 자들이다.

"아니옵니다. 신은 촉나라 황제의 은혜를 입어 강북에서 군사를 통솔하다 퇴로가 끊겨 항복했을 뿐입니다. 오나라에 투항할 수는 없기에 폐하에게 투항한 것입니다. 항복한 장수이니 죽음이나 면하면 다행입니다. 처분에 따르겠습니다."

조비는 충성스러운 황권이 탐났다.

"나에게는 그대 같은 충성스러운 장수가 필요하다. 그대를 진남장군에 봉하겠다."

"아닙니다. 저는 그런 직위를 받을 수 없습니다."

황권이 거절하자 조비가 잔꾀를 부렸다. 주인 유비에 대한 배신감이 들게 만들려고 거짓 보고를 하게 연출한 것이다. 황권이 있는 자리에서 정탐꾼이 들으라는 듯이 조비에게 보고했다.

"폐하, 촉의 황제가 황권의 가족을 몰살시켰다 합니다."

조비가 황권의 반응을 살폈다.

"어떠냐? 이래도 나에게 진정으로 투항하지 않겠느냐?"

황권은 얼굴빛도 변하지 않고 평온하게 말했다.

"저와 촉주는 믿음이 깊은 사이입니다. 촉주께서 저의 마음을 알기에 절대로 저의 식솔을 건드리지 않을 것입니다."

조비는 황권이 잔꾀로 통할 사람이 아님을 알고 고개를 끄덕였다. 그에게 투항을 더 권하는 것은 그의 충절과 기개에 대한 모욕이라 생각해 그냥 살려 두기로 했다. 후세 사람들은 황권이 장렬히 죽지 않았다고 비난하는 글들을 남기기도 했다.

조비에게 천하 통일은 남은 대업이자 아버지 조조의 유업이기도 했다. 따라서 오와 촉, 두 나라가 전쟁으로 국력이 쇠한 이때가 다시 오지 않을 좋은 기회로 보였다. 조비는 이미 오나라로 군사를 보내 놓고도 마음이 놓이지 않았다. 그래서 주위에 의견을 묻자 가후가 신중한 대답을 올렸다.

"유비도 영웅이고 손권도 영웅입니다. 게다가 우리 위나라에는 손권과 유비의 적수가 될 만한 인재가 없습니다. 우리가 아무리 하늘 같은 위엄이 있고 기세가 강하다 해도 둘 중 하나와 싸워 반드시 이긴다고 보장할 수도 없습니다. 그저 방비하면서 촉과 오에 어떤 변화가 생기는지 살피는 게 옳다 생각합니다."

조비가 다시 물었다.

"군사들이 이미 세 갈래 길로 오나라를 쳐들어갔는데 어찌 못 이긴다는 게요?"

옆에 있던 유엽이 말했다.

"오나라는 육손이 대도독이 되어 촉의 칠십만 대군을 격파했습니다. 또 위아래로 한마음으로 똘똘 뭉쳐 있고, 강과 호수가 가로놓여 기병이 단번에 제압하기가 어렵습니다. 그뿐입니까? 육손은 계략이 출중한 장수라 만만히 보기 어렵습니다."

"지난번에는 치라고 하더니 이제는 치지 말라는 것인가?"

"그때와 지금은 사정이 다릅니다. 지난번에는 오가 촉에게 형편없이 패해 사기가 땅에 떨어졌지만 지금은 사기가 오를 대로 올라 공격해선 안 됩니다."

신하들의 반대에도 조비는 고집을 피웠다.

"짐은 마음을 굳혔다. 더 이상 다른 말 하지 말라."

조비가 친위 부대인 어림군을 거느리고 떠날 준비를 했다. 정탐꾼들이 오나라가 이미 싸움에 대비한 준비를 마쳤다고 보고했다.

"여범이 조휴에 대비하고 있고, 남군에서 제갈근이 조진을, 유수에서 주환이 조인을 기다리고 있습니다."

하지만 조비는 개의치 않고 군사를 거느리고 떠났다.

오나라 장수 주환은 담대하고 지략이 있는 스물일곱 살의 젊은 장수였다. 그는 오천 명의 기병을 거느리고 유수성을 지켰는데, 조인의 장수들이 오만 명의 정예병을 거느리고 유수성을 치러 온다는 소식을 들었다. 군사들이 겁을 먹자 주환이 칼을 들고 외쳤다.

"들어라! 자고로 승부란 장수에게 달려 있을 뿐 군사의 많고 적음은 중요하지 않다. 조인의 군사는 멀리서 오느라 지쳤을 것이다. 우리가 높은 성에서 큰 강을 끼고 험한 산을 등진 채 기다리고 있는데 두려울 것이 무엇이겠는가? 조비가 직접 쳐들어와도 두렵지 않은데 조인 따위를 두려워하겠는가?"

주환이 군사들의 사기를 북돋운 뒤 깃발을 거두고 북소리도 내지 못하게 영을 내렸다. 빈 성처럼 보이게 위장한 것이다.

이를 알 리 없는 조인의 선봉장 상조가 유수성을 향해 달려왔다. 멀리서 봐도 군사 하나 없는 빈 성이었다. 방심하고 성 가까이 접근했을 때 갑자기 성 위에 깃발이 올라가고 군사들이 모습을 드러내며 일제히 활을 쏘았다. 주환은 칼을 뽑은 채 달려 나와 상조와 기량을 겨루었다. 상조는 삼 합 만에 주환의 칼에 목이 달아났다.

"이때다! 적을 쳐라!"

승세를 몰아 오군이 거세게 공격하자 장수를 잃은 위군은 전리품은 물론 부상당한 자들까지 버린 채 도망쳤다. 뒤늦게 따라오던 조인은 퇴각하는 세력과 함께 피신했다. 조인이 조비에게 패전 소식을 알리자 조비가 깜짝 놀라 신하들과 대책을 의논했다.

불운은 다시 불운을 몰고 왔다. 조진과 하후상이 남군을 포위했지만 안에서 육손의 군사들이 몰려나오고 밖에서 제갈근의 복병이 협공하는 바람에 손도 못 쓰고 패배했다는 소식이 들어왔다. 여기에 더해 조휴도 힘을 못 쓰고 여범에게 크게 패했다. 세 갈래로 보냈던 군사들이 모두 패한 것이다.

조비가 땅이 꺼지도록 한숨을 토했다.

"아, 내가 가후와 유엽의 말을 듣지 않아 패했도다."

설상가상으로 날씨는 무더운 한여름이었다. 조비는 할 수 없이 지친 군사들을 거두어 낙양으로 돌아왔다. 오나라와 위나라의 관계는 악화될 대로 악화되었다.

오와 위가 싸우는 동안 촉은 한숨을 돌렸다. 하지만 긴장이 풀린 유비가 중병이 들고 말았다. 필생의 대업은 물론이고 동생들의 원한도 갚지 못한 채 실패자가 되었다는 회한이 병을 불러온 것이다. 병세는 점점 깊어져 좀체 회복되지 않았다.

"아아, 내가 어리석어 대업을 망쳤도다."

제갈공명의 말을 안 듣고 오만함에 빠져 독단적으로 행동하다 대세를 그르쳤다는 자책감이 강하게 들수록 병세는 깊어만 갔다. 게다가 눈만 뜨면 먼저 간 관우와 장비를 생각하며 통곡하기 일쑤였다. 신경은 나날이 날카로워지고 헛것이 보이기까지 했다. 밤마다 귀신을 보는데 어느 날은 관우와 장비를 만나기도 했다.

"너희들은 누구냐?"

"형님, 저희들은 사람이 아니라 귀신입니다. 우리 두 사람이 평생 신의를 잃지 않고 살아왔다 하여 옥황상제께서 신으로 만들었습니다. 이제 형님과 만날 날이 멀지 않았습니다."

"동생들아, 나를 잊지 않았구나. 내가 곧 따라가마."

목을 놓고 통곡하다 눈을 뜨자 두 동생이 사라지고 없었다. 유비는 비로소 때가 되었음을 알았기에 기운을 차리고 마지막 명을 내렸다.

"성도로 가서 상보 제갈량과 상서령 이엄† 등에게 내가 유명을 내릴 테니 이리 오라 전하라."

전령이 밤낮을 가리지 않고 달려가 제갈공명에게 소식을 전했다. 제갈공명은 태자 유선에게 성도를 지키라고 이른 뒤, 둘째 아들 유영, 셋째 아들 유리와 함께 영안궁으로 출발했다.

영안궁에 도착한 제갈공명은 유비의 병세가 생각보다 깊은 것을 보고 놀라 침상 앞에 엎드렸다.

"폐하, 어찌 용체가 이 지경이 되셨습니까? 서둘러 기력을 회복하셔야 합니다."

"상보 오셨소? 언제든 상보를 보는 것은 짐의 크나큰 기쁨이오. 짐이 상보 덕에 황제가 되었는데 내 식견과 지혜가 부족하고 그릇이 작아 이렇게 패하고 말았소. 후회와 한이 어찌 없겠소? 하나 이제는 죽음이 코앞에 있구려. 태자가 아직 어려 유약하기 이를 데 없으니 모든 일을 상보에게 맡기고 떠날까 하오."

말을 마친 유비가 눈물을 비 오듯 쏟았다. 제갈공명 역시 통곡하며 아뢰었다.

"폐하는 용체를 보존하소서!"

"아니오. 나는 이제 가망 없소."

유비가 고개를 젓다가 옆에 마량의 동생 마속†이 서 있는 것을 보고 말했다.

"상보만 남고 모두들 물러가라."

호위 장수들이 밖으로 나가자 유비가 제갈공명에게 당부했다.

"상보, 마속을 어찌할 생각이오?"

이엄은 유비의 대신이야. 원래 유장의 부하였는데, 앞에서 유비가 촉을 침공할 때 면죽에서 유비를 저지하라는 명을 어기고 유비에게 투항했어. 하지만 돈독한 신임을 얻을 만큼 인격적으로 훌륭한 사람은 아니어서 유비가 죽은 뒤 제갈공명을 속이다 벌을 받아.

～

유비의 용인술은 상대방의 마음을 얻는 것이었어. 도원결의로 관우와 장비를 동생으로 삼았지. 그리고 아들을 땅바닥에 내팽개치면서까지 조자룡을 귀하게 여겼어. 유비는 사람을 쓸 때 말만 앞서는지, 실천하는지를 중하게 여겼어. 그랬기에 마속은 말이 앞서니 중하게 쓰지 말라고 조언한 거야.

"마속은 제가 아끼는 장수입니다. 당대의 영재라 할 수 있지요."

"아니오. 마속은 실제보다 말이 앞서는 자요. 크게 쓸 인재가 아니니 깊이 살피시오."

유비는 다른 신하들에 대한 생각도 전한 뒤 모든 신하들을 안으로 불러들였다. 그리고 붓으로 직접 써 둔 유조를 제갈공명에게 건넸다.

짐은 비록 글을 많이 읽지는 못했소. 하지만 중요한 이야기 몇 가지는 알고 있소. 새는 죽을 때가 되면 울음소리가 구슬프고, 사람은 죽을 때가 되면 말이 착해진다 했소.

짐은 조적을 멸하고 한실을 일으키려 군사를 모아 일어났지만 끝내 완수하지 못하고 중간에 이별하게 되었소. 수고스럽겠지만 상보는 나의 유조를 태자에게 전하여 명심하도록 지도해 주시오. 모든 일을 부디 잘 가르쳐 주기 바라오.

"폐하, 용체를 보존하소서! 저희들이 견마지로를 다하겠나이다. 은혜에 보답하겠나이다, 으흐흑!"

글을 읽은 제갈공명이 통곡했다.

"나는 곧 죽을 것이오. 끝으로 하고 싶은 말이 있소."

가쁜 숨을 몰아쉰 유비가 말했다.

"상보, 그대의 재주는 조비와 비교할 수도 없소. 그대야말로 천하를 안정시키고 대사를 이룰 재목이오. 간곡히 부탁하오. 태자를 도울 만하면 도와주시오. 하지만 그릇이 못 되면 그대가 스스로 성도의 주인이 되어 주기 바라오."

놀라운 유언이었다.[†] 제갈공명 스스로 황제
가 되어 한실의 유업을 이어 달라는 유비의 마
지막 충언이었다. 유비의 뛰어난 점이 바로 이
것이었다. 재주 없는 아두가 황제가 되어 꿈을
못 이룰 바에는 제갈공명이 그 뜻을 이뤄 달
라는 헌신이고 희생이며 양보였다. 애초에 인
간의 욕망은 한이 없다. 끝없는 욕망은 차라리
없느니만 못하다. 유비가 이처럼 자신의 대업
에 관한 욕망에 한계를 둔다는 것은 그의 목표
가 한실의 재건에 있었음을 분명히 말해 준다.

제갈공명은 유비의 본심을 듣고 통곡하며
말했다.

"흐흐흑! 신은 고굉지신으로서 충절을 바치
고 죽음으로써 대를 이어 애쓰겠나이다."

말을 마친 제갈공명이 격한 감정으로 땅바
닥에 머리를 짓찧으니 피가 흘렀다.

"상보, 바로 앉으시오. 그리고 아들들에게
명하노라. 너희들은 상보 대하기를 아버지 대
하듯 해야 한다. 하지만 결코 조금이라도 태만
해선 안 된다."

유비가 두 아들에게 일러 제갈공명에게 절

유비가 죽으면서 제갈공명에게 아
들 유선이 과업을 이룰 그릇이 못
되면 그를 적절히 활용할 방안을
찾으라고 유언한 것은 정사에 있는
놀라운 사실이야. 이것을 두고 유비
가 제갈공명이 황제가 되어도 좋다
고 허락한 걸로 보는 시각도 많아.
하지만 앞뒤 문맥을 자세히 살펴보
면, 유비의 의도는 자신이 사라진
뒤 혼란스러울지도 모르는 촉한을
안정시키고 한황실을 부활할 과제
를 주는 것이라 볼 수 있어. 다시 말
해 유선이 재능이 부족하다면 그
를 왕의 자리에만 두고, 통치할 권
리는 제갈공명이 알아서 행사해 달
라는 의미였던 거지. 그러니까 제
갈공명이 조조처럼 모든 힘을 갖되
아들이 부족하면 다른 아들이라도
왕위에 올려 자신의 큰 꿈인 한 황
실의 부활을 도모해 달라는 의미로
보는 것이 정확해.

을 올리게 한 뒤 말했다.

"이제 홀가분하오. 경들은 모두 상보 받들기를 게을리하지 마시오. 짐의 부탁을 부디 저버리지 마시오."

유비가 다시 평생의 변함없는 충신인 조자룡에게 당부했다.

"그대는 짐과 환란 중에 만났소. 이렇게 이별하게 되니 안타깝구려. 그간 고마웠소. 부디 나와의 교분을 잊지 말고 태자를 잘 돌봐 주시오."

조자룡도 통곡하며 엎드려 말했다.

"신이 어찌 견마지로를 다하지 않겠나이까?"

말을 마친 유비가 마지막 숨을 거두었다. 장무 3년(223) 4월 24일, 그의 나이 예순셋이었다.

유비의 부음이 전해지자 슬퍼하며 통곡하지 않는 자가 없었다.

제갈공명은 이엄에게 영안궁을 지키라 하고 유비의 관을 받들어 모시고 성도로 돌아갔다. 유선이 성 밖으로 나와 경전에 모신 뒤 통곡하며 예를 마치고 나서 유비가 남긴 유조를 읽었다.

짐이 듣기로 사람이 쉰을 넘어 죽으면 요절이라 하지 않는다. 짐은 예순을 넘겼으니 여한이 없다. 다만 너희 형제들이 걱정이니 악한 일은 작더라도 하지 말고, 선한 일은 작더라도 부지런히 행하여라. 현명하고 덕을 갖춘 자만이 사람을 복종시킬 수 있다.

네 아비는 덕이 부족해 본받을 게 없다. 내가 죽은 뒤 상보와 함께 모든 것을 의논하되 부모와 다름없이 섬기고 태만하게 여기지 마라. 그리하여 너희 형제들이 천하에 이름을 떨치도록 노력해라. 간절히 부탁한다.

유조를 듣고 나자 제갈공명이 말했다.

"나라에는 한시라도 태양이 없을 수 없소이다. 태자를 세워 한나라의 대통을 이어야 합니다."

자연스럽게 태자 유선이 황제 자리에 올랐다. 황제가 된 유선은 연호를 건흥이라 고치고, 제갈량을 무향후에 봉해 익주목으로 삼았다. 또 모든 신하의 벼슬을 높이고 상을 내린 다음 천하에 대사령을 내려 죄수들을 풀어 주었다.

성도의 동향은 정탐꾼에 의해 곧바로 위나라에 보고되었다. 조비가 소식을 듣고 매우 기뻐했다.

"촉에 주인이 없어졌구나. 이 틈에 우리가 군사를 일으켜야 한다."

그러자 가후가 말렸다.

"폐하, 유비는 죽었지만 제갈량이 여전히 살아 있습니다. 아마 목숨을 바치며 유비의 은혜를 갚으려 할 것입니다. 절대로 조급하게 움직이면 안 됩니다."

"이 기회를 놓치고 어찌 기다린단 말이오?"

가후의 말에 신하들 속에서 큰 소리가 나왔다. 바로 사마의였다.

"지금이 좋은 기회입니다."

"오, 그대에게 계책이 있단 말인가?"

"중원의 군사들만으로 친다면 이기기 어렵습니다. 다섯 길로 대군을 일으켜야 합니다. 이 5로 대군이 사방에서 공격해 제갈공명이 수미상응할 수 없게 해야 합니다. 즉 머리와 꼬리가 서로 돕지 못하게 한다면 촉은 우리의 것이 됩니다."

"5로 대군이라면 누구누구를 말함인가?"

사마의는 원대한 계획을 갖고 있었다. 그가 생각한 5로 대군은 다음과 같았다.

"먼저 편지를 써서 요동의 선비국으로 사자를 보내 강왕 가비능을 만나게 하십시오. 황금과 비단으로 마음을 사서 강병 십만 명이 육로로 서평관을 치도록 하는 것이 1로입니다. 또 한 통의 편지를 써서 남만으로 보내 만왕 맹획에게 벼슬과 상을 준 뒤 십만 군사를 일으켜 서천 남쪽으로 쳐들어가게 하는 것이 2로입니다. 그리고 사자를 동오로 보내 화친하고 땅을 떼어 줄 테니 촉을 공격하도록 하는 것이 3로입니다. 그다음에 항복한 장수 맹달이 상용에서 십만 대군을 일으켜 서쪽으로 한중을 엄습하게 하는 것이 4로입니다. 그런 뒤 마지막으로 대장군 조진을 대도독을 삼아 십만 군사로 하여금 양평관으로 들어가 서천을 취하는 것이 5로입니다."

거창한 계획에 모두 입을 벌렸다.

"그러면 총 오십만의 대군인가?"

"그렇습니다."

"다섯 길로 오십만이 간다면 제갈량이 강태공과 같은 재주가 있다 해도 결코 막을 수 없습니다."

사마의의 계획은 규모가 달랐다. 흡족한 조비는 즉시 실행하도록 명했다.

한편 촉한은 유비에 이어 2대 황제 유선이 즉위한 뒤 공신들이 나이가 들어 세상을 떠난 이가 많았다. 이때 조정의 모든 인사와 법무와 재정은 제갈공명의 의견을 물어 처리했다. 조정의 큰 문제 중 하나는 아직 왕비가 없다는 것이었다.

제갈공명은 신하들과 의논한 뒤 후주(유선)에게 알렸다.

"돌아가신 거기장군 장비의 딸이 매우 어질고 나이는 이제 열일곱이라 합니다. 정궁의 황후로 맞으시지요."

유선은 흔쾌히 장비의 딸을 황후로 맞이했다.

그 무렵 위에서 5로 대군을 파견해 쳐들어온다는 소식이 들렸다. 유선은 걱정이 되어 제갈공명에게 입궐하라고 명했다. 하지만 제갈공명은 병에 걸렸다며 들어오지 않았다.

"상보께서 병이 들어 입궐하지 못한다 합니다."

"이를 어쩌면 좋은가? 나 혼자 어찌 오십만 군사를 막는단 말이냐? 상보에게 가서 직접 이 사실을 알려라."

하지만 제갈공명을 찾아간 신하들이 곧 돌아와 소식을 전했다.

"상보께서 병이 좀 나았는지 내일 아침에 조정에 나와 의논하신다 합니다."

이튿날 신하들이 승상부 앞에서 기다렸다. 그런데 제갈공명이 해가

지도록 나오지 않았다. 결국 황제인 유선이 움직일 수밖에 없었다.

다음 날 황제가 어가를 타고 승상부에 도착했다. 황제까지 나타나자 문지기가 깜짝 놀라 절을 하며 영접했다.

"상보는 어디 계시느냐?"

"어디 계신지 모르나 아무도 들여보내지 말라 했사옵니다."

"어서 문을 열어라!"

유선이 어가에서 내려 안으로 걸어 들어갔다. 세 번째 문을 지나자 제갈공명의 모습이 보였다. 지팡이를 짚고 연못가에서 물고기 노니는 모습을 지켜보고 있었다.

"상보는 평안하시오?"

유선을 본 제갈공명이 깜짝 놀라 땅에 엎드려 아뢰었다.

"폐하, 죽어 마땅한 죄를 지었습니다. 무엄하게도 폐하를 이렇게 납시 도록 하다니요."

유선이 공명을 부축해 일으킨 뒤 물었다.

"지금 조비가 쳐들어온다 하는데 상보는 왜 정사를 돌보지 않는 것이 오? 부족한 나를 도와줘야 할 것 아니오?"

"하하하! 폐하, 안으로 드시지요. 위의 대군이 다섯 길로 쳐들어온다 는 것을 제가 어찌 모르겠습니까? 물고기 노니는 모습을 보고 있었던 것이 아니라 복잡한 생각을 정리하고 있었습니다."

"그러니 어찌하면 좋겠소?"

"강왕 가비능과 만왕 맹획, 반역한 장수 맹달, 위나라 장수 조진은 다 물리칠 방도를 생각하고 그에 맞게 조치해 놓았습니다. 다만 손권을 물리칠 일이 남았는데 마지막까지 궁리해 마침내 계책을 세웠으니 아무 걱정 마십시오."

"무슨 계책이오?"

"말솜씨가 좋은 사자를 동오로 보내면 됩니다."

유선이 마음을 놓으며 제갈공명에게 물었다.

"어떤 방도가 있다는 것이오? 듣고 싶소."

"성도에 있는 관원들이 병법의 묘리를 알지 못하기에 제가 일일이 말하지 않았을 뿐입니다. 먼저 서번국 가비능의 군사들이 서평관으로 쳐들어올 것입니다. 그들은 그곳 출신인 마초가 나서서 막으면 됩니다. 마초는 조상 대대로 서천에 살면서 인심을 얻었기 때문에 그들이 존경하는 장수입니다. 이미 편지를 보내 마초에게 서평관을 지키며 복병을 매복해 적을 막도록 했으니 걱정할 게 없습니다."

"오, 그것 참 좋은 방책이오. 남만의 맹획은 어찌할 것이오?"

"위연에게 막도록 했습니다. 남만 병사들은 군사가 많은 것을 보면 겁을 먹습니다. 위연에게 군사들이 왼쪽에서 나와 오른쪽으로 들어가고 오른쪽에서 나와 왼쪽으로 들어가게 하는 의병지계를 써서 군세가 많아 보이게 하도록 일러두었습니다. 만병은 용맹하지만 의심이 많아 감히 쳐들어오지 못할 것입니다."

"오, 그 또한 훌륭한 계책이오. 맹달은 어찌할 것이오?"

"맹달이 한중으로 쳐들어온다 하지만 그는 이엄과 함께 생사를 나누기로 한 사이입니다. 성도로 돌아올 때 이엄에게 영안궁을 지키게 한 것은 이런 일을 대비한 것입니다. 제가 이엄의 필체로 맹달에게 편지를 한

통 보냈습니다. 그 편지가 효력을 발휘할 것입니다."

"그렇다면 조진은 어찌할 것이오?"

"조진이 대도독이 되어 양평관으로 온다 하는데 그곳 지형은 우리가 잘 알듯이 험준합니다. 게다가 조자룡 장군을 보내 지키고 싸우지 말라 했습니다."

"적이 쳐들어오는데 어찌 싸우지 않는단 말이오?"

"의심이 많기 때문에 싸우지 않으면 계략이 있는 걸로 알고 스스로 물러갈 것입니다. 이렇게 네 방면의 군사들은 걱정이 없는데 혹시라도 실수할까 두려워 관흥과 장포에게 삼만 명의 군사를 주고 요충지에서 기다리다 우리 군이 위험에 빠지면 후원하라고 일러두었습니다. 모든 장수들에게 출진할 때 성도를 경유하지 않도록 엄명을 내려 이 일을 아는 사람은 없습니다."

"그러면 마지막 남은 오의 손권은 어찌할 생각이오?"

"손권은 사세 판단이 빠릅니다. 네 갈래에서 들어오는 군사들이 저희들에게 위협적인 모습을 보인다면 쳐들어오겠지만, 그들이 모두 물러나면 감히 움직이지 않을 것입니다. 게다가 조비가 오를 침범했기 때문에 아직까지 원한이 남아 있습니다. 그들이 원하는 대로 들어주지는 않을 것입니다. 아까 말씀드렸다시피 말솜씨가 좋은 사자를 보내 이해관계를 따지게 하면 오의 군사들쯤은 걱정할 게 없습니다."

"그러면 어서 사람을 보내시오."

"마땅한 사람이 없습니다. 그래서 누구를 고를까 고민하는 중에 폐하께서 오신 것입니다."

그 말에 유선이 근심 걱정이 사라진 환한 얼굴로 말했다.

"그대의 말을 들으니 더는 걱정이 없소이다."

술을 몇 잔 마신 뒤 유선은 승상부를 나섰다. 대기하던 관원들은 배웅을 나선 상보와 후주의 환한 얼굴을 보고 안도의 숨을 내쉬었다. 하지만 어떤 의논이 오갔는지 알 수 없어 어리둥절한데 그중 한 신하만 하늘을 올려다보며 다 안다는 듯 소리 없이 밝게 웃었다. 의양 신야 사람으로 호부상서로 있던 등지[†]였다. 제갈공명이 그 모습을 유심히 봐 두었다가 얼마 뒤 시종을 시켜 그를 조용히 불렀다.

"불러 계십니까?"

"그대는 지금 우리 촉과 더불어 위와 오가 삼국으로 나뉘어 있는 것을 알고 있는가?"

"그렇습니다."

"두 나라를 쳐서 천하를 통일하려면 우리가 위와 오 중 어느 나라를 쳐야겠는가?"

제갈공명이 시험하듯 물었다.

"저의 소견에 위는 한나라의 역적이지만 세력이 크고 안정되어 당장 도전하기는 어렵습니다. 게다가 우리 주상께서 보위에 오른 지 얼마 되지 않아 민심이 안정되지 않았으니, 오와 동맹을 맺어 이와 입술의 관계로 만든 다음 위를 쳐서 지난날 선제의 원한을 씻는 것이 장래를 위한 계책이라 생각합니다."

"으하하하, 나도 그렇게 생각한 지 오래요. 그런데 적당한 인물을 못 찾아 근심했는데 오늘에야 임자를 만났소."

"무슨 말씀이십니까?"

"그대가 말한 그 계략을 실행할 사람이 없었소. 그런데 그대는 이미 내 뜻을 헤아리고 있으니 그대가 아니면 맡을 사람이 없소이다."

깜짝 놀란 등지가 손을 내저었다.

"저는 지혜가 부족합니다. 그 일을 감당치 못할까 두렵습니다."

"내가 내일 입궐해서 황제께 알려 이 일을 맡기도록 할 테니 절대 사양하지 마시오."

다음 날 제갈공명은 황제의 교지를 받아 등지를 오에 사신으로 보냈다.[†]

그 무렵 위에서 오로 사신을 보내왔다. 위의 사신이 손권 앞에서 도움을 청했다.

"위는 촉이 사람을 보내 구원을 청했을 때 사세를 잘못 판단했습니다. 군사를 일으켜 오를 공격한 것을 후회하고 있습니다. 이번에는 우리가 네 갈래 길로 대대적으로 군사를 일으켜 서천을 취하려 합니다. 부디 도와주십시오. 촉을 얻으면 절반을 나눠 주겠습니다."

사신은 사마의의 계략대로 손권을 움직이게 하려 했다. 하지만 손권은 묵은 감정도 있

등지는 유비가 촉을 점령했을 때 비령을 지냈고 광한태수로 옮겼다가 조정으로 들어와 상서가 된 신하야. 진솔하고 설득력이 있으며 심지가 굳은 사람이지. 그래서 오의 손권에게 존경을 받기도 해. 제갈공명이 죽은 뒤에도 계속 벼슬을 이어 나가면서 거기장군까지 도달해.

～

유선이 황제가 된 뒤 제갈공명은 모든 법을 수정하고 관직을 간소화했어. 그리고 현명한 재상답게 모든 일을 스스로 해결하려 했지. 장부까지 일일이 검토하는 걸 보고 주부인 양옹이 달려와 위아래의 직무를 뒤섞으면 안 된다고 말할 정도였어. 제갈공명이 너무 많은 업무를 떠안고 있으니 힘들고 피곤하다고 조언했겠지. 그 말을 듣고 제갈공명은 크게 깨달았어. 당시 상황이 이럴 정도이니 제갈공명의 건강은 이때부터 나빠지고 있었다고 보는 게 타당할 거야.

장소

장소는 손책의 유명을 받들어 손권을 보좌했어. 학문을 좋아했고 다른 영웅들이 불러도 가지 않다가 손책이 일어서자 그를 따랐지. 손책이 죽은 뒤 어린 손권을 모셨는데 다른 신하들이 불안해해도 그는 주유와 함께 오나라를 일으켰어. 정사에 의하면 성격이 강직해서 여러 차례 직언을 하고 때로는 손권과도 의견충돌이 일어나곤 했대. 너무 완고해서 손권까지도 그 앞에서는 농담을 함부로 하지 못했단다.

고 해서 쉽사리 결정을 못 내리고 장소와 고옹을 불러 상의했다.

장소가 말했다.

"육손이 지략이 뛰어나니 육손의 견해를 물어보십시오."

곧이어 육손이 불려 왔다. 육손은 오의 병권을 쥐고 있었다.

"이를 어찌하면 좋겠소?"

손권의 물음에 육손이 대답했다.

"중원은 조비가 차지하고 있습니다. 당장 우리가 칠 수 없는 터에 요구를 들어주지 않으면 바로 원수지간이 됩니다. 제 생각에 위나 오에는 제갈량과 겨룰 만한 적수가 없습니다. 그러니 겉으로 위의 청을 들어주는 척한 뒤 네 갈래로 쳐들어간 군사들이 어찌 싸우는지 지켜보는 것이 좋겠습니다."

제갈공명이 예측한 대로였다. 유리하면 치고 불리하면 다시 사세를 봐서 결정하겠다는 전략이었다. 이것은 《손자병법》에도 있는 계책이었다. 상황은 여러 가지로 나타날 수 있고 상황 판단이 승부를 결정한다. 나라의 운명이 걸린 일이니 신중하지 않을 수 없었다.

손권은 위의 사자를 불러 육손이 말한 대로 알려 주었다.

"준비가 여의치 않으니 당장 군사를 일으키긴 어렵지만 좋은 날을 골라 군사를 일으켜 호응하도록 하겠소."

위의 사자는 절하고 사례하며 돌아갔다.

손권은 산지사방에 정탐꾼을 보내 전세를 탐지했다. 하지만 모든 전세가 제갈공명의 뜻대로 되었다. 서번의 군사들은 마초를 보자 더는 싸우지 않고 물러갔다. 남만의 맹획은 군사를 일으켜 공격했지만 위연의 속임수에 걸려 두려움에 떨며 도망쳤다. 상용의 맹달 역시 병이 나서 진군하지 못하고 물러났다고 했다. 조진은 힘겹게 양평관까지 왔지만 조자룡에게 막혀 야곡에 주둔하다 물러갔다는 소식이었다. 모든 소식을 듣고 난 손권이 말했다.

"아, 육손은 참으로 대단하다. 내가 경솔하게 움직였더라면 촉과 또 원수지간이 될 뻔했구나."

오의 모든 관원들은 육손의 식견과 지략에 탄복했다. 그 무렵 등지가 오에 도착했다.

장소가 손권에게 미리 귀띔했다.

"분명히 제갈공명이 보낸 세객(말솜씨로 상대의 마음을 움직여 뜻한 것을 이루는 손님)입니다."

"어떻게 대답하면 좋겠는가?"

"상황이 마무리됐으니 겁을 주어 보시지요."

"어떻게?"

"대전 앞에 큰 가마솥을 걸고 기름을 펄펄 끓이십시오. 여기에 억센 무사 천 명을 골라 창과 칼을 들고 도열하게 한 뒤 다짜고짜 솥에 넣어 삶겠다고 호통쳐 어찌 나오는지 보는 겁니다."

장소의 말대로 창칼을 든 무사들을 세우고 등지를 불러들였다. 좌우로 늘어선 험상궂은 군사들을 보고 등지는 손권이 어떻게 하려는지 간파한 듯 두려운 기색 없이 침착하게 발걸음을 옮겼다. 무사들이 위협하듯 노려보고 기름 가마에 기름이 펄펄 끓고 있었지만 등지는 웃을 뿐이었다. 주렴 앞에 이르자 허리를 구부려 읍할 뿐 절을 하지는 않았다.

"주렴을 걷어라!"

주렴을 걷자 앉아 있던 손권이 준엄하게 물었다.

"너는 어찌하여 절을 안 하느냐?"

"황제의 사신이 어찌 작은 나라 주인에게 절을 한단 말입니까?"

"네 이놈, 세 치 혓바닥으로 나를 농락하려는 것이냐? 이놈을 당장 기름 솥에 처넣어라!"

"하하하!"

등지가 웃으며 말했다.

"사람들은 오에 인재가 많다고 했는데, 나 같은 일개 선비를 이토록 무서워할 줄 꿈에도 몰랐소이다."

"과인이 어찌 너 따위 필부를 무서워하겠느냐?"

"세객 한 사람에게 이리 야단법석을 떨어야 할 까닭이 있습니까?"

"너는 제갈량의 명에 따라 위와 절연하고 촉과 화친하자고 온 것이 아니더냐?"

"그렇지 않습니다. 나는 서촉의 유생일 뿐입니다. 오나라의 이해관계를 말해 주러 왔을 뿐인데 줄줄이 세운 무사들에 기름 솥까지 걸어 놓고 위협하다니, 내 세 치 혀가 그렇게도 두렵단 말입니까?"

등지의 말을 듣고 보니 손권은 부끄러워졌다.

"너희들은 물러가라."

손권은 자리를 권해 등지를 올라오게 했다. 이어 예를 갖추고 말투도 정중하게 바꾸었다.

"자, 오나라와 위나라의 이해관계가 어떤지 말해 주시오."

등지가 기회를 잡았다.

"대왕께서는 우리 촉과 강화를 맺을 것입니까, 위와 강화를 맺을 것입니까?"

"촉과 강화를 맺고 싶으나 촉 황제가 어리고 아는 것이 부족하니 끝까지 강화가 유지될지 의문이오."

"대왕께서는 당대의 영웅호걸이라 들었습니다. 저희 승상인 제갈공명 또한 당대의 준걸입니다. 촉의 산천은 험준하고 오는 세 강이 든든히 지켜 주니 두 나라가 힘을 합치면 순치지세를 이루어 천하를 삼킬 수 있습니다. 그런데 대왕께서 스스로 몸을 굽혀 위의 신하가 된다면 위에서는 반드시 조정에 들어오라 할 것이고, 태자를 볼모로 삼을 것입니다. 이에 응하지 않으면 군사를 일으켜 쳐들어올 테지요. 그렇게 되면 우리는 대세에 따라 오를 칠 수밖에 없습니다. 그러면 대왕께서는 다시는 강남땅을 딛고 설 수 없게 될 텐데, 이 말을 못 믿겠으면 당장 제 목숨을 끊어 다시는 세객이라는 말을 듣지 않겠습니다."

등지가 할 말 다 했다는 듯 옷을 걷어 올리더니 가마솥으로 뛰어들려 했다.

"여봐라, 말려라!"

손권이 급히 손을 들어 등지를 말린 다음 격이 한층 더 높은 손님으로 대접했다.

"선생과 나의 뜻은 같소이다. 그래서 촉주와 함께 힘을 합쳐 볼 생각인데 선생이 주선할 수 있겠습니까?"

"조금 전까지 저를 기름 솥에 처넣으려 하시지 않았습니까? 그러더니 이제는 저를 부리려 하시는군요. 이렇게 의심하며 이랬다저랬다 하면 제가 어찌 대왕을 믿겠습니까?"

"의심하지 마시오. 내 이미 결심했소."

손권은 등지를 잠시 물린 뒤 신하들을 불러 모았다.

"나는 강남 팔십일 주를 장악하고 형초의 땅을 얻었지만 서촉만 못하오. 촉에는 등지 같은 인물이 있어서 주인을 욕되게 하지 않는데 우리 오에는 촉에 들어가 나의 뜻을 전할 인물이 없단 말이오?"

그러자 한 사람이 나섰다.

"대왕, 바라건대 제가 사신이 되어 촉에 다녀오겠습니다."

중랑장 장온†이었다.

"그대가 촉에 가서 내 뜻을 제대로 전할 수 있을지 걱정이다."

"제갈공명도 사람입니다. 어찌 제가 그를 두려워하겠습니까?"

"오, 그런 패기라면 믿을 만하다. 상을 줄 테니 등지와 함께 서촉으로 가서 화평을 맺도록 해라."

정사에 따르면 장온이 사신이 되어 촉으로 갔을 때가 서른두 살이었어. 손권이 왕이 되고 나서 젊은 그를 불러 벼슬을 내린 거야. 장온은 당시 오에서 명성이 높아 손권이 시기할 정도였다고 해. 이렇게 사신으로 보내는 것도 그 때문이 아니었나 싶어.

한편, 등지를 오로 보낸 제갈공명이 유선에게 말했다.

"등지가 강화를 성사시킬 것입니다. 이번에 오와 우호 관계를 맺으면 위는 다시 우리를 쳐들어오지 못합니다."

"상보는 앞으로 어떻게 할 생각이오?"

"오와 위를 진정시킨 뒤 저는 할 일이 있습니다. 남만을 정복해 평정한 다음에 위를 꺾을 것입니다. 그러면 동오도 오래 버티지 못할 테니 천하통일의 기업을 이룰 수 있습니다."

유선이 고개를 끄덕였다.

이때 장온이 오의 사신으로 등지와 함께 왔다. 제갈공명이 장온에게 말했다.

"선제께서는 생전에 오와 화목하지 못했소. 하지만 이미 세상을 떠나셨고, 지금 주상께서는 오왕을 깊이 사모하시고 옛 원한을 버리고 영원한 결맹을 맺어 함께 위를 무찌르고자 하시오. 이 뜻을 오왕께 잘 전해 주시오."

"이를 말씀이십니까? 그리하겠습니다."

장온이 쾌히 승낙했고, 제갈공명은 잔치를 베풀어 대접했다. 술기운이 오르자 장온은 거침없이 웃고 떠들며 오만한 태도를 보였다. 다음 날도 장온에게 황금과 비단을 하사하고 잔치를 베풀어 극진히 대접하고 전송하도록 했다. 그때 술이 몇 순배 돌자 한 취객이 들어와 불쑥 좌중을 향해 절을 한 뒤 자리에 앉았다. 장온이 괴이하게 여겨 제갈공명에게 물었다.

"저 사람은 누굽니까?"

"성은 진씨고 이름은 복이라 하오. 익주에서 학사로 있습니다."

"아하하, 학사라면 배운 것이 많지 않겠습니까?"

그 말을 들은 진복이 말했다.

"촉나라에서는 삼척동자도 다 학문을 하오. 나 같은 사람이야 말해서 무엇 하겠소?"

"무슨 공부를 하셨소이까?"

"위로는 천문 지리를 공부했고 삼교구류(여러 사상과 학문의 갈래)는 물론 제자백가도 두루 익혔소. 고금의 역사와 성현의 경전까지 안 읽은 책이 없소이다."

장온은 진복과 학문에 관한 토론을 벌였다. 무엇을 물어도 진복이 맑은 음성으로 술술 대답하자 좌중에 있는 관원들도 놀라는 눈치였다. 촉의 학문이 높다는 걸 새삼스럽게 깨달으면서 말이다.

"그럼 이제 내가 묻겠소이다."

묻는 말에 막힘없이 대답한 진복이 장온에게 물었다.

"자, 선생은 동오에서 이름이 알려진 명사요. 하늘의 이치를 깊이 아는 듯한데, 그렇다면 하늘은 서북쪽으로 기울고 땅은 동남쪽으로 기울었다 했소. 모름지기 가볍고 맑은 것들이 위로 떠올라 하늘이 되었다는데 어찌하여 서북쪽으로 기울었소? 그러면 하늘은 맑고 가벼운 것 말고 더 무거운 것이 있다는 뜻이오? 한 수 가르쳐 주면 감사하겠소."

"……."

장온이 대답을 못 하고 자리를 피해 앉았다.

"왜 대답이 없으시오?"

궁지에 몰린 장온이 고개를 숙이며 말했다.

"소생의 부족함을 용서하시오. 촉에 이렇게 인재가 많은 줄 미처 몰랐소이다. 선생의 이야기를 들으니 막혔던 가슴이 확 트입니다."

제갈공명은 장온이 무안해할까 싶어 위로했다.

"어차피 술자리에서 하는 얘기들은 다 농담이오. 공께서는 천하를 다스리고 나라를 평안케 하는 법도 다 아는 처지니 농담에 공연히 신경 쓰지 마시오."

"소생의 부끄러움을 이리 헤아려 주시니 감사합니다."

장온은 제갈공명에게 절하고 감사의 뜻을 표했다. 제갈공명은 등지에게 장온과 함께 오나라에 가서 답례하라고 명했다. 등지와 장온은 다시 동오로 떠났다.

오왕 손권은 사신이 돌아왔다고 하자 두 사람을 불러들였다. 장온은 유선과 제갈공명의 덕을 높이 칭송했다.

"촉주께서는 오와 결맹을 맺고자 등지를 보내 답례를 올리도록 했습니다."

손권은 크게 기뻐하며 잔치를 열었다. 손권이 등지에게 물었다.

"오와 촉이 힘을 합쳐 위를 멸하고 천하를 둘로 나누어 절반씩 다스린다면 어찌 기쁘지 않겠소?"

떠보는 말이었다. 등지가 술잔을 내려놓고 말했다.

"하늘에 해가 둘이 아니듯 백성에게 주인이 둘일 수 없습니다. 위를 없앤 다음 천명이 누구 것이 될지는 아무도 모릅니다."

"그러면 누가 황제가 되겠소?"

"임금이 되려는 자는 덕을 닦고 신하 된 자들은 그에게 충성을 다한다면 싸움은 없어지겠지요."

"하하하, 그대의 성실함은 대단하오."

손권은 등지에게 존경의 표시로 후한 선물을 주고 나서 촉으로 돌려보냈다. 이로써 오와 촉은 우호 관계를 성립시켰다.

물론 이 소식은 위주 조비에게 즉각 전해졌다. 조비가 크게 노해 소리쳤다.

"이자들이 중원을 도모하려는 것이 분명하다. 내가 먼저 그들을 치겠다!"

시중인 신비†가 나서서 말했다.

"중원은 땅이 넓고 백성은 적습니다. 군사를 일으키면 여러 가지로 이롭지 않습니다. 향후 십 년간은 논밭을 일구어 군량을 비축하시고 군사력과 군량을 확보하시는 것이 오와 촉을 무너뜨리는 비책이라 생각합니다."

"그대야말로 어리석은 소리를 하는구나. 오와 촉의 연합군이 당장 쳐들어올 판인데 어느 세월에 그들을 막는단 말이냐? 먼저 공격하는 것만이 능사다."

그러자 사마의가 나섰다.

신비는 원래 형 신평과 함께 원소 밑에 있던 위의 신하야. 원담과 원상 등이 형제임을 잊고 서로를 죽이겠다고 싸울 때 원담의 군사가 패해 평원에서 포위당한 일이 있어. 이때 원담이 신비를 파견해 조조에게 구원을 청했지. 이때부터 신비는 조조를 모시기로 입장을 바꿨어. 조비가 위왕이 된 뒤에는 화흠, 왕랑과 함께 황제 자리를 조비에게 넘기라고 헌제를 협박했지. 그런 공으로 조비가 황제가 된 뒤 시중에 임명되었어.

"오나라는 물살이 거센 장강이 있어서 정벌하시려면 배가 필요합니다. 굳이 폐하께서 몸소 출정하시려면 크고 작은 전선을 골라 채하와 영수에서 회수로 들어가 수춘을 함락시킨 다음 광릉에서 장강을 건너 남서를 취하는 게 상책입니다."

"옳다. 바로 그거요!"

조비는 밤낮으로 공사를 진행해 대규모 용주(임금이 타는 배) 십여 척을 만들고 전선 삼천 척을 거둬들였다. 그리고 마침내 황초 5년(224) 8월에 출정식을 거행했다. 수륙의 군마가 삼십 만에 이를 만큼 대군을 일으킨 것이다. 조진이 전군을 맡고 장요, 서황 등이 선봉을 맡았다. 사마의는 상서복야에 봉해 허도에 머무르며 국정을 도맡게 했다.

위의 동향을 보고받은 손권은 문무백관을 불러 대책을 강구했다.

먼저 고옹이 나섰다.

"이럴 때를 대비해 강화를 맺지 않았습니까. 촉과의 동맹이니 제갈공명에게 한중의 군사를 일으켜 적의 세력을 양분케 하도록 하십시오. 그리고 대장을 남서로 보내 위나라 군사를 막으면 됩니다."

손권이 믿음직한 말투로 말했다.

"육손을 부르시오. 육손이 아니고는 이 일을 해결할 사람이 없소."

고옹이 다시 말했다.

"육손은 형주를 지켜야 되니 움직여서는 안 됩니다."

"하지만 당장 이 일을 누가 감당하겠소?"

그때 서성이 나섰다.

"재주 없는 제가 나서 보겠습니다. 군사를 이끌고 나가 조비가 장강을 건너오면 반드시 사로잡아 바치겠습니다. 강을 건너오지 않는다면 적들을 섬멸해 버리겠습니다. 그러면 함부로 우리 동오를 넘보지 못할 것입니다."

손권이 기뻐하며 말했다.

"그렇게만 지킨다면 걱정할 것이 없소이다."

서성은 안동장군을 제수받아 건업과 남서의 군마를 총지휘하게 되었다. 명을 받들고 물러난 서성이 무기를 수습하고 정기를 세우며 강안을 지킬 계획을 짜려는데 한 사람이 불쑥 나섰다.

"장군은 어찌하여 서두르지 않으시오? 조비의 군사가 들이닥치면 때가 늦습니다."

오왕의 조카인 손소였다. 아직 젊은 혈기로 용기와 담력이 출중한 인물이었다. 서성이 조용히 타일렀다.

"그대의 말도 일리가 있지만 조비의 세력은 막강하오. 게다가 명장들이 선봉에 나섰으니 강을 건너가 싸우기는 역부족이오. 적의 배가 강의 북쪽에 닿으면 그때 계책을 써서 격파하면 되오."

손소가 공을 세우고자 안달을 했다.

"제가 나가서 먼저 강을 건너 조비와 한판 붙겠습니다. 그때 이기지 못하면 군령을 받겠습니다."

"안 된다고 하잖소. 내 명을 따르시오!"

서성이 고개를 저었지만 손소는 뜻을 굽히지 않고 거듭 출정을 요구했다. 말로 타이르던 서성이 소리쳤다.

"왜 명을 듣지 않느냐? 여봐라, 이놈을 끌어다 목을 베라!"

도부수들이 사정없이 손소를 끌고 나갔다. 손소의 부장이 손권에게 급박한 사태를 알렸다.

"이거 큰일이구나."

손권이 직접 말을 타고 손소를 구하러 달려왔다. 마침 도부수들이 손소의 형을 집행하려던 참이었다. 손권이 다급히 말렸다.

"칼을 거두어라!"

겨우 목숨을 구한 손소가 통곡했다.

"신은 전에 광릉에 있어서 그쪽 지리에 밝습니다. 그쪽에서 적을 맞아야 승산이 있지, 조비가 장강을 건너기만 하면 동오는 망하고 말 것입니다."

손권이 영내로 들어가 서성에게 말했다.

"어찌 된 일이오?"

"대왕께서 저를 도독으로 삼아 위군을 치라 하셨습니다. 이런 중차대한 마당에 손소가 군법을 어기고 영을 어기니 목을 베려 한 것인데 어찌 구해 주셨습니까?"

"허허, 손소가 혈기를 믿고 군법을 범했소만 내 얼굴을 봐서 너그러이 용서하시오."

"법은 신이 세운 게 아니고 대왕께서 세우신 것도 아닙니다. 국가의 전형(예로부터 내려오는 본보기)입니다. 이렇게 사사로이 살려 준다면 어찌 제가 대군을 통솔해 적을 막겠습니까?"

"손소가 법을 어겼으니 장군이 처리하는 건 당연하오. 하지만 형님이 생전에 몹시 아껴 손씨 성을 내린 사람이오. 게다가 나를 위해 공적도 많이 세웠으니 그를 죽이면 형님과의 의리를 저버리는 일이 되니 널리 용서하시오."

"그렇다면 대왕의 체면을 보아 참형을 거두겠습니다."

"내가 손소를 불러 주의를 주겠소."

그런데 불려 온 손소는 사과하기는커녕 큰소리부터 쳤다.

"내 판단이 옳단 말입니다. 군사를 끌고 가 조비를 격파하는 수밖에 없습니다. 죽으면 죽었지, 그대의 명령은 받지 않겠소."

손권이 역성드는 것을 알고 손소는 넘지 말아야 할 선을 넘었다. 그 모습을 본 손권이 손소를 꾸짖었다.

"네 이놈, 죽을 놈을 살려 놨더니 어찌 이리 방자하게 군단 말이냐? 당장 물러가라!"

손소를 쫓아낸 손권이 서성에게 말했다.

"미안하게 됐소. 저런 자식은 없다 해도 손실 날 것이 없소. 앞으로 절대 저놈을 쓰지 마시오."

자고로 일은 생각함으로써 생기고 노력함으로써 이루어지고 교만함으로써 실패한다고 했다. 교만한 손소는 모든 일을 그르칠 준비가 되어 있었다. 그날 밤 손소는 그예 사고를 치고 말았다. 정예병 삼천 명을 끌고 혼자 공을 세우겠다고 강을 건넌 것이다.

"무엇이? 강을 건너갔다고?"

"예, 군령을 어겼습니다!"

하지만 손소에게 변고가 생기면 손권 보기가 불편할 터였다. 서성은 할 수 없이 정봉을 불렀다.

"군사 삼천 명을 끌고 가서 손소를 도와줘라."

이때 조비는 용주를 타고 광릉 땅에 도착했다. 장강 연안에 진지를 세운 뒤 조비가 물었다.

"오나라 군사는 얼마나 있는가?"

"사람은 물론 깃발이나 영채도 보이지 않습니다."

"저자들이 속임수를 쓰는 것이다. 내가 직접 가서 살펴봐야겠다."

조비가 물길을 열어 용주를 타고 물살을 헤쳐 나아가 강안에 정박했다. 배 위에 화려한 오색 깃발이 날리는 가운데 무리들이 황제의 수레를 겹겹이 둘러싸니 그 위풍당당함이 천하무쌍이었다. 조비가 강남땅을 내려다보았다. 말 그대로 개미 새끼 한 마리 보이지 않았다.

"저 강을 건너는 것이 우리에게 유리한가?"

유엽이 대답했다.

"허허실실이라 했습니다. 저들이 대군이 온다는데 어찌 준비를 하지 않았겠습니까? 며칠간 동태를 살핀 다음 정탐하게 하십시오."

그날 밤 위군은 횃불을 밝혀 천지가 대낮처럼 환했으나 강남에는 불빛 하나 보이지 않았다.

"이게 어찌 된 노릇인가? 아무도 없는 게 아니더냐?"

"저희가 온다 하니 쥐새끼처럼 모두 도망간 게 아닐까요?"

조비가 웃으며 곧 승세를 잡겠거니 생각했다.

다음 날 아침 변덕스러운 날씨로 안개가 끼었다. 얼마쯤 지나 짙은 안개가 걷히고 구름도 걷혔다. 그런데 강남 일대의 모습이 전혀 딴판으로 변했다. 어느새 성곽이 서고 성루의 창검이 햇살을 받아 수없이 반짝이고 정기들이 잔뜩 꽂혀 있었다.

"폐하, 큰일 났습니다. 수백 리에 걸쳐 성곽이 들어섰고, 수레와 배가 쉴 새 없이 오가고 있습니다. 하룻밤 새 이런 일이 벌어졌습니다."

조비가 깜짝 놀라 높은 곳으로 올라갔다.

"이럴 수가……."

그것은 속임수였다. 서성이 강변의 갈대를 꺾어 사람의 형상을 만든 뒤 가짜로 꾸민 성 위에 세워 놓았던 것이다. 그것을 멀리서 보면 영락없이 무수한 병력으로 보였다. 원래 전쟁이란 속이고 속는 일이 다반사였다. 무슨 수를 쓰든 적을 속일 수만 있다면, 속임수로 승리를 얻을 수만 있다면 다 용서되는 현장이었다.

"아, 위에 수많은 장수들이 있다지만 아무짝에도 쓸모가 없도. 강남 사람들이 저렇게 놀랍구나!"

그때 광풍이 불어 물결이 거칠어졌다. 용주가 심하게 기우뚱거리며 이리저리 흔들렸다. 배가 침몰할지도 모를 위기였다.

"폐하, 소장에게 업히십시오!"

문빙이 조비를 들쳐 업고 작은 배로 뛰어내려 노를 저었다. 간신히 땅에 올라 숨을 고르는데 파발꾼이 달려와 급보를 알렸다.

"폐하, 조자룡이 양평관을 나와 장안을 향하고 있다 하옵니다."

"무엇이?"

오와 촉의 동맹에 따라 조자룡이 움직인 것이다. 장안을 빼앗긴다면 조비로서는 돌이킬 수 없었다.

"당장 돌아가자!"

조비가 후퇴하기 시작하자 동오의 군사들이 가만있을 리 없었다.

"적이 후퇴한다! 쫓아라!"

다급해진 조비는 쓰던 물건까지 버리고 재빨리 후퇴했다. 용주가 회하에 이르렀을 때에는 복병이 나타나 군사들을 덮쳤다. 손소가 거느린 삼천 명의 군사가 때마침 들이닥친 것이다. 위군은 오군을 대적하지 못해 태반이 강물에 수장되거나 창칼에 희생되었다.

용주가 겨우 빠져나와 삼십 리도 못 갔을 때 갈대밭에서 불길이 치솟았다. 화공이었다. 용주의 뱃머리까지 불길이 번지자 조비는 황망하게 말을 타고 도망쳤다. 그런데 언덕 위에서 다시 한 번 막히고 말았다. 선봉에 선 장수는 정봉이었다. 장요가 황제를 지키려고 달려 나가다 허리에 정봉의 화살을 맞아 말에서 굴러떨어졌다. 서황이 장요를 구해 조비와 함께 도망쳤다. 대패였다. 이 싸움에서 죽은 위군의 수는 헤아릴 수 없을 정도였다.

손소와 정봉은 수많은 말과 수레, 무기, 전함들을 얻었다. 손권은 대승을 거둔 서성에게 큰 상을 내렸다. 정봉의 화살을 맞은 장요는 허도로 돌아왔지만 끝내 회복하지 못하고 세상을 떠났다.

4
남만
정벌

제갈공명이 성도에서 대소사를 가리지 않고 직접 챙기자 촉의 백성들은 태평성대를 누렸다. 문단속이 필요 없고, 남의 물건을 줍거나 훔치는 일도 없었다. 게다가 해마다 대풍이 들어 남녀노소가 배불리 먹고 살았으며, 부역이 있으면 장정들이 앞다투어 나서서 해치웠다. 군수품과 무기 등 온갖 장비들이 완비되었고 창고마다 곡식이 가득 쌓였다.

이때 익주에서 급보가 날아왔다. 남쪽 오랑캐 만족의 왕 맹획이 십만 대군을 일으켜 국경을 침범했다는 것이다. 건녕 태수 옹개가 맹획과 결탁해 반역했고, 장가 태수 주포와 월준 태수 고정이 반역 무리에게 성을 바쳤다고 했다. 영창 태수 왕항만 항복하지 않고 버티는데 옹개, 주포, 고정의 군사들이 맹획의 길잡이가 되어 영창군을 공격한다는 급박한 소식이었다.

제갈공명은 조정에 들어가 후주 유선에게 이 사실을 알렸다.

"폐하, 제가 직접 그들을 토벌하고자 합니다."

유선이 근심스런 얼굴로 물었다.

"동쪽의 손권과 북쪽의 조비가 호시탐탐 우리를 노리는데 상보가 없는 동안 그들이 쳐들어오면 어찌한단 말이오?"

"동오는 강화를 맺은 지 얼마 안 되어 감히 약조를 어기지 않을 것입니다. 그리고 조비는 지난 싸움에서 크게 패해 멀리까지 쳐들어오긴 어려울 것입니다. 신이 관흥과 장포에게 상황에 따라 대처하도록 지시해 두었습니다. 이때가 남쪽의 불안을 잠재울 좋은 기회입니다."

"짐이 아직 어려 경험이 부족하니 상보께서 잘 처리해 주시오."

제갈공명이 군사를 일으켜 출정하려는데 관우의 셋째 아들인 관색†이 나타났다. 형주가 함락된 뒤 병에 걸려 요양하다 뒤늦게 황제를 뵈러 가는 길에 들른 것이다.

"상보! 서천으로 황제를 뵈러 가다가 문안드리러 왔습니다."

"오, 그대의 얼굴을 보니 관공이 떠오르는구나."

제갈공명은 옛 추억이 떠올라 얼굴을 가리고 눈물을 흘렸다.

"내 그대를 선봉으로 삼아 함께 떠나겠다."

제갈공명이 후주에게 관색의 일을 알린 다음 오십만 대군을 이끌고 남쪽으로 향했다. 군량과 마초가 풍족했기에 백성에게 피해를 주는 일은 없었다.

이때 반란을 일으킨 옹개는 제갈공명이 직접 정벌하러 온다는 소식을 듣고 고정, 주포 등과 대책을 의논했다.

"군사를 각각 오륙만 명씩 거느리고 세 방면으로 나눕시다."

고정은 중앙, 옹개가 왼쪽, 주포가 오른쪽을 맡았다. 고정은 구척장신에 얼굴이 험상궂은 악환을 선봉으로 삼았다. 방천극 한 자루로 능히 일만 군사를 상대한다는 장수였다.

제갈공명의 대군은 익주 경계로 들어오다 악환의 군사와 맞닥뜨렸다. 위연이 선봉으로 나와 호통쳤다.

"역적 놈들은 꾸물거리지 말고 항복하라! 뭐 하고 있느냐?"

악환이 기다렸다는 듯 말을 달려 나와 위연에 맞섰다. 그러나 실전 경험이 부족한 악환이었다. 위연이 몇 합 싸우지 않고 말을 돌려 도망치자 그가 무턱대고 뒤를 쫓았다. 하지만 복병의 역공에 말려 곧 생포되었다. 악환이 끌려와 제갈공명 앞에 무릎을 꿇게 되었다.

"너는 누구냐?"

여기서 잠깐!!

관색은 《삼국지》에 등장하는 대표적인 허구 인물이야. 관우의 셋째 아들로 묘사되는데, 이 이름은 영웅에게 붙여 주는 일종의 별칭이었어. 김씨 영웅은 김관색, 엄씨 영웅은 엄관색……, 이런 식인데 관우는 관씨니까 아예 관색으로 붙인 거지. 심지어 명나라 말기에 나온 《삼국지》 이본에 의하면 관색이 관우의 큰아들인데 9세 때 석등놀이 나갔다가 집을 잃어 남의 손에 의해 크다 돌아왔다고까지 이야기가 전개되고 있어. 관우에 대한 대중의 그리움이 이렇게 없는 인물도 만들어 낸 거지.

"고정의 부장인 악환이오."

"고정은 충성스러운 인물로 알고 있다. 옹개의 꾐에 빠져 이리됐으니 참으로 안타깝다. 내 너를 풀어 줄 테니 고정에게 가서 빨리 항복하면 고난을 면할 수 있다고 설득할 수 있겠느냐?"

"해보겠습니다."

악환은 고정에게 돌아가 이런 사실을 알리고, 자신을 너그럽게 용서한 제갈공명을 칭송해 마지않았다. 고정도 선봉 장수를 죽이지 않고 돌려보낸 것에 감격했다. 제갈공명의 너그러움에 마음이 흔들리던 중에 옹개가 찾아왔다.

"악환이 잡혔다는데 어찌 돌아온 것이오?"

"제갈량이 살려 보냈소이다."

"잡은 장수를 살려 보내다니? 세상에 그런 일은 없소이다. 분명히 제갈량이 우리를 이간하려는 반간계를 쓴 것이오."

고정은 그게 과연 반간계인지 알 수 없어 고개를 꼬고만 있었다.

"배신자들은 어서 나와라!"

그때 위연이 군사들을 끌고 와 싸움을 걸었다. 옹개가 벌떡 일어나 삼만 명의 군사를 거느리고 직접 싸우러 나갔다. 호기롭게 나서기는 했지만 그 역시 위연의 상대가 아니었다. 위연이 달아나는 옹개를 이십여 리나 쫓다 돌아왔다.

다음 날에는 옹개가 싸움을 걸었다. 하지만 이번에는 촉군이 반응도 없고 싸움에 응하지도 않았다. 그렇게 사나흘이 지나자 옹개와 고정이 군사를 나누어 두 길로 촉의 영채를 공격했다. 제갈공명이 바라는 대로 된 것이다. 공명은 군사들을 매복시켰다가 쳐들어오는 옹개와 고정의 군사를 불시에 덮쳤다. 졸지에 공격당한 군사들은 수없이 죽고 또 죽은 수 이상으로 사로잡혔다. 여기서 제갈공명이 지략을 발휘했다.

"옹개와 고정의 군사들을 나누어 가둬라."

그런 다음 군졸들에게 일러 일부러 헛소문을 퍼뜨렸다.

"고정의 군사들은 살려 주고, 옹개의 군사들은 모두 죽인다더군."

소문은 순식간에 퍼졌다. 목숨이 걸린 정보라 더욱 빨리 퍼졌다.

충분히 소문이 퍼진 뒤 제갈공명이 옹개의 군사들을 불러 장막 앞에 꿇린 뒤 물었다.

"너희들은 누구의 부하냐?"

옹개의 군사들은 이구동성으로 외쳤다.

"저희는 고정의 부하들입니다."

"그러냐? 여봐라, 이자들에게 술과 고기를 배불리 먹여라. 그리고 돌려보내 주어라."

그들은 어안이 벙벙한 채 자신들의 본진으로 돌아갔다. 제갈공명은 이어 똑같이 고정의 군사들에게 물었다.

"너희들은 누구의 군사들이냐?"

"저희들이야말로 고정의 군사들입니다."

"그렇다면 너희들에게 술과 음식을 주겠다."

술과 음식을 먹은 고정의 군사들에게 제갈공명이 소리 높여 외쳤다.

"오늘 옹개가 사람을 보내 나에게 투항하겠다는 뜻을 전해 왔다. 너희들의 주인인 고정은 물론 주포의 머리까지 베어 오겠다고 하더구나.

하지만 이미 항복하겠다고 하는 처지에 어찌 그렇게 하라 할 수 있겠느냐? 너희들은 고정의 부하라 돌려보내니 모반하지 마라. 또 잡히는 날에는 용서하지 않겠다."

"감사합니다. 또 모반할 리가 있겠습니까?"

고정의 군사들은 절을 하고 사례한 뒤 돌아갔다. 그들은 앞다투어 고정에게 이런 사실을 알렸다. 그 말을 듣고 옹개가 무슨 생각을 하는지 궁금해 고정이 옹개의 영채로 염탐꾼을 보냈다.

잠시 후 염탐꾼이 돌아와 말했다.

"옹개의 군사들이 제갈공명의 덕을 기리고 있었습니다. 군사들이 귀순하려는 것 같았습니다."

"그렇단 말이냐? 불안하구나. 이게 무슨 꾀인지 알 수가 없다. 다른 사람을 보내 공명이 무슨 짓을 하는지 보고하라!"

고정은 제갈공명의 영채를 살펴보려 염탐꾼을 보냈다. 하지만 잠입하던 염탐꾼이 매복한 촉군에게 사로잡히고 말았다. 염탐꾼이 끌려오자 제갈공명은 그가 고정의 군사임을 알면서도 짐짓 옹개의 군사인 양 거칠게 다그쳤다.

"네 이놈, 네 주인인 옹개는 고정과 주포의 목을 베어다 바치겠다고 해 놓고 왜 안 오는 것이냐? 너같이 어리석은 자를 첩자라고 보내니 한심하기 짝이 없구나."

고정의 염탐꾼은 자신이 고정의 부하라고 말해 봐야 믿을 것 같지 않아 아무 말도 하지 않았다.

"내 너를 특별히 살려 줄 테니, 가서 네 주인에게 잘 얘기하고 이 밀서를 전해라."

제갈공명이 편지를 건넨 뒤 염탐꾼을 후하게 대접해 놓아주었다. 염탐꾼은 곧바로 고정에게 돌아가 편지를 바치며 듣고 본 대로 전했다. 밀서를 읽고 난 고정은 분해서 손을 부들부들 떨었다.

"나는 그동안 의리로 대했건만 옹개란 놈이 나를 죽이려 해? 이대로 죽을 순 없다!"

고정은 악환을 불렀다.

"상황이 이러하니 어찌 처신하면 좋을지 말해 보라."

"주공, 제갈공명은 어진 사람입니다. 그를 배신하면 안 됩니다. 우리가 모반하게 된 것은 옹개가 부추겼기 때문이 아닙니까? 차라리 옹개의 목을 베어 투항하고 우리가 잘못 판단했노라고 용서를 비는 것이 맞습니다."

"하지만 옹개의 목을 어찌 벤단 말이냐?"

"어렵지 않습니다. 잔치를 베풀어 초대한 뒤 어떻게 하나 보시지요."

"안 오면 어쩔 것이냐?"

"초대에 응하지 않으면 배반할 생각을 품은 것입니다. 그렇다면 즉시 군사를 풀어 공격해야지요. 제가 따로 군사들을 몰고 돌아가 협공하면 옹개를 잡을 수 있습니다."

"그 계책이 좋겠다."

고정은 잔치를 열고 옹개를 초대했다. 옹개는 제갈공명에게 잡혔다 돌아온 군사들에게 들은 말이 있어서 초대에 응하지 않았다.

"이자가 변심했구나."

마침내 고정은 옹개를 습격하기로 결심했다. 군사를 이끌고 옹개의 영채로 쳐들어가자 뜻밖에도 옹개의 군사들이 힘껏 싸우려 하지 않았다. 제갈공명에게 고정의 군사라고 말해 살아남았던 일을 생각하고 오히려 옹개를 잡는 데 도움을 줄 지경이었다.

"옹개를 따르다간 죽음을 면하기 어려워."

"우리가 잡아 싸움을 끝내자고."

자중지란이 일어나자 옹개는 산속으로 도망쳤다. 혼비백산해 달려가는데 한 떼의 군사가 앞을 가로막았다. 숨어 있던 악환의 군사들이었다.

"옹개는 목을 늘이고 게 서라!"

악환이 방천극을 휘두르며 달려왔다. 옹개는 싸워 보지도 못하고 말에서 떨어져 급기야 방천극의 제물이 되고 말았다.

장수가 죽자 옹개의 군사들은 모조리 항복했다. 고정은 의기양양하게 자신의 군사와 옹개의 군사를 거느리고 제갈공명을 찾아와 옹개의 목을 바치며 항복했다. 고정은 환대를 받을 줄 알았는데 뜻밖에 제갈공명의 서릿발 같은 명령을 들어야 했다.

"당장 저놈 목을 베어라!"

깜짝 놀란 고정이 애걸복걸했다.

"제가 승상의 은덕에 감읍해 찾아왔는데, 어찌 저를 죽이려 하십니까? 억울합니다. 옹개의 머리까지 베어 오지 않았습니까?"

"네놈이 거짓 항복을 하여 나를 속이려는 것이냐?"

"제가 거짓 항복할 까닭이 없지 않습니까?"

제갈공명이 밀서를 꺼내 보여주었다.

"주포가 이미 항복 편지를 보내왔다. 너와 옹개는 생사를 같이하기로 맹세한 자들인데 어찌 하루아침에 돌변해 목을 벤단 말이냐? 거짓 항복이 아니고야 설명할 길이 없지 않느냐?"

"억울합니다. 주포가 이런 밀서를 올린 것 자체가 반간계†입니다. 믿지 마십시오."

"그렇다면 너에게 기회를 주겠다. 주포를 사로잡아 온다면 너의 진심을 믿겠노라."

제갈공명은 자신이 직접 나서지 않고 문제를 해결하려 했다. 그 말에 고정은 실낱같은 희망을 보았다.

"당장 잡아 오겠습니다!"

고정은 악환과 군사들을 거느리고 주포의 영채로 향했다. 주포는 고정의 군사들을 보고 앞뒤 사정도 모른 채 반가이 맞으며 말을 건네려 했다. 그러자 고정이 다짜고짜 꾸짖었다.

"그대는 어찌하여 제갈 승상에게 밀서를 보내 나를 해치려 했느냐?"

"무슨 말인가? 나는 금시초문일세."

그때 악환이 달려들어 다짜고짜 주포를 방천극으로 내리쳤다. 때맞춰 고정이 큰 소리로

여기서 잠깐!!

반간계는 적의 첩자를 거꾸로 이용하는 계책이야. 꾀를 써서 적을 이간질하는 것도 반간계라고 하지. 대표적인 것은 적의 첩자를 포섭해 아군의 첩자로 이용하거나 적의 첩자인 줄 알면서도 모르는 척하며 거짓 정보를 흘려 적을 속이는 계책이 다 반간계야.

《손자병법》에서는 첩자를 이용하는 법을 다섯 가지로 구분해 놓았어. 향간(鄕間), 내간(內間), 반간(反間), 사간(死間), 생간(生間)이지. 이 다섯 가지를 동시에 쓰면 적은 결코 이길 수 없어. 향간은 적국의 같은 고향 사람을 첩자로 쓰는 거야. 내간이란 적국의 관리를 이용해 첩자를 시키는 거야. 사간은 거짓 정보를 만들어 우리 측 첩자를 통해 적국의 첩자에게 전하게 하는 것인데 거짓이라는 게 밝혀지면 살아날 수 없기 때문에 사간이라고 해. 생간이란 살아서 돌아온 우리 측 첩자를 말하지. '반간계'는 손자병법의 36계 가운데 33번째 계책이야. 적벽대전에서 주유가 펼친 반간계가 아주 유명하지.

외쳤다.

"너희들은 왜 항복하지 않느냐?"

졸지에 장수를 잃은 주포의 군사들은 하나같이 무릎을 꿇었다. 고정은 마침내 함께 반역을 일으켰던 군사들을 이끌고 제갈공명을 찾아왔다. 제갈공명이 그제야 크게 웃었다.

"하하하, 그대에게 두 도적의 목을 맡긴 것은 그대의 충성심을 보기 위함이었다."

"깊은 배려에 감사할 따름입니다!"

"그대를 익주 태수로 삼을 테니 세 고을을 잘 다스리도록 해라. 악환은 아장으로 삼아라!"

제갈공명은 옹개의 반역을 평정한 뒤 군사들을 이끌고 계속해서 남쪽으로 내려갔다.

영창 땅에 닿자 영창 태수 왕항이 나와 제갈공명을 맞이했다.

"공은 이 성을 어떻게 지켰소?"

"지금까지 성을 무사히 지키고 승상을 뵙게 된 것은 여개라는 휘하 장수 덕분입니다."

"여개를 보고 싶소. 불러 주시오."

여개가 다가와 예를 올리자 제갈공명이 칭찬했다.

"공의 이름은 내 익히 들은 바 있소. 고명한 선비라 알고 있소."

"부끄러울 따름입니다."

"내 이제 남만을 치려는데 이곳 지리도 모르고 사정도 몰라 그대의 고견을 듣고 싶소. 도움 될 말을 해주시오."

제갈공명이 지혜를 구하자 여개는 감격했다. 그는 품에 있던 지도를 꺼내 제갈공명에게 바쳤다.

"승상, 저는 오래전부터 이곳 남만인이 반역할 뜻이 있음을 알고 있었습니다. 그래서 꾸준히 사람들을 여기저기로 보내 이곳 지리를 익숙하게 파악하고 면밀하게 조사해 지도를 만들었습니다."

여개가 건네는 지도의 이름은 평만지장도 (남만을 평정하는 지침도)였다.

"지도를 바치오니 정벌에 도움을 받으소서."

"참으로 감사하오."

제갈공명이 크게 기뻐하며 여개에게 행군교수 겸 향도관의 벼슬을 내렸다.

제갈공명이 남만의 경계로 깊이 들어갔을 때 유선이 보낸 사신이 도착했다.

"황제의 칙사가 왔습니다."

제갈공명이 예를 갖추어 맞아들였더니 바로 마량의 동생 마속이었다. 마량이 얼마 전에 죽어 마속은 상복을 입고 있었다.†

"그대가 어쩐 일로 왔소?"

"폐하께서 군사들에게 술과 비단을 내려 가

† 마속은 앞에서도 언급한 마씨 형제 중 하나야. 다섯 형제가 모두 재주가 출중했는데, 그 가운데 마량이 가장 뛰어났지. 눈썹 가운데 흰 털이 나 있어서 백미라고 불렸단다. 관우를 도와 형주를 지키다 성도로 가서 구원을 청했던 사람이야.

져왔습니다."

하사품을 군사들에게 나누어 주고 나서 마속과 제갈공명은 장막에서 전략을 논의했다.

"때맞춰 잘 왔소. 내 이제 남만을 평정하려는데 어찌하면 좋을지 좋은 가르침을 주오."

"어리석은 소인에게 어찌 그런 걸 물으십니까?"

"그렇지 않소. 많은 사람의 지혜가 모일수록 큰일을 이루는 법이오."

제갈공명은 누구에게든 의견 묻기를 좋아했다. 공자 또한 아랫사람에게 묻는 건 부끄러운 일이 아니라고 했다. 제갈공명 역시 식견이 뛰어나다고 들은 마속에게 의견을 물음으로써 한 나라의 재상으로서의 겸손함을 드러냈다.

"어리석은 소견을 말씀드릴 테니 승상께서 헤아려 들으소서. 남만은 성도에서 멀리 떨어져 있는 데다 험준한 산세만 믿고 복종하지 않은 지 오래입니다. 설령 이들을 굴복시킨다 해도 승상께서는 성도로 돌아가실 것입니다. 그러면 이들은 다시 배반할 것이 분명합니다."

"내 걱정이 바로 그것이오."

"군사를 일으킬 때에는 마음을 굴복시키는 것이 상책이요, 성을 쳐서 항복을 받는 것은 하책입니다. 심전이 상수요, 병전은 하수입니다. 이번 원정에서는 그들의 마음을 복종시키는 것에 심혈을 기울이셔야 할 듯합니다."

제갈공명은 감탄했다.

"그대야말로 나의 속마음을 꿰뚫어 보았구려. 그대를 참군으로 삼고 대군들을 통솔하도록 하겠소."

칙사로 왔던 마속은 제갈공명에게 능력을 인정받아 원정군에 합류해 앞으로 나아갔다.

이 무렵 만왕 맹획은 제갈공명이 옹개를 지략으로 꺾었다는 보고를 받았다. 그는 당장 세 개 지역인 삼동의 원수들을 불러 의논했다. 일동의 원수는 금환삼결, 이동은 동도나, 삼동은 아회남†이었다.

맹획이 말했다.

"제갈량이라는 자가 대군을 이끌고 쳐들어왔다. 우리 모두 힘을 합쳐 물리쳐야 하는데 그대들 셋이 군사를 세 갈래로 나누어 적을 막아라. 이 싸움에 이기는 자를 삼동 전체의 주인으로 임명하겠다!"

맹획의 명에 따라 금환삼결은 중앙, 동도나는 왼쪽, 아회남은 오른쪽으로 각각 오만 군사를 이끌고 떠났다.

만군의 동향이 촉군에게 알려졌다. 제갈공명은 모든 장수를 불러 명을 내렸다.

"드디어 남만 군사들이 움직인다 하오. 우리에게는 자룡과 위연이 있지만 두 사람은 이곳 지리를 통 모르오. 그래서 왕평이 왼쪽에서 막

† 여기 등장하는 남만 사람들의 이름이 이상한 건 당시 그들의 이름을 한자로 비슷하게 표현했기 때문이야. 이는 마치 코카콜라를 한자로 가구가락(可口可樂)이라고 쓰는 것과 비슷한 이치야. 그래서 그들 이름에 어떤 의미가 있다고 보기는 어려워.

고 마충은 오른쪽으로 가서 대적하시오. 나중에 자룡과 위연을 보내 돕도록 하겠소. 오늘 군사를 정비한 뒤 내일 날이 밝는 대로 떠나시오."

"명을 받들겠습니다!"

왕평과 마충이 물러나자 이번에는 장의와 장익을 불렀다.

"그대 둘은 군사들을 끌고 가운데 길로 나아가 적을 맞이하시오. 내일 왕평, 마충과 함께 떠나시오. 자룡과 위연은 지리에 어두워 쓸 수가 없소."

임무를 맡은 장수들이 떠나고 조자룡과 위연만 남았다. 그들은 아까부터 끓어오르는 속을 꾹 누르고 있었다.

"내가 그대들을 쓰기 싫어 안 쓰는 게 아니오. 연로한 그대들이 험한 곳에 들어갔다가 오랑캐에게 걸려들면 군사들의 사기에 좋지 않은 영향을 주기 때문이오."

조자룡이 참다못해 소리를 질렀다.

"승상, 우리가 지리를 안다면 어쩌실 겁니까?"

"그럴 리 없지 않소? 그저 조심하면서 섣불리 움직이지 마시오."

결국 두 사람은 임무를 받지 못했다.

조자룡이 위연을 불렀다.

"우리 둘이 선봉인데 지리를 모른다는 이유로 젊은 것들만 쓰니 이보다 부끄러운 일이 어디 있소? 살아생전에 이런 수모는 처음 겪소."

위연도 고개를 끄덕였다.

"어느새 뒷방 늙은이가 된 기분입니다. 차라리 이 고장 사람을 길잡이로 삼아 적진 깊숙이 치고 들어가 만병을 물리치면 큰일을 이루는 것 아니겠습니까?"

"그것도 좋은 생각이오!"

조자룡과 위연은 곧바로 말에 올라 가운뎃길로 나아갔다. 그때 흙먼지가 일어 산 위로 올라가 살펴보니 만병 수십 기가 겁도 없이 산굽이를 돌아오고 있었다.

"저자들을 잡읍시다!"

조자룡과 위연이 양쪽에서 휘몰아치자 만병들은 당황해 도망쳤다. 두 장수가 날듯이 쫓아가 만병 둘을 잡아 본채로 끌고 왔다.

"살려 주십시오!"

손이 발이 되게 비는 그들에게 죽이지 않겠다고 약조한 뒤 술과 고기를 잔뜩 먹었다. 만병들이 마음을 놓자 이것저것 물었다.

"너희들의 본진은 어찌 되어 있느냐?"

"저 앞산 기슭에 금환삼결 원수의 큰 영채가 있소이다. 그 영채 동서 양쪽으로 오계동으로 통하는 길이 있습니다. 그곳으로 가면 동도나와 아회남 원수의 영채 뒷길이 나옵니다."

"좋은 정보로다."

적들의 위치를 파악한 조자룡과 위연은 오천 명의 정예병을 이끌고 사로잡은 만병을 앞세워 출전했다.

깊은 밤 소리 없이 행군해 금환삼결의 영채에 이르렀을 때는 새벽이었다. 벌써 일어난 만병들이 새벽밥을 해 먹으며 날이 새는 대로 싸우러 갈 준비를 하느라 부산을 떨었다.

"이때다! 기습하라!"

양쪽에서 조자룡과 위연이 들이닥치자 만병들은 혼란에 빠져 갈팡질팡했다. 조자룡이 번개처럼 영채의 중앙으로 치고 들어가 엉겁결에 뛰쳐나온 금환삼결의 목을 베었다. 그 머리를 창끝으로 찍어 올리자 만병들은 정신을 잃고 사방으로 흩어졌다.

이어서 위연은 동도나의 영채를 향해 동쪽 길로, 조자룡은 아회남의 영채를 향해 서쪽 길로 접어들었다. 각 영채에 도착할 무렵 해가 떠올랐다. 두 장수는 머뭇거리지 않고 동쪽과 서쪽 영채를 치고 들어갔다.

먼저 영채 뒤쪽으로 촉군이 쳐들어온다는 소식을 듣고 동도나는 뒤로 나가 길목을 지켰다. 그런데 영채 앞쪽에서 군사들 함성이 들리는 게 아닌가. 바로 왕평의 군사들이 쳐들어온 것이다. 앞에서 왕평이, 뒤에서 위연이 군사를 몰아오자 동도나는 버티지 못하고 달아났다.

조자룡 또한 아회남의 영채 뒤쪽에 도착했다. 이때 아회남은 영채 앞으로 쳐들어온 마충과 싸우다 조자룡의 정예병이 뒤쪽에서 협공을 벌이자 대패해 달아났다. 지리를 잘 알기에 그들은 발 빠르게 도망갈 수 있었다.

대승을 거둔 조자룡과 위연은 군사들을 이끌고 본채로 돌아와 제갈공명에게 승전보를 전했다.

"동도나와 아회남이 달아났다면 금환삼결은 어디 있는가?"

"여기 있습니다!"

조자룡이 금환삼결의 머리를 바쳤다.

"나머지 둘은 어디 갔는가?"

"둘 다 도망쳐 잡지 못했습니다."

천하의 명장 조자룡과 위연이 쩔쩔매자 제갈공명이 껄껄 웃었다.

"하하, 내가 그자들을 이미 잡아 두었소."

조자룡과 위연이 깜짝 놀라자 제갈공명이 동도나와 아회남을 끌고 들어오라고 명했다. 장의가 동도나를, 장익이 아회남을 잡아 왔다.

"어찌 된 일입니까?"

"나는 이미 여개의 지도를 보고 만병이 어디 숨어 있을지 알고 있었소. 그리하여 자룡과 위연을 화나게 만들어 적진 깊숙이 치고 들어가게 만든 것이오. 그대들이 내 생각대로 좌우 영채를 짓밟아 주었소. 그대들이 아니었으면 이런 용맹한 일을 할 사람이 없소."

"아하!"

"동도나와 아회남이 산길로 도망칠 것을 지도로 보고 파악한 뒤 장의와 장익에게 각각 매복했다가 두 적장을 사로잡으라고 한 것이오. 물론 관색이 도와주었소."

조자룡과 위연은 고개를 숙였다.

"승상의 신묘한 전략을 우리가 어찌 짐작이나 하겠습니까? 승상의 지략은 귀신도 측량할 수 없소이다."

대승을 거둔 제갈공명은 동도나와 아회남의 결박을 풀어 준 다음 술과 음식은 물론 의복까지 베풀어 극진히 대접했다.

"너희들은 각자 자기 동으로 돌아가라. 다시는 악한 자를 돕지 말도록 하라!"

"감사합니다. 절대 맹획을 돕지 않겠습니다. 살려 주신 은혜를 절대 잊지 않겠습니다."

적장들을 놓아준 뒤 제갈공명이 말했다.

"자, 이제 맹획이 공격해 올 것이오. 꼭 사로잡아야 하오."

제갈공명은 조자룡과 위연에게 계책을 말해 주고 군사를 주어 떠나보냈다. 이어 왕평과 관색도 떠났다. 장수들이 떠나자 제갈공명은 장상에 올라앉아 소식이 오기를 기다렸다.

"금환삼결 등 세 원수가 모조리 공명에게 잡혔답니다."

정탐꾼의 보고를 받은 맹획은 머리끝까지 화가 치밀었다. 원수들은 잡혀 가고 군사들은 뿔뿔이 흩어졌다는 충격적인 소식이었다.

"이럴 수가."

맹획은 군사들을 정비해 제갈공명을 향해 나아갔다. 촉군과 맹획의 본격적인 싸움이 시작된 것이다.

왕평의 군마들과 마주한 맹획의 자태는 참으로 요란했다. 머리에 보석 박은 관을 쓰고 붉은색 전포를 입었으며 허리에는 옥으로 만든 띠를 둘렀다. 거기에 매부리 모양의 녹색 가죽신을 신고 적토마에 올라탄 그는 두 자루의 보검을 차고 사방을 둘러보며 말했다.

"저것이 촉군의 진지란 말이냐? 제갈량이 뛰어난 병법가라더니 오늘 직접 보니 대오도 엉망이고 칼과 창 같은 무기도 보잘것없구나. 이럴 줄 알았으면 진작 군사를 일으킬 걸 그랬다. 자, 누가 나가서 저자들을 무찌를 것인가?"

그러자 망아장이라는 장수가 나섰다.

"제가 나가서 무찌르겠습니다."

망아장이 말을 타고 큰 칼을 휘두르며 왕평에 맞섰다. 두 장수가 몇 합 싸우는가 싶었는데 왕평이 뒤돌아 꽁무니를 뺐다.

"적군이 도망간다! 전군 추격하라!"

기회를 잡았다고 생각한 맹획이 있는 힘껏 왕평을 쫓았다. 그러나 어느 순간 왕평이 사라지고 관색이 나타났다. 관색 또한 몇 차례 대적하다 못 버티겠다는 듯 뒤돌아 달아났다. 이십여 리를 정신없이 추격했을 때 갑자기 함성이 터지면서 왼쪽에서 장의가, 오른쪽에서 장익이 모습을 드러냈다. 어디서 나타났는지 사라졌던 왕평과 관색도 군사를 이끌고 나와 맹획을 포위했다.

"후퇴하라!"

사방에서 공격을 받은 만병은 여지없이 무너졌다. 간신히 포위망을 뚫은 맹획은 금대산으로 도망쳤다. 뒤를 돌아보니 추격대가 세 갈래로 쫓아왔다. 부리나케 말을 달리는데 이번에는 코앞에서 조자룡이 나타났다.

"맹획은 내 칼을 받아라!"

놀란 맹획이 샛길로 빠지자 조자룡이 맹렬히 뒤쫓았다. 이로 인해 사로잡힌 만병은 그 수를 헤아리기 어려웠다.

맹획은 정신없이 도망치다 뒤를 돌아보았다. 자기를 따르는 군사가 수십 기에 불과했다. 촉군은 더욱더 기세를 올리며 쫓아왔다. 길은 없고 산은 갈수록 험하고 숲까지 우거져 맹획은 말을 버리고 두 발로 달렸다. 숨이 턱에 차도록 한참 동안 산속을 올라가 숨을 돌릴 때였다. 한 떼의 날쌘 군사들이 또 나타나 맹획을 질리게 만들었다.

"저자가 맹획이다! 잡아라!"

기진맥진해 도망갈 힘을 잃은 맹획은 허둥거리다 잡히고 말았다. 위연의 군사들이 의기양양하게 맹획을 사로잡아 영채로 돌아왔다. 첫싸움에서 대승한 것이다.

소식을 들은 제갈공명은 잔치 준비를 했다. 날카로운 창과 칼을 든 호위 무사들을 일곱 겹으로 둘러 세우고, 장상에 황제가 내린 황금도끼와 일산†을 펼쳐 놓았다. 앞뒤로 군악을 연주하는 군악대와 좌우에 어림군이 늘어서서 분위기가 엄숙하고 장엄했다. 그 위세에 주눅이 든 수많은 만병이 그 사이를 뚫고 나오며 두려움에 떨었다. 제갈공명이 위엄 있게 앉아 있다가 군사들을 모두 풀어 주며 말했다.

"너희들이 선량하고 죄 없는 백성이란 걸 알고 있다. 맹획에게 잘못 붙잡혀 왔다는 것도 잘 알고 있다. 그러니 너희들을 모두 집으로 돌려보내 주마. 가족들이 싸움에 패했다고 눈물 흘리고 창자가 끊어질 듯 애타게 기다릴 터이니 어서 돌아가라. 돌아가서 부모형제와 처자들을 안심시키도록 하라."

제갈공명은 술과 음식을 배불리 먹인 뒤 곡식까지 주어 돌려보냈다.

"승상의 큰 은혜를 갚을 길이 없습니다. 감사합니다!"

병사들이 절을 하고 떠나자 맹획의 차례가 왔다. 맹획이 꿇어 엎드리자 제갈공명이 물었다.

"선제이신 유 황숙께서 너를 섭섭하게 대하지 않았는데 어찌하여 배반한 것이냐?"

맹획이 코웃음을 쳤다.

"너희가 차지한 양천 촉땅은 남의 땅이 아니더냐? 너희들이 강제로 빼앗고 이제는 황제라고 자칭하니 어처구니가 없다. 나는 대대로 이곳에서 살아왔다. 너희들이 내 땅까지 빼앗겠다고 쳐들어와 놓고 무슨 반역을 했다는 말이냐?"

"내가 너를 사로잡았으니 진심으로 복종한다면 살려 주겠다."

"산이 험하고 길이 비좁아 실수로 잡혔을 뿐이다. 마음으로 항복할 수 없다."

"진정 항복하지 못한단 말인가?"

"그렇다."

"내가 너를 놓아주면 어쩌겠느냐?"

맹획이 눈을 반짝였다.

"그렇다면 다시 군사들을 이끌고 와서 자웅을 겨루겠다. 만일 또 사로잡힌다면 그때는 항복하겠다."

"좋다! 여봐라, 이자를 놓아주어라!"

제갈공명은 맹획의 결박을 풀어 주고 옷을 갈아입게 했다. 게다가 술과 음식까지 대접한 뒤 말에 태워 전송해 주었다. 맹획은 영채로 돌아갔다.

이를 본 휘하 장수들이 교화를 입지 못한 그들에게 항복을 받기란 쉽지 않다고들 떠들

여기서 잠깐!!

제갈공명이 일산을 펼친 까닭은 무엇일까? 옛날에 일산을 쓴다는 건 하늘을 가린다는 의미였어. 평민은 감히 상상할 수도 없고 황제나 할 수 있는 일이었지. 그래서 황제가 특별히 큰 공이 있는 신하에게만 일산을 쓸 수 있는 특권을 주었어. 그렇기에 제갈공명은 자신이 하늘을 가릴 정도의 높은 사람임을 보여주려고 일산을 펼친 거야.

었다. 지켜보던 장수들은 원망까지 했다.

"맹획은 남만의 괴수이자 괴물 같은 자입니다. 간신히 사로잡아 평정할 수 있었는데 어찌 놓아주셨습니까?"

"하하, 맹획쯤 잡는 것은 주머니에서 물건 꺼내는 것보다 쉽소이다. 중요한 것은 저자가 진심으로 항복하는 거요. 그래야 진정으로 남만을 평정했다고 할 수 있소."

장수들은 이해할 수 없었다. 적장을 잡는 것이 얼마나 힘든 일인지 잘 알기 때문이다.

맹획은 영채로 돌아가는 길에 패잔병들을 만났다. 패잔병들은 맹획을 보자 구세주를 만난 듯 기뻐했다.

"대왕께서는 사로잡히지 않으셨습니까? 어찌 돌아오시는 겁니까? 꿈만 같습니다."

"아하하, 촉군이 나를 사로잡았지만 내가 그들에게 굴복할 듯싶으냐? 밤에 군사들을 죽이고 빠져나왔느니라. 오는 길에 정탐꾼 한 놈의 목을 벤 뒤 그놈의 말을 타고 오는 길이다."

맹획은 우두머리 체면에 차마 놓여났다고 말할 수 없어 거짓말을 했다. 노수를 건너 영채를 세우고 만병을 수습하자 병사가 얼추 십만에 가까웠다. 이때 동도나와 아회남은 자기 부중에 들어앉아 움직이지 않았다. 맹획이 부르자 그들은 마지못해 군사를 이끌고 나타났다.

"어찌 살아 돌아오셨습니까?"

"내가 놈들에게 잡혀 보니 길을 알겠다. 그들과 맞상대해서는 곤란하다. 싸우면 또 속임수에 빠진다. 저자들은 먼 길을 와서 지쳤기 때문에 작전을 바꿔야 한다."

"어떤 작전입니까?"

"지금 날씨가 더워 저자들은 버티기 힘들 것이다. 우리와 저들 사이에 험한 노수가 있으니 배와 뗏목은 전부 남쪽으로 매어 두고 토성을 쌓자. 호를 깊게 파고 성루를 높여 놓고 제갈량이 어찌 나오는지 보자."

나름대로 괜찮은 계략이었다. 맹획의 계책에 따라 배와 뗏목을 강의 남쪽에 모두 붙들어 맨 뒤 토성을 쌓았다. 높은 산이나 절벽에는 성루를 세우고 궁노와 포석을 설치했다. 장기전에 돌입하려는 작전이었다. 맹획은 완벽한 대책을 세웠다고 생각하고 마음을 놓았다.

때는 오월[†]이라 더위가 한창이었다. 찌는 더위에 촉의 군사들은 갑옷을 입을 수도 없었다. 제갈공명이 강가에 나가 토성을 쌓는 적진을 살펴보고 오자 장수들이 걱정했다.

"승상, 어찌하면 좋습니까? 건너갈 배도 없고, 저자들은 지키면서 장기전에 들어갈 태세입니다."

"맹획이 토성을 높이 쌓아 우리와 맞서려 하고 있소. 그렇다고 예까지 왔는데 헛되이 돌

옛 기록을 보면 달수가 요즘과 잘 안 맞는 것 같아. 오월인데 더위가 한창이라니 이상해 보이지? 여기엔 이유가 있어. 오늘날과 같이 양력 오월이 아니라 음력 오월이기 때문이야. 음력은 오월, 유월이 양력으로 치면 유월에서 팔월이야. 그러니 자연히 더울 수밖에. 게다가 남쪽으로 군사를 이끌고 갔으니 더 더울 수밖에 없지.

아갈 수도 없지 않소? 장군들은 각자 군사를 이끌고 수목이 우거진 곳에 들어가 군마를 쉬도록 하시오."

제갈공명은 백 리쯤 떨어진 그늘지고 서늘한 곳에 영채를 네 개 세우고 왕평과 장의, 장익, 관색이 하나씩 맡아 지키게 했다. 그러자 참군 장완이 걱정했다.

"승상, 영채를 돌아보니 불리합니다. 지난날 선제께서 동오에서 패배할 때와 진세가 같습니다. 만병이 몰래 건너와 화공이라도 쓰면 어쩌시렵니까?"

"걱정 마시오. 내가 묘책을 세워 두었소."

그때 촉에서 마대가 풍토병 약과 위문품을 가지고 군사들과 함께 도착했다. 제갈공명은 군량미와 약을 네 영채에 나누어 보내고 나서 마대에게 물었다.

"그대는 군사를 얼마나 데려왔는가?"

"삼천 명을 데려왔습니다."

"이곳 군사들은 지금 지쳐서 쉬게 했다. 그대가 거느리고 온 덜 피곤한 군사를 쓸까 하는데 앞장설 수 있겠는가?"

"승상, 저희 군마가 모두 다 촉의 군마 아닙니까? 승상께서 쓰신다면 죽음을 각오하고 앞장서겠습니다."

"좋다. 맹획이 노수를 막아 강을 건널 수 없다. 이참에 적의 보급로를 끊어 적진을 어지럽힐까 한다."

"어찌 적의 보급로를 끊으신다는 겁니까?"

"지도를 보니 여기서 백오십 리만 내려가면 노수 하류인 사구가 나온다. 그곳은 물살이 급하지 않아 뗏목으로도 건널 수 있다. 그대는 삼천 군사를 거느리고 그곳에 가서 강을 건너 만동으로 들어가라. 군량 보급을 끊으면 동도나와 아회남, 두 원수에게 연락을 취하라. 그러면 그들이 내응할 테니 실수 없도록 하라.”

마대는 공명의 계책대로 사구에 이르렀다. 뗏목을 마련하려 하는데 물이 깊지 않았다.

“거추장스럽게 뗏목을 만들어 뭐 하겠는가? 그냥 옷 벗고 시원하게 건너라.”

더운 날씨에 강물을 건너는 것은 상쾌한 일이었다. 강을 반쯤 건넜을 때 갑자기 군사들이 강물 속으로 거꾸러졌다. 화들짝 놀라 끌어올렸지만 물에 빠진 군사들이 온몸의 구멍으로 피를 쏟으며 죽어 갔다. 마대가 곧바로 사태의 심각성을 알리자 제갈공명이 토박이를 불러 물었다.

“어찌 이런 일이 일어나는 게냐?”

“지금은 더위가 심할 때입니다. 노수물이 겨울에는 맑지만 지금은 탁하고 오만 독기가 모여 있습니다. 그래서 물을 마시거나 몸에 닿으면 죽습니다.”

“그럼 어찌하면 되느냐?”

“한밤중에 물이 차가울 때 배불리 밥을 먹고 건너야 합니다.”

제갈공명은 그에게 길을 안내하도록 하여 마대를 따라가게 했다. 마대는 군사들에게 뗏목을 만들게 하고, 밤이 깊어지자 그것을 타고 강을 건넜다. 그러자 아무 일도 일어나지 않았다.

마대는 이천 명의 날쌘 군사를 거느리고 토박이의 안내를 받아 만동의 군량 보급로인 협산욕을 점령하러 갔다. 협산욕은 양쪽이 깎아지른 산이었다. 그 사이에 길이 나 있는데 말 한 마리가 겨우 지나갈 정도로 좁았다. 마대는 협산욕을 점거한 뒤 영채를 세웠다.

이런 사실을 알 리 없는 동중의 만병들이 군량을 보급하러 오다 마대에게 걸려들었다. 백여 대의 수레를 빼앗기고 겨우 목숨을 건진 만병들이 뒤도 안 보고 도망쳤다.

맹획은 방심한 채 온종일 술을 마시고 놀며 제갈공명이 쳐들어오지 못하는 것을 자랑 삼아 늘어놓았다.

"으하하하! 보아라, 내 작전이 신묘해 저자들이 쳐들어오지 못하지 않느냐? 혹독한 더위가 이어질 테니 저자들은 분명 스스로 물러갈 것이다. 그때 우리가 뒤를 치면 제갈량을 사로잡을 수 있다."

그때 급박한 보고가 올라왔다.

"촉군이 군량미 보급로를 끊었습니다. 깃발에 '평북장군 마대'라고 쓰여 있었답니다."

"몇 놈 안 될 텐데 뭘 걱정한단 말이냐? 망아장에게 삼천 군사를 주어 물리치도록 해라."

망아장은 군사를 이끌고 협산욕으로 달려갔다. 마대는 산기슭에서 진을 치고 기다렸다. 망아장이 기세 좋게 달려왔지만 마대와 붙어 제대로 싸워 보지도 못하고 단칼에 몸뚱이가 두 동강 나 버렸다. 만병들이 황급히 도망쳐 맹획에게 패전을 알렸다.

이번에는 동도나가 나섰다.

"제가 가서 마대를 없애겠습니다."

맹획은 동도나에게 삼천 명의 군사를 내줘 출발하게 한 뒤 아회남에게도 적이 강을 건너지 못하게 삼천 명의 군사로 사구를 지키게 했다. 동도나가 협산욕에 이르러 진을 치고 마대와 맞섰다. 마대는 동도나가 왔다는 말을 듣고 즉시 달려 나가 외쳤다.

"이런 의리 없는 놈아! 우리 승상께서 불쌍한 인생을 구제해 주었더니 은혜도 모르고 배반을 하느냐? 부끄러움도 모르는 야만인아!"

동도나는 얼굴이 붉어졌다. 틀린 말이 아니었기 때문이다. 동도나는 제대로 싸우지도 못한 채 만병들을 이끌고 물러났다. 그때를 놓치지 않고 마대가 쫓아가 한바탕 휘젓고 돌아왔다.

부끄러워 물러난 동도나가 맹획에게 말했다.

"마대는 당대의 영웅입니다. 나 같은 자가 당할 수가 없었습니다."

그러나 맹획에게도 정보원이 있었다.

"네 이놈, 네가 제갈량의 은혜를 입었다고 머뭇거리며 제대로 싸우지 않은 것이 아니더냐? 여봐라, 저 배신자의 목을 베라!"

그러자 추장들이 나서서 말렸다.

"대왕이시여, 그간의 정리를 봐서 이번엔 용서해 주시고 나중에 공을 세우게 하십시오."

덕분에 동도나는 목숨을 건진 대신 곤장 백 대를 맞고 초주검이 되었다. 영채에 가서 앓아누워 있자 추장들이 찾아와 위로했다. 동도나가 추장들에게 말했다.

"우리는 남만 땅에 살지만 한번도 중원을 쳐들어간 적이 없고 중원에서도 우리를 친 적이 없잖소?"

"맞소!"

"평화롭게 살던 우리가 이 싸움에 나선 것은 맹획의 강압 때문이 아니겠소?"

"그렇소이다."

"생각해 보니 제갈공명은 참으로 신묘한 자요. 조조와 손권도 그를 두려워했는데 감히 우리 따위가 어찌 맞서 싸우겠소. 게다가 죽을 뻔한 목숨을 승상이 구해 주었으니 은혜를 갚아야 할 것 아니오?"

"맞소이다. 그러니 어쩌면 좋겠소?"

"나는 결심했소. 맹획을 죽이고 승상에게 투항해 우리 백성들을 구하고 싶소."

그 자리에 모인 추장들은 대부분 제갈공명에게 사로잡혔다 돌아온 자들이었다.

"우리 모두 그대 의견에 따르겠소이다."

동도나는 칼을 뽑아 백 명의 군사들을 이끌고 맹획의 장막으로 쳐들어갔다. 맹획은 술에 취해 나뒹굴다 무방비 상태로 동도나를 맞았다. 맹획을 지키던 장막 앞의 장수들은 동도나를 보자 긴장했다.

동도나가 외쳤다.

"너희들도 나와 함께 사로잡혔다가 돌아온 자들이 아니더냐? 제갈 승상의 은혜를 갚아야 할 것 아니냐?"

그 말에 두 장수가 말했다.

"장군까지 나설 필요도 없소이다. 우리가 맹획을 사로잡아 승상께 바치겠소."

그들은 장막 안으로 들어가 간단히 맹획을 묶었다. 그리고 북쪽으로 끌고 가 제갈공명에게 알렸다. 동도나가 먼저 들어가 정황을 상세히 알리자 제갈공명이 후한 상을 내렸다. 같이 갔던 추장들도 극진히 대접해 보냈다.

마침내 도부수들이 맹획을 끌고 들어오자 제갈공명이 크게 웃었다.

"하하하, 지난번에 네가 말하지 않았느냐? 다시 잡혀 오면 항복하겠다고. 오늘은 어찌 할 셈이냐?"

"나는 너에게 잡힌 게 아니다. 내 부하들이 배신했을 뿐이다. 나는 마음으로 항복할 생각이 없다. 어서 죽여라!"

"너를 놓아주면 어찌하겠느냐?"

그 말을 듣자 맹획의 말투가 공손해졌다.

"나는 비록 만인이나 병법을 모르지 않소이다. 승상이 나를 돌려보낸다면 군사를 이끌고 와서 결판을 내겠소. 그때도 사로잡힌다면 마음을 기울이고 오장을 바쳐서 항복한 뒤 다시 거역하지 않겠소."

"다음에 사로잡혀도 말을 바꾸면 그때는 용서하지 않겠다."

제갈공명은 단단히 약속을 받은 뒤 맹획의 결박을 풀어 주고 술과 음식을 대접했다. 공명은 맹획에게 겁을 주었다.

"내가 초려에서 나온 뒤 지금까지 싸워 이기지 못한 적이 없고 적들을 쳐서 취하지 못한 바가 없다. 네가 만방 사람인데 어찌 나를 거역하고 항복하지 않는 것이냐?"

제갈공명은 결코 겸손한 사람이 아니다. 그렇다고 오만하지도 않다. 그는 있는 그대로 말했다. 하지만 그의 경지를 짐작하지 못하는 사람들에게는 그것이 과장이나 오만으로 비친다. 맹획은 이미 자존심이 많이 상해 자신을 깔보는 말에 대꾸하지 않았다.

술자리가 끝나자 제갈공명이 맹획을 이끌고 진지를 구경시켜 주었다. 본채에서 나와 영채를 돌며 쌓아 놓은 군량과 마초, 무기들을 보여주고 나서 말했다.

"보았느냐? 네가 항복하지 않는 것은 어리석은 짓이다. 어찌 네가 나를 이긴단 말이냐? 일찍이 항복하면 황제께 아뢰어 너에게 대대손손 남만을 다스리도록 해주겠다."

맹획이 말했다.

"내가 항복한다 해도 동중 사람들이 진심으로 복종하지 않을 것이오. 만일 나를 보내 준다면 내가 가서 군사들을 타일러 같이 귀순하도록 하겠소."

"좋다! 술을 한잔 더 하자."

제갈공명은 밤늦도록 함께 술을 마신 뒤 맹획을 놓아주었다. 친히 강변까지 나가 배웅하고 배를 태워 보냈다.

본채로 돌아온 맹획은 이를 갈았다. 장막 안에 도부수들을 숨겨 놓은 뒤 동도나와 아회남의 영채로 심복을 보냈다.

"무슨 일이냐?"

"제갈 승상의 명령을 전하러 사자가 찾아왔습니다. 어서 대채로 오시랍니다."

동도나와 아회남은 서둘러 대채의 장막에 도착했다. 맹획이 완전히 항복한 줄 알았던 것이다. 두 원수가 오자마자 맹획이 고함을 질렀다.

"저 배신자들을 죽여라!"

숨어 있던 도부수들이 두 사람을 무참히 죽인 뒤 시신을 개울가에 버렸다. 맹획은 다시 발걸음을 재촉했다.

"우리의 양곡을 막고 있는 협산욕으로 가자. 마대를 무찔러야 한다."

맹획이 기세등등하게 협산욕에 도착했을 때 마대는 보이지 않았다. 주변의 백성을 불러 촉군의 행방을 묻자 이런 답이 돌아왔다.

"대왕이시여, 촉군은 지난밤에 모두 강을 건너 돌아갔습니다."

맹획이 본채로 돌아와 동생인 맹우를 불렀다.

"내가 이번에 제갈량의 허실을 확실하게 알아 왔다. 우리 형제가 제갈량을 사로잡을 수 있다. 너는 내가 시키는 대로만 하면 된다."

맹우는 형의 계책에 따라 군사 백여 명을 이끌고 배에 각종 금은보화를 싣고 강을 건넜다. 맹우는 촉군이 자신을 환대할 줄 알았다. 그런데 한 무리의 군사들이 앞을 가로막자 당황했다. 그들을 이끄는 장수는 마대였다. 마대가 맹우를 붙잡아 놓고 제갈공명에게 이런 사실을 알렸다. 제갈공명은 마속, 여개, 장완 등과 함께 남만을 평정할 일을 의논하고 있었다.

"맹획의 동생 맹우라는 자가 예물을 들고 찾아왔습니다."

마속을 돌아보며 제갈공명이 물었다.

"이게 무슨 계책일까? 그대는 아시오?"

"주변의 시선이 있으니 제가 종이에 적어 보여드리겠습니다."

제갈공명이 고개를 끄덕이자 마속이 종이에 글자를 적어 보여주었다. 종이를 본 제갈공명이 손뼉을 치며 웃었다.

"하하하, 그대 생각과 내 생각이 같구려."

제갈공명은 젊은 마속을 자신의 후계자로 삼고 싶었다. 그래서 문제가 생겼을 때 꼭 그의 의사를 확인했다. 총기가 있는 마속은 제갈공명의 기대에 부응했다.

제갈공명은 조자룡을 불러 은밀히 계책을 일러 주고, 위연에게도 분부를 내렸다. 두 장수가 지시를 받고 떠난 뒤 맹우를 불렀다. 절을 두 번한 맹우가 간곡한 얼굴로 말했다.

"저의 형님인 맹획이 보낸 예물입니다."

"왜 나에게 예물을 보냈느냐?"

"살려 주셔서 은혜를 갚겠다고 하옵니다. 군사들에게 상을 주실 때 쓰시면 감사하겠습니다. 황제께는 따로 예물을 준비해 바치겠습니다."

"맹획은 지금 어디 있느냐?"

"승상의 은혜를 갚으려고 은갱산에 보물을 구하러 갔습니다."

"네가 데려온 군사는 몇 명이냐?"

"짐을 나르는 데 필요한 군사 백여 명입니다."

제갈공명이 그들을 모두 장막 안으로 불러들였다. 그들은 눈동자가 파랗고 얼굴빛이 검었을 뿐 아니라 머리카락이 노랗고 맨발에 더벅머리였는데 다들 키가 크고 힘센 장사들이었다. 제갈공명은 그들에게 음식과 술을 권했다.

그 소식은 수하들에 의해 곧 맹획에게 전해졌다. 수하들은 제갈량이 예물을 받고 기뻐하며 수행원까지 잔치를 베풀어 주었다는 소식을 전했다. 그러면서 은밀히 맹우의 꾀를 알렸다.

"오늘 밤 이경에 군사를 일으켜 서로 호응하자 했습니다."

"좋다. 그자들이 술 먹고 취했을 때 안팎에서 호응하면 우리가 이길 수 있다."

맹획은 삼만 명의 군사를 일으켜 세 갈래로 나눈 뒤 각 동의 추장들에게 지시했다.

"오늘 밤에 촉의 영채에서 불길이 치솟을 것이다. 내가 직접 중군으로 쳐들어가 제갈공명을 사로잡겠다."

만장들은 맹획의 지시에 따라 밤이 오기를 기다렸다. 삼만 군사가 소리 없이 행군하는데 막는 군사가 아무도 없었다. 마침내 촉군의 영채 근처에 도착한 맹획이 장수들과 함께 일제히 쳐들어갔다.

"제갈공명을 사로잡아라!"

"와아!"

밀물처럼 안으로 들어갔으나 이게 웬일인가? 영채 안이 텅텅 비어 있었다. 맹획이 그대로 중군을 향해 돌격해 제갈공명의 장막 안으로 들어갔다. 장막 안은 등촉이 훤히 밝혀졌지만 적군은 보이지 않았다. 맹우와 일행들만 술에 취해 쓰러져 있었다. 제갈공명이 약을 탄 술을 권해 인사불성이 되게 만든 것이다. 그제야 맹획은 제갈공명의 계략에 빠진 것을 알았다.

"간교한 제갈공명에게 속았다. 어서 퇴각하라!"

맹획은 술에 취해 잠든 맹우와 군사들을 깨워 돌아가려 했다. 그때 벼락같은 소리가 들렸다.

"불이다!"

불길이 치솟기 시작했다. 만병들이 살길을 찾아 도망치는데 날쌘 군사들이 다가와 그들을 덮쳤다. 왕평의 군사들이었다. 다급히 왼쪽으로 가자 위연이 나타났다. 오른쪽으로 가려 하니 조자룡이 기다리고 있었다. 세 방향에서 군사들이 쳐들어왔다. 맹획은 군사들을 버리고 간신히 말에 올라 노수를 향해 도망쳤다. 마침 강물 위에 만병들이 타고 있는 배가 한 척 떠 있었다.

"배를 가까이 대라!"

큰 소리로 배를 부른 뒤 말을 탄 채 배 위로 뛰어올랐다. 그 순간이었다.

"맹획을 잡아라!"

배에 숨어 있던 촉군이 대뜸 맹획을 붙잡아 꽁꽁 묶었다. 마대의 군사들이 만병으로 위장해 맹획을 기다리고 있었던 것이다. 맹획은 또다시 포로가 되었다.

그사이 제갈공명은 사로잡은 만병들을 회유했다.

"너희들에게 죄가 없다는 걸 잘 안다. 너무 두려워하지 마라."

제갈공명의 너그러운 언사에 만병들은 모두 항복했다.

얼마 뒤 마대가 맹획을, 조자룡이 맹우를 잡아 왔다. 맹획이 다시 잡혀 오자 제갈공명이 소리 내어 웃었다.

"하하, 네 아우를 보내 거짓 예물로 항복하는 것으로 나를 속일 수 있다 생각했느냐? 이제 또 사로잡혔으니 항복하겠느냐?"

"이번에도 억울하오. 아우라는 자가 내 지시를 제대로 받아들이지 않았기 때문이오. 내가 직접 오고 아우가 후원했다면 틀림없이 성공했을 것이오. 이것은 하늘이 나를 망친 것이지, 내가 무능해서가 아니란 말이오. 항복할 수 없소이다."

"너는 세 번이나 사로잡혔으면서도 항복하지 않겠다는 것이냐?"

"그렇소."

제갈공명이 껄껄 웃었다.

"알았다. 너를 다시 놓아주마."

"우리 형제를 놓아주면 내가 심기일전해 반드시 한번 싸워 보겠소."

"또 잡히는 날에는 용서하지 않겠다. 부지런히 병법을 공부하고 지혜 있는 자와 의논해 계책을 세워 다시는 후회 없도록 하라."

제갈공명은 맹획의 결박을 풀어 주었다. 뿐만 아니라 맹우와 각 동의 추장들도 놓아주었다.

"승상의 은혜는 잊지 않겠소이다."

그들은 감사 인사를 하고 돌아갔다.

이때 촉의 군사들은 이미 노수를 다 건넜다. 언덕마다 촉의 장수들이 점령해 깃발을 꽂아 놓았다. 강 건너 촉군의 영채 앞에 도착하자 마대가 칼을 들어 외쳤다.

"또다시 붙잡히는 날에는 결코 놓아주지 않는다!"

맹획이 벌벌 떨며 자신의 대채로 갔다. 하지

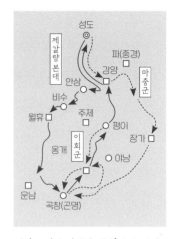

제갈공명이 남만을 정벌하러 왔던 원정로

만 그곳은 조자룡이 이미 점령하고 있었다. 조자룡도 칼을 짚고 일어나 큰 소리로 외쳤다.

"승상의 은혜로 살게 됐으니 절대 잊지 마라!"

"예, 알겠습니다! 알겠습니다!"

맹획은 고개를 숙이고 그 앞을 지나왔다. 그러자 이번에는 위연이 기다리다 외쳤다.

"너의 요충지를 우리가 모두 차지했다. 아직도 정신 못 차리는 게냐? 다시 만나면 네놈을 어육으로 만들 것이다!"

맹획은 머리를 감싸쥐고 고개를 떨군 채 본동으로 도망쳤다. 제갈공명은 삼군에게 큰 상을 내렸다. 장수들은 하나같이 제갈공명의 지략에 감복했다.

"승상의 지혜와 인덕과 용기는 강태공이나 장자방도 따르지 못할 것입니다."

"하하하, 어찌 그분들과 나를 견주겠는가? 모두 그대들이 도와주어 가능했던 일이다."

장수들은 제갈공명의 겸손한 말에 모두 크게 기뻐했다. 하지만 맹획을 놓아준 상태였기에 아직 안심할 수는 없었다.

5
칠종칠금

제갈공명에게 세 번이나 사로잡힌 맹획은 분노를 금치 못했다.

"이 수모를 반드시 설욕하리라!"

맹획은 은갱동에 가서 심복들에게 남만 고을을 다니며 보물을 나눠 주고 무사를 모아 오라고 명령했다. 맹획의 위기가 자신들의 위기라고 여긴 남만 부족들은 약속 날짜가 되자 구름처럼 몰려들었다.

물론 이런 사실은 정탐꾼에 의해 제갈공명의 귀에 들어갔다.

"어찌하면 좋습니까? 저들이 힘을 모아 쳐들어오려 합니다."

제갈공명은 걱정하는 장수들을 안심시켰다.

"걱정하지 마시오. 이것이야말로 내가 바라던 바요."

"어찌하여 그렇습니까?"

"만병에게 위력을 보여주는 것이 내 바람이기 때문이오. 저들은 두려움을 느껴야 반역하지 않을 것이오."

제갈공명은 수레를 타고 나아갔다. 작은 수레에 올라 수백 명의 기병들을 거느리고 전진하는데 강이 앞을 가로막았다. 강의 이름은 서이하. 물살은 완만했지만 건널 배가 없었다.

"뗏목을 만들어라."

군사들이 뗏목을 만들어 강에 띄웠는데 웬일인지 띄우는 족족 가라앉았다.

"어찌하면 좋겠는가?"

제갈공명의 물음에 여개가 대답했다.

"듣자하니 강 상류에 큰 산이 있고 그 산에 대나무가 많이 자란다 하옵니다. 그중 아름드리 대나무를 베어 다리를 만들고 그 위로 군마를 건너게 하심이 어떻겠습니까?"

그 말에 따라 제갈공명은 삼만 군사로 하여금 대나무를 베어 다리를 놓게 했다. 대군을 이끌고 대나무 다리를 건넌 제갈공명은 강의 북쪽에 일자로 영채를 세우고 흙을 쌓아 성을 만들었다. 또한 강 남쪽에도 일자로 영채를 세운 뒤 만병이 쳐들어오기를 기다렸다.

이윽고 기다렸다는 듯 맹획이 다가왔다. 제갈공명은 윤건을 쓰고 학창의를 입은 채 깃털부채를 들고 수레에 올라 장수들의 호위를 받으며 나왔다.† 맹획은 물소 가죽 갑옷을 입고 왼손에 방패, 오른손에 칼을 든 채 붉은 소를 타고 나와 오만 욕설을 퍼부었다.

"겁쟁이 촉의 시골 놈들아, 이제 제대로 싸워 보자!"

부하 일만여 명도 칼과 방패를 들고 춤추며 괴성을 질렀다. 제갈공명이 명령을 내렸다.

"절대 나가 싸우지 마라!"

그러자 만병들은 벌거숭이 몸으로 다가와 욕설을 퍼부으며 싸움을 걸었다. 부하 장수들은 나가 싸우려 했다.

"승상, 싸우게 해주십시오. 저자들을 무찌르겠습니다."

"가만 내버려 두시오. 저자들은 왕의 덕화를 입지 못해 저렇게 발악하는 것이니 며칠 기다리면 스스로 누그러질 거요. 저자들을 격파할 묘책을 이미 세워 놓았으니 걱정 말고 기다리도록 하시오."

제갈공명이 허락하지 않아 촉군은 방비만 하며 시간을 흘려보냈다.

며칠 뒤 제갈공명이 높은 곳에 올라가 살펴보니 만병의 기세가 누그러졌다. 공명이 비로소 장수들에게 물었다.

"누가 나가 만병과 싸우겠는가?"

여기서 잠깐!!

제갈공명의 복장은 도대체 어디서 연유한 걸까? 한 나라의 승상이라면 화려한 의관이 있었을 텐데 제갈공명은 왜 이런 옷을 입었는지 궁금하지 않아? 제갈공명의 복장은 도교의 도사 복장이야. 한마디로 도를 닦고 신선의 길을 걷는 사람들의 옷인 거지. 이것만 봐도 제갈공명의 마음은 속세가 아니라 신선의 세계에 있다는 걸 알 수 있어.

모두 나가 싸우겠다고 하자 조자룡과 위연을 따로 불러 은밀하게 분부를 내렸다. 그들이 계책을 받고 떠난 뒤 왕평과 마충도 계책을 듣고 떠났다. 이어 마대를 불러 명했다.

"나는 영채 세 곳을 버리고 북쪽으로 후퇴할 것이오. 그대는 내가 떠나면 부교를 뜯어 하류로 옮긴 다음 조자룡과 위연의 군사들이 그 다리로 강을 건너가면 도와주시오."

제갈공명은 장익을 불러 또다시 분부했다.

"내가 물러가면 영채 안에 등불을 밝혀 두어라. 우리가 퇴각한 것을 알고 공격해 올 터이니 그때 뒤를 끊으면 된다."

장익도 명령을 받고 물러났다. 제갈공명은 관색에게 자기가 탄 수레를 호위하게 했다. 모두 영을 받고 물러간 가운데 영채에 불빛만 휘황했다. 만병들은 불빛이 환하자 쳐들어오지 못했다.

날이 밝은 뒤에야 맹획이 군사들을 이끌고 쳐들어왔다. 하지만 영채는 이미 텅 비어 있었다. 군량과 마초를 실은 수레만 버려져 있었을 뿐이다.

"제갈량이 이렇듯 이상하게 도망간 것은 간사한 꾀가 있는 게 아니겠습니까?"

맹우가 의심하자 맹획이 말했다.

"내 생각에 이런 것들을 죄다 버리고 간 것은 분명히 본국에 난리가 났기 때문일 것이다. 그러지 않고서야 우리를 잡겠다고 예까지 왔다가 말없이 떠날 리가 없지 않느냐? 이 기회에 그자들을 추격해야 한다."

맹획은 선봉 부대를 이끌고 서이하 강변으로 달려갔다. 강변에 도착해 북쪽 언덕을 바라보자 영채가 아름다운 깃발로 치장되어 마치 환상 속의 성을 보는 듯했다. 만병들이 감히 다가가지 못하자 맹획이 맹우에게 말했다.

"제갈량은 우리가 추격할까 봐 뒤를 막느라고 잠시 저곳에 머무를 뿐이다. 며칠 내로 도망갈 것이야."

맹획은 도망가는 제갈공명을 잡으려고 뗏목을 준비하는 등 철저하게 대비했다. 그러느라고 촉군이 강 하류로 건너와 자신들의 영역에 들어온 것은 알지 못했다.

어느 날 갑자기 바람이 불기 시작했다. 그때 요란한 북소리와 함께 촉군이 쳐들어왔다.

"촉군이다!"

깜짝 놀란 남만 군사들은 당황해 서로 치고 받느라 제정신을 차리지 못했다. 맹획은 몹시 놀라 자신이 전에 머물렀던 영채로 도망치려고 협곡을 뚫고 달려 나갔다. 그런데 영채에 한 장수가 군사들을 이끌고 나타났다. 바로 상산 조자룡이었다. 맹획이 서이하 쪽으로 몸을 돌려 산길로 도망치는데 다시 한 무리의 군사가 달려 나왔다. 이번에는 마대였다. 맹획은 겨우 수십 명의 패잔병과 함께 산골짜기로 달아났다. 그러자 또 세 방면에서 먼지가 일며 불길처럼 군사들이 몰려왔다. 허둥지둥 산어귀를 돌아 도망치자 수십 명의 종자가 수레를 끌고 나왔다. 그 위에 제갈공명이 단정하게 앉아 있는 것이 아닌가.

"하하하! 맹획아, 하늘이 너를 버렸구나. 대패해 예까지 왔는데 네가 올 줄 알고 기다린 지 오래다!"

맹획은 불같이 화를 내며 호령했다.

"저자에게 세 번이나 굴욕을 당했는데 코앞에서 다시 만났구나. 너희들은 있는 힘을 다해 저자의 군마와 수레를 박살 내라!"

맹획의 명령이 떨어지자 몇 명의 만병이 달려들었다. 맹획도 말을 다그쳐 달려 나왔다. 그때 갑자기 땅이 꺼지며 만병들이 함정으로 굴러떨어졌다. 위연이 군사들을 끌고 나와 함정에 빠진 맹획과 군사들을 끌어올렸다.

영채로 돌아간 제갈공명은 미리 잡은 만병과 추장들을 불러 위로하며 귀순을 권했다. 이때 사로잡힌 자들은 모두 항복했다. 제갈공명은 술과 고기를 내어 그들을 배불리 먹이고 고향으로 돌려보냈다. 그들은 돌아가면서 제갈공명의 덕에 감격해 눈물을 흘렸다.

장익이 맹우를 사로잡아 오자 제갈공명이 타일렀다.

"너의 형은 참으로 어리석다. 나에게 네 번이나 사로잡혔는데 돌아가서 또 무슨 면목으로 사람들에게 얼굴을 내밀 것이냐?"

맹우는 부끄러워 얼굴을 붉히며 살려 달라 애원했다.

"살려 주십시오, 승상!"

"너는 내가 언제든지 죽일 수 있다. 하지만 살려 줄 테니 네 형을 잘 설득해라."

무사들이 결박을 풀어 주자 맹우가 절하고 울면서 떠났다. 마침내 위연이 맹획을 끌고 오자 제갈공명이 노해 소리쳤다.

"이번에도 사로잡혔는데 또 할 말이 있느냐?"

"이번에도 속임수에 걸려 사로잡혔소. 이렇게 죽으면 죽어도 눈을 못

감을 것 같소이다."

"아직도 정신을 못 차렸구나."

"만일 한 번만 더 놓아준다면 내가 이 원한을 반드시 씻겠소."

제갈공명은 그럴 줄 알았다는 듯 미소 짓고 명령했다.

"여봐라, 저자의 결박을 풀어 주어라."

제갈공명이 술을 내린 뒤 맹획을 장막으로 불러들였다.

"나는 너를 네 번이나 살려 주며 예를 다했다. 왜 항복하지 않느냐?"

"나는 비록 황제의 교화 밖에 있는 사람이지만 만날 속임수를 쓰는 승상과는 다른 사람이오. 그러니 어찌 내가 항복할 마음이 들겠소?"

"놓아주면 또다시 나에게 도전할 것이냐?"

"이번에 다시 사로잡히면 진정 항복하겠소. 내가 가진 모든 물건을 다 바쳐 촉군을 받들겠소. 그리고 다시는 반란을 일으키지 않겠소."

"그렇다면 그 약속을 꼭 지키도록 해라!"

이번에도 제갈공명이 놓아주자 맹획은 절을 하여 사례한 뒤 즉시 도망쳤다. 맹획이 패배한 군사 수천 명을 모아 남쪽으로 걸어가는데 동생 맹우 또한 패잔병을 수습한 뒤 형의 원수를 갚기 위해 이동 중이었다. 형제는 서로 알아보고 달려들어 끌어안고 통곡했다.

"형님!"

"아우야, 살아 있었구나!"

"형님, 우리는 다시 싸워 봐야 촉군을 못 이깁니다. 차라리 깊은 산속에 들어가 안 나오면 촉군이 더위에 지쳐 물러갈 것입니다."

"그거 좋은 생각이다. 어디로 가면 되겠느냐?"

"서남쪽으로 가면 독룡동이 나옵니다. 그곳 주인인 타사대왕과 제가 매우 가까우니 그리 가십시다."

타사대왕은 맹획을 기꺼이 맞이했다. 서로 예를 갖추어 인사를 나눈 뒤 맹획이 촉군에게 당한 일들을 늘어놓으며 하소연하자 타사대왕이 위로했다.

"대왕은 걱정 마십시오. 촉군이 이곳까지 온다면 한 명도 살아남지 못할 것이고, 제갈공명도 여기서 죽을 것입니다."

"어찌 그렇단 말이오?"

"이곳 독룡동으로 오는 길은 두 갈래뿐인데, 지금 대왕이 오신 길이 동북쪽으로 뻗은 길입니다. 그곳은 지세도 평탄한 데다 흙이 많고 물맛도 좋아 사람과 말이 다닐 수 있지요. 그 길을 막으면 백만 대군도 올 수 없을 만큼 험한 곳입니다."

"또 다른 길이 있을 게 아닌가?"

"서북쪽으로 뻗은 길은 산이 험하고 고개가 가파릅니다. 그나마 길은 좁고 독사와 전갈이 득시글거려 사람이 다닐 수 없습니다. 게다가 저녁이 되면 독한 기운이 퍼집니다. 오시가 되어야 독기가 사라지니, 그곳은 독기가 퍼지는 시간에는 통과할 수 없습니다. 물도 독이 많아 마실 수 없고 그곳에 있는 샘물을 마셨다가는 큰일 납니다."

"왜? 사람이 죽기라도 한단 말이오?"

"독샘이 모두 네 곳에 있는데, 먼저 아천이라는 곳은 물맛은 좋지만 마시면 즉시 말을 못 하고 열흘을 못 넘기고 죽소이다. 두 번째로 멸천은 끓는 물과 같아서 사람이 빠지면 온통 살가죽이 벗겨지고 뼈만 남아 죽게 되오. 세 번째로 흑천은 물이 맑기는 하지만 살에 닿기만 하면 수족이 시커멓게 타서 죽소이다. 마지막으로 유천이 있는데 그곳은 물만 마시면 온몸에 온기가 식어 싸늘하게 기운이 빠져 죽소이다."

"오, 놀라운 샘들이오."

"이곳은 새 한 마리, 벌레 한 마리도 살 수 없는 곳입니다. 옛날에 한나라의 복파 장군[†]이 한번 다녀간 뒤로 아무도 오지 못했습니다. 동북쪽 대로를 막고 이곳에서 기다리면 촉군은 서북쪽으로 올 것입니다. 물이 없어 고생하다가 샘물을 만나면 마시지 않고는 견딜 수 없고, 그렇게 되면 모조리 몰살당할 것입니다. 백만 대군도 소용없습니다. 놔두면 제풀에 죽을 걸 번거롭게 왜 싸운단 말입니까?"

"으하하하, 오늘에야 내가 정말 피할 곳을 찾았구나."

북쪽을 바라보며 맹획이 큰 소리로 으르렁거렸다.

"너, 제갈량아! 네놈은 죽을 일만 남았다. 샘물 네 곳이 나의 원한을 갚아 주리라!"

제갈공명은 맹획의 군사들이 나타나지 않

† 복파 장군은 마원을 가리키는 말이야. 전한을 멸하고 왕망이 세운 신나라에서 벼슬을 했는데 반란이 전국 각지에서 일어나니까 후한을 세운 광무제(재위 25~57/58)의 신하가 되었어. 35년 화남 지방의 태수로 임명되어 제갈공명처럼 남쪽을 정벌했어. 지금의 북베트남에 이르는 지역까지 중국의 지배권을 다시 확립했지. 이후 북방 국경 지대로 파견되어 중앙아시아의 흉노족을 제압하는 등 한나라를 위해 공헌한 충신이야.

자 서이하를 떠나 남쪽으로 진군하도록 명령했다. 때는 폭폭 찌는 유월 염천이었다. 열대 지방의 더위는 참으로 살인적이었다. 습기와 더위가 합쳐져 군사들의 몸은 땀범벅이 되었다. 그때 정탐하러 나섰던 군사들이 달려와 전했다. 맹획이 독룡동에 들어앉아 움직이지 않는다는 소식이었다. 제갈공명이 여개에게 계책을 물었다.

"맹획이 꼼짝하지 않으니 어쩌면 좋은가?"

"전에 독룡동으로 가는 길이 있다는 말을 들었지만 저도 가 보지 않아 잘 알 수 없습니다."

그때 장환이 나섰다.

"맹획은 네 번이나 사로잡혀 다시 나올 것 같지 않습니다. 날씨가 더워 지쳤으니 군사를 거두어 돌아가시는 게 어떻겠습니까?"

제갈공명이 고개를 저었다.

"그것은 아니 되오. 그게 바로 맹획이 바라는 것 아니겠소? 반드시 우리를 추격해 올 것이오. 가다가 중지하면 아니 간만 못하오."

제갈공명은 서북쪽 소로로 접어들었다. 모두들 목이 타고 땀에 범벅이 되었을 때 샘물을 발견했다.

"물이다!"

더위에 지친 군사들은 앞다퉈 샘물을 마시고 정신없이 몸을 씻었다. 그런데 어느 순간, 그들은 말을 할 수 없게 되었다. 말을 하려 해도 소리가 나오지 않아 입을 가리키며 부지런히 손짓만 해 댔다.

"이게 어찌 된 일이냐? 말을 해라!"

왕평이 이 사실을 알리자 제갈공명은 직감으로 군사들이 무엇에 중

독됐으리라 여겼다. 제갈공명은 즉시 샘물을 찾았다. 샘물은 깊이를 모를 만큼 깊었는데 푸른 물빛에 섬뜩한 살기가 감돌았다.

"이 샘물에 무슨 조화가 있구나."

문득 고개를 들어 보니 멀리 언덕 위에 사당이 보였다. 제갈공명은 등나무를 붙잡고 칡넝쿨에 매달려 가며 간신히 사당으로 올라갔다. 그곳에 돌집이 하나 있었는데 문을 열고 들어가자 장군의 석상이 보였다. '한 복파 장군 마원지묘'라고 쓴 석비도 보였다. 그 고장 사람들이 남만을 평정하기 위해 왔던 마원 장군을 기리기 위해 제를 올리는 곳이었다. 제갈공명은 두 번 절하고 기원했다.

"신령께서는 한실의 은혜를 생각하시어 영험을 나타내어 주시오. 저희 삼군을 도와주시오. 제갈량이 선제의 후사를 부탁하신 중임을 맡고 남방을 평정하러 왔습니다. 불쌍히 여기소서!"

기도를 마치고 사당을 나와 고장 사람들을 찾아 물었다.

"샘물에 독이 있는데 어찌 된 영문인지 아는 사람 없는가?"

그때 한 노인이 나타났다. 제갈공명이 예를 갖추고 물었다.

"아는 것이 있으면 말씀해 주시오. 이 일을 어쩌면 좋소?"

노인이 샘에 대해 알려 주었다.

"이 늙은이가 승상의 존함은 익히 들었는데 이제라도 만나게 되어 여간 다행이 아닙니다. 우리들은 모두 승상께서 행하신 덕을 들어 잘 알고 있습니다."

"감사한 말씀이오."

"군사들이 마신 샘물은 아천입니다. 그 물을 마시면 말을 못 하고 며칠 뒤에 죽습니다."

"그런 독샘이 또 있소?"

"다른 곳에 독샘이 세 개나 더 있습니다. 그 샘들은 약을 먹어도 고칠수가 없을 만큼 독기가 가득합니다."

제갈공명이 걱정스러워 말했다.

"만방을 평정해야 하는데 샘물 때문에 할 수가 없구려. 선제께서 맡기신 중임을 저버리면 나는 죽느니만 못하오."

그러자 노인이 말했다.

"승상께서는 근심하지 마시오. 여기서 서쪽으로 이십 리쯤 가면 산골짜기에 선비 한 분이 살고 계시오. 만안은자라는 분이오. 수십 년간 그곳에서 나오지 않은 분인데, 그분이 기거하는 초옥 뒤에 무엇에 중독되었을 때 마시면 즉시 낫는다는 안락천이라는 샘물이 있소이다. 초옥 앞에는 해엽운향[†]이라는 풀이 있소. 그 잎사귀 하나만 입에 물고 있으면 어떤 독도 침범하지 못한다 하니 얼른 가서 그것들을 구하시오."

"이렇게 큰 은혜를 주셔서 감사합니다. 존함이라도 알려 주십시오."

"하하, 나는 이곳의 산신이오. 복파 장군께서 승상의 간절한 기도를 듣고 특별히 나를 보내셨소이다."

말을 마친 산신은 사당 뒤의 석벽을 열고 그림자처럼 사라졌다. 제갈공명은 놀라 묘의 신에게 재배하고 돌아왔다.

다음 날 제갈공명은 예물을 갖추어 왕평과 말을 못 하게 된 병사들을 끌고 산신이 알려 준 곳을 찾아갔다. 과연 소나무, 잣나무가 무성하고 기이한 꽃들이 가득 찬 곳에 초옥이 있었다. 은은한 향기가 곳곳을 감돌자 제갈공명이 기뻐하며 문을 두드렸다. 동자가 밖으로 나와 이름을 물으려 할 때였다. 대나무 관을 쓰고 짚신 신은 푸른 눈동자에 머리털 노란 사람이 나오더니 제갈공명을 맞았다.

"혹시 한나라의 승상 아니시오?"

"어찌 저를 아십니까?"

"승상께서 대군을 거느리고 남정을 왔는데 어찌 제가 모르겠소."

인사를 나눈 뒤 제갈공명이 자초지종을 얘기했다. 그러자 은자가 말했다.

"저는 산야에 묻혀 있는 폐인에 불과합니다. 그런데 승상께서 찾아오셔서 몸 둘 바를 모르겠습니다. 샘물은 저희 집 뒤에 있소이다. 어서 군사들에게 마시게 하십시오."

군사들이 샘물을 마시자 몸 안의 독기를 토해 내는 즉시 입을 열고 말을 할 수 있게 되었다. 동자가 골짜기로 안내해 군사들이 물에 뛰어들어 목욕을 했다. 그사이 은자는 공명에게 차를 대접했다.

"이곳 만동에는 독사와 전갈이 많을 뿐 아니라 독이 퍼지면 물을 마실 수 없어 새로 우물을 파야 할 지경입니다."

해엽운향은 신선의 풀이라 불려. 낙지다리라는 이름의 풀로 간을 보호하면서 습(濕)을 제거한다고 알려져 있어. 이 일화 이후 해엽운향이라는 말은 남을 즐거운 마음으로 도와준다는 의미로도 쓰이게 돼.

"이곳에 해엽운향이라는 풀이 있다 들었습니다."

"있습니다. 마음껏 따다 쓰십시오. 그것을 한 잎씩 물고 있으면 어떠한 독기도 침범을 못 합니다."

"대단히 감사하오. 혹시 선생의 존함을 알 수 있겠습니까?"

"하하, 이 사람은 부끄럽게도 맹획의 형인 맹절이라 합니다."

제갈공명이 깜짝 놀라 다시 물었다.

"정말이십니까? 어찌하여 형은 이렇게 은혜로운데 동생은……."

"승상께선 의심 말고 내 말을 들어주십시오. 우리는 삼 형제입니다. 제가 맏이고, 둘째가 획, 막내가 우입니다. 부모님께서 일찍 세상을 떠나셨는데 맹획이 성질이 난폭해 자주 순리를 거슬렀습니다. 제가 아무리 타일러도 소용이 없었지요. 그 뒤 성과 이름을 고치고 이곳에 숨어든 것입니다. 아우들 때문에 승상께서 이리 고초를 겪으시니 저 또한 죄가 큽니다."

"아, 옛날 도척과 유하혜† 같은 일이 오늘날에도 있구려. 황제께 아뢰어 그대를 만왕으로 삼고 싶습니다. 어떻습니까?"

"저는 부귀와 공명(功名)이 싫어 이곳에 숨은 자입니다."

결국 제갈공명은 깊이 탄식하며 초옥을 떠나 돌아왔다.

해엽운향을 가지고 돌아오자마자 제갈공명은 새로 우물을 파게 했다. 하지만 아무리 깊게 파도 물 한 방울 나오지 않았다. 열 곳을 파도 물이 나오지 않자 그날 밤 향을 피우고 하늘에 제사를 지냈다. 제갈공명이 눈물을 흘리며 하늘에 기원했다.

"신 제갈량이 재주도 없이 대 한나라의 복을 받고 황제의 명을 받들어 이곳을 평정하러 왔습니다. 물이 없어 군마가 목말라 죽을 지경입니다. 하늘이시여, 한나라를 도우시려면 감천을 주소서! 저의 운수가 다했다면 저는 죽기를 바라나이다."

다음 날 아침에 보니 새로 판 샘 열 곳에 맑은 물이 가득 고였다. 후세 사람들은 제갈공명의 기원이 하늘을 울렸고, 지극정성이 물을 솟게 했다고 칭송했다.

감천을 얻은 군마들은 유유히 작은 길을 지나 독룡동 아래에 영채를 세웠다. 소식을 들은 맹획은 깜짝 놀랐다.

"촉나라 군사들이 이곳까지 들어왔다니, 샘물 네 개가 아무 소용이 없었단 말인가?"

영채를 살피자 촉군들이 물을 퍼다 밥을 지어 먹고 있었다. 타사대왕은 너무 놀라 머리털이 곤두서는 듯했다.

"저자들은 사람이 아니오. 신께서 보낸 군사가 틀림없소."

맹획이 두려워하는 그를 보며 말했다.

"우리 형제는 목숨 걸고 싸울 것이오. 이대로 당할 수는 없소!"

"대왕의 군사가 패하면 우리 자식이고 가족

춘추시대 사람인 도척과 유하혜는 형제지간이야. 아우인 도척은 도적이고 형인 유하혜는 현인이었지. 형제가 완전히 다른 길을 걸을 때 이들의 이름을 들어 비유하곤 했어.

이고 다 죽습니다. 이제 죽기 살기로 저들과 싸워야 합니다. 그러면 이길 수 있습니다."

타사대왕의 말에 따라 만병들에게 상을 내리고 출병하려 할 때였다. 은야동의 동주 양봉이 군사 삼만 명을 이끌고 도와주러 온다는 소식이 들어왔다. 맹획은 크게 기뻐했다.

"이웃 군사들이 우리를 도우니 이번 싸움은 반드시 이긴다!"

맹획이 타사대왕과 함께 나오자 양봉이 말했다.

"내가 데려온 삼만 명은 철갑으로 무장했소. 산과 고개를 걷듯이 뛰어다니는 자들이오. 촉군 백만 명도 문제없소이다."

양봉이 아들 다섯을 불러 인사를 시켰다. 모두 체구가 크고 위풍이 당당했다. 맹획은 기뻐하며 잔치를 벌여 대접했다. 양봉이 술을 두어 잔 마시더니 말했다.

"풍류가 없으니 술맛이 안 납니다. 우리 진중에 춤 잘 추는 여자들이 있소. 도패(칼과 방패)춤이 볼 만하니 한번 봅시다."

맹획이 승낙했다. 만족 여자 수십 명이 머리를 풀어헤친 채 맨발로 장막 밖에서 춤을 추며 들어왔다. 지켜보던 만병들이 손뼉을 치고 노래하며 장단을 맞췄다. 신나게 술을 마시고 흥에 취했을 때 갑자기 양봉이 우레 같은 소리로 명령했다.

"저 두 놈을 잡아라!"

양봉의 아들들이 달려들어 맹획과 맹우를 끌어내렸다. 타사대왕도 붙잡혀 내려왔다. 만족 여자들이 도패춤을 추며 막아서서 아무도 그들을 구할 수 없었다. 사로잡힌 맹획이 말했다.

"내가 그대에게 원수진 일이 없거늘 그대는 어찌하여 나를 해치려는 것이냐?"

양봉이 대답했다.

"내 형제와 자식들과 조카들이 모두 제갈 승상 덕분에 목숨을 구했지만 은혜를 갚을 길이 없었다. 그런데 네가 또다시 반역을 도모하니 어찌 너를 사로잡지 않겠느냐?"

이 말을 듣고 난 만병들은 슬그머니 꽁무니를 빼고 달아났다.

양봉은 맹획과 맹우, 타사대왕을 제갈공명의 영채로 끌고 갔다.

"제 자식과 조카들이 승상의 은혜 덕분에 살아났습니다. 맹획과 맹우 등을 잡아 바치니 받아 주소서."

제갈공명은 양봉에게 큰 상을 내리고 나서 맹획을 내려다보았다.

"이번에는 진정으로 항복하겠느냐?"

"그대가 능해서 잡힌 것이 아니다. 우리 동중 사람이 배신해 일이 벌어졌으니 죽이든 살리든 마음대로 하라. 항복은 할 수 없다!"

제갈공명이 부드럽게 말했다.

"네가 준비해 놓은 독샘도 나를 막지 못했다. 그것은 하늘의 뜻이다. 너는 어리석게도 끝까지 고집을 피우려는 것이냐?"

"나는 조상대대로 은갱산에 살아왔소. 내가 은갱산에 가서 지킨다면 당신은 나를 못 잡을 것이오. 만일 그래도 사로잡힌다면 자자손손 마음을 기울여 복종하겠소이다."

"좋다. 이번에도 놓아줄 테니 군마를 수습해 싸워 보자. 다시 사로잡히면 너의 구족을 멸하겠다."

제갈공명은 맹획을 다시 풀어 주었다. 맹우와 타사대왕도 결박을 풀고 술을 내려 위로한 뒤 돌려보냈다. 그들은 감히 얼굴을 못 들었다.

맹획은 은갱동으로 돌아왔다. 은갱동 밖에는 세 개의 물줄기가 있었다. 노수와 감남수, 서성수였다. 은갱동 땅은 평탄해 삼백 리에 걸쳐 산물이 풍부하게 나왔다. 서쪽에는 염정이 있었고, 서남쪽은 노수와 감남수에 닿았으며, 남쪽에 산으로 둘러싸인 양도동이 있었다. 양도동 산속에 은광이 있어서 사람들은 그 산을 은갱산이라 불렀다.

은갱산에 돌아온 맹획이 일족을 모아 놓고 말했다.

"내가 여러 차례 촉나라 군사들에게 사로잡혀 모욕을 당했다. 기필코 원수를 갚고 싶은데 좋은 계략이 있는가?"

그러자 한 사람이 나섰다.

"제가 한 사람을 천거하겠습니다. 그 사람이라면 분명히 제갈량을 무찌를 수 있을 것입니다."

맹획의 처남 대래동주였다. 맹획이 기뻐하며 물었다.

"그 사람이 누구란 말이냐?"

"팔납동 동주인 목록대왕입니다. 목록대왕은 코끼리를 타고 술법에 능통한 자입니다. 비바람을 일으킬 줄 알고 맹수들을 끌고 다닌다 하오니 분명히 제갈공명을 상대할 수 있을 것입니다. 친서를 써 주시고 예물을 주신다면 제가 가서 청해 오겠습니다. 목록대왕만 우리 편이 된다면 촉군 따위는 걱정 없습니다."

"듣던 중 반가운 소리다!"

맹획은 곧장 서신을 써서 대래동주에게 건넸다. 그리고 타사대왕에게 삼강성으로 가도록 조처했다.

이때 제갈공명은 삼강성에 도착해 주위를 살폈다. 성곽은 삼면이 강으로 둘러싸여 한 언덕으로만 통했다. 제갈공명이 위연과 조자룡에게 군사를 주어 성을 공격하게 했다. 하지만 동중 사람들이 활을 잘 쏘는 바람에 쉽게 공략할 수 없었다. 게다가 촉에 독을 바른 화살이 날아와 다가갈 길이 없었다. 적의 허실을 살펴본 뒤 제갈공명이 군사들을 뒤로 물렸다.

"와, 촉군이 물러간다!"

만병은 크게 기뻐했다. 겁내어 도망가는 것으로 알았던 것이다. 그날 밤 그들은 보초도 세우지 않고 잠들었다.

닷새가 지날 무렵 바람이 불기 시작하자 제갈공명이 명령했다.

"모든 군사들은 저고리를 준비해 흙을 가득 담아 둬라. 명령을 어긴 자는 목을 벨 것이다."

영문도 모른 채 군사들은 제갈공명이 시키는 대로 준비했다.

"군사들은 준비한 흙을 가지고 삼강성 아래로 가라. 먼저 가는 자에게 상을 주고 늦게 가는 자에게 벌을 내릴 것이다."

군사들은 흙을 저고리에 담아 앞다퉈 삼강성으로 달려갔다. 그러자 제갈공명이 다시 명령했다.

"흙을 쏟아 발판을 만들어라. 그 흙더미를 밟고 제일 먼저 성에 오른 자를 일등공신으로 삼겠다."

"와아!"

제갈공명의 명에 따라 촉군 십만 명과 항복한 군사 일만 명이 나른

흙이 순식간에 성 밑에 산더미처럼 쌓였다. 군사들이 흙더미를 밟고 날쌔게 성 위로 올라갔다. 만병들이 활을 쏘려 했을 때는 이미 태반이 촉군에게 사로잡힌 뒤였다. 봇물 터지듯 밀려오는 촉군을 보고 만병들은 성을 버리고 도망쳤고, 그 와중에 타사대왕은 죽음을 맞았다. 촉의 장수들이 군사를 나누어 달아나는 만병들을 완전히 소탕했다.

패전 소식은 곧장 맹획에게 알려졌다.

"타사대왕이 죽고, 삼강성은 적의 손에 들어갔습니다."

이어 다른 군사가 와서 알렸다.

"촉군이 강을 건너 본동 앞에 진을 쳤습니다."

맹획은 정신을 차릴 수 없었다.

"이를 어쩌면 좋단 말인가?"

맹획이 당황해 어쩔 줄 모르는데 병풍 뒤에서 누군가가 웃었다.

"호호호, 사내대장부가 어찌 그리 지략이 없으십니까?"

"누구냐?"

장막을 걷자 맹획의 아내인 축융 부인이 모습을 드러냈다.

"내가 비록 아녀자지만 촉군과 싸워 보겠소이다."

축융 부인은 대대로 남만에서 살아온 축융씨의 후손이었다. 표창을 다루는 솜씨가 능란해 던지기만 하면 백발백중이었다.

"부인이 나서만 준다면 나는 더 바랄 게 없소."

축융 부인은 동족 출신의 맹장 수백 명과 함께 장정 오만 명을 거느리고 은갱산의 궁궐을 나섰다. 축융 부인이 동구를 막 벗어났을 때 촉장 장의가 이끄는 한 떼의 군사들이 막아섰다. 축융 부인이 등에 비도 다섯 자루를 꽂고 손에 창을 높이 치켜든 채 털이 곱슬곱슬한 적토마를 타고 앞으로 나왔다. 장의는 축융 부인의 모습에 은근히 감탄했다.

하지만 그것도 잠깐, 두 사람은 동시에 말을 달려 맞부딪쳤다. 그런데 몇 합 싸우기도 전에 부인이 말을 돌려 달아났다.

"그러면 그렇지!"

장의가 방심하고 쫓아가려는 순간 난데없이 표창이 날아왔다. 급히 손을 들어 막았지만 표창이 왼팔에 맞았다.

"으윽!"

그 서슬에 장의가 땅바닥으로 굴러떨어졌다. 순식간에 만병들이 달려들어 장의를 묶었다. 소식을 전해 들은 마충이 급히 달려갔지만 그 역시 만병들에게 포위되고 말았다.

"이럴 수가 있나!"

포위된 마충이 주위를 둘러보았다. 저 멀리서 축융 부인이 창을 들고 방비 없이 서 있는 모습이 보였다. 마충은 불같이 화를 내며 부인에게 달려들었다.

"이 요망한 것, 게 서라!"

그 순간 만병이 쳐 놓은 줄에 걸려 마충의 말이 나뒹굴었다. 사로잡힌 마충은 장의와 함께 동중의 맹획 앞으로 끌려갔다.

"으하하하, 경사로다! 역시 내 아내가 최고로군."

맹획은 잔치를 벌여 기뻐했다. 축융 부인이 서릿발같이 냉랭하게 명령했다.

"저자들의 목을 베라!"

그러자 맹획이 말했다.

"부인, 진정하시오. 제갈량은 나를 다섯 번이나 놓아주었소. 저 두 장수를 죽이는 건 의리가 아닌 듯하오. 동중에 가두었다가 제갈량을 사로잡은 뒤 같이 죽입시다."

맹획과 축융 부인은 승리를 자축하며 잔치를 즐겼다.

촉의 패잔병들이 소식을 알리자, 제갈공명은 마대와 조자룡, 위연을 불러 계책을 일러 주었다.

다음 날 만병이 궁중으로 들어와 알렸다.

"촉장 조자룡이 와서 싸우자고 난리입니다."

보고를 받은 축융 부인은 지체 없이 말에 올라 달려 나왔다. 두 장수가 어우러져 싸우는가 싶었는데 몇 합 겨루지도 않아 조자룡이 도망쳤다. 하지만 축융 부인은 복병이 있을까 두려워 쫓아가지 않았다.

이번에는 위연이 나와 싸움을 걸었다. 축융 부인과 몇 합을 겨루었지만 또다시 위연이 도망갔다. 축융 부인은 이번에도 쫓아가지 않았다. 다음 날은 조자룡이 싸움을 걸다가 도망치는 척했지만 축융 부인은 또 응하지 않았다.

"네놈들의 잔꾀를 내가 모를 줄 아느냐?"

축융 부인이 동중으로 돌아가려고 말머리를 돌렸다. 그때 위연이 나타나 온갖 지저분한 욕설을 퍼부었다. 그 순간, 참지 못해 발끈한 축융 부인이 위연에게 달려들었다. 위연이 잽싸게 도망치자 화가 치밀 대로 치민 축융 부인이 맹렬히 추격했다.

"네놈을 내가 반드시 죽여 없애마!"

그때 숨어 있던 촉군이 축융 부인이 탄 말의 다리를 옭아매 쓰러뜨렸다. 마침내 축융 부인이 사로잡힌 채 제갈공명 앞에 끌려왔다. 제갈공명은 맹획과 마찬가지로 축융 부인의 결박을 푼 뒤 술과 음식을 대접하고 놀란 마음을 위로했다.

"부인, 나는 부인의 목숨을 앗으러 온 사람이 아니오. 맹획의 마음을 돌리려는 것뿐이오."

제갈공명은 맹획에게 사람을 보내 장의와 마충, 두 장수와 축융 부인을 맞바꾸자고 제안했다. 제안이 성사되어 맹획이 장의와 마충을 돌려보냈고, 제갈공명은 축융 부인을 돌려보냈다.

축융 부인이 돌아오자 맹획은 반갑기도 했지만 또 그만큼 괴로웠다. 제갈공명과의 싸움이 쉽지 않았기 때문이다.

"아아, 제갈량이라는 자는 인간인가, 신선인가?"

맹획이 괴로워할 때 구원군이 도착했다. 팔납동주 목록대왕이었다.

"역시 하늘은 나의 편이다!"

맹획이 황급히 달려가 영접했다. 목록대왕은 흰 코끼리를 타고 왔다. 온몸에 금은보석 장신구를 달았고, 좌우를 호랑이와 표범, 승냥이와 이리를 거느린 군사들이 호위했다. 맹획이 절을 하고 말했다.

"그간 제가 제갈공명에게 당한 고초는 이루 말할 수 없습니다."

목록대왕이 고개를 끄덕였다.

"걱정 마시오. 내가 그 원한을 갚아 주겠소이다."

"이렇게 오시니 근심이 싹 날아가는 듯합니다."

다음 날 목록대왕이 제갈공명과 일전을 벌이려고 나섰다. 제갈공명은 적이 맹수를 끌고 왔다는 말을 듣고 밖으로 나갔다. 전에 보지 못했던 무기들과 짐승을 본 제갈공명은 당황했다. 만병은 옷과 갑옷도 걸치지 않은 알몸뚱이에 생김새가 기괴해 놀라웠다. 흰 코끼리 위에 앉은 목록대왕을 보고 조자룡이 위연에게 말했다.

"내가 평생 싸움터에서 지냈지만 저런 자는 처음 본다."

"저 역시 마찬가지입니다."

그때 목록대왕이 입속말로 주문을 외웠다. 그러자 광풍이 일며 모래와 돌들이 소나기처럼 쏟아졌다. 이어 뿔피리 소리와 함께 호랑이, 표범, 승냥이, 이리 따위의 맹수들이 촉군을 향해 발톱을 세웠다. 촉군이 대항할 재간이 없었다.

"안 되겠다. 후퇴하라!"

군사들이 후퇴하자 만병들이 무섭게 쫓아왔다. 변변히 싸워 보지도 못하고 패하고 만 것이다. 조자룡과 위연이 패잔병을 수습해 돌아와 자신들의 죄를 청하자 제갈공명이 말했다.

"허허, 이번 싸움에 진 것은 두 사람 잘못이 아니오. 나는 초려에서 나오기 전부터 남만 쪽에 호랑이와 표범을 싸움에 부리는 법이 있다는 것을 알고 있었소."

"이미 알고 계셨습니까?"

"그래서 이 진세를 깰 만한 것을 가져왔소. 스무 대의 수레에 싣고 왔으니 오늘은 절반만 쓰고 나머지는 나중에 쓰도록 합시다."

제갈공명이 부하에게 명령했다.

"붉은 기름을 먹인 궤짝을 실은 수레 열 대를 끌고 와라. 검은 기름을 먹인 궤짝을 실은 수레는 남겨 둬라!"

제갈공명이 궤짝을 열자 그 안에 나무로 깎아 만든 큰 짐승들이 들어 있었다. 털은 모직 실로 만들어 붙였고, 이빨과 발톱은 강철로 되어 있었다. 한 마리에 열 사람이 들어갈 만한 크기였다. 제갈공명은 정예병에게 목각 짐승 백 마리를 내주고 짐승의 뱃속에 연기와 불꽃을 피울 물건을 잔뜩 싣게 했다.

다음 날 제갈공명은 진을 치고 만병과 대립했다. 목록대왕이 큰소리를 쳤다.

"이 세상에 나를 대적할 자는 없다!"

목록대왕은 맹획과 함께 동중 군사들을 거느리고 나왔다. 제갈공명은 윤건에 깃털부채를 들고 도포 차림으로 수레 위에 앉아 있었다.

"바로 제갈량이오. 저자만 잡으면 우리가 대사를 이룰 수 있소이다."

"그렇다면 내가 해보리다!"

목록대왕이 또다시 주문을 외며 술법을 부렸다. 어제처럼 광풍이 불고 맹수들이 뛰쳐나왔다. 그러자 제갈공명이 깃털부채를 한 번 흔들었다. 순식간에 바람이 바뀌어 만병 쪽으로 불었고, 촉군 진영에서 목각 짐승들이 일제히 뛰어나왔다. 가짜 짐승들이 입으로 불을 토하고 연기를 뿜어내며 움직일 때마다 요란한 방울 소리를 내자, 목록대왕의 맹수들은 놀라 덤벼들지 못하고 뒤로 달아났다. 그러면서 오히려 만병들을 들이받고 물어 흔들다 집어던졌다. 맹수에게 피해를 당한 자가 숱하게 널브러졌다.

"이때를 놓치지 마라!"

제갈공명이 북을 치며 대군을 휘몰아쳤다. 만병은 기세가 꺾이자 바람에 날리는 낙엽처럼 흩어졌다. 이 싸움에서 목록대왕은 목숨을 잃었고, 맹획은 궁궐을 버리고 산 너머로 달아났다. 제갈공명은 은갱동을 점령했다.

"피곤한 군사들을 쉬게 하라!"

다음 날 제갈공명이 맹획을 사로잡으려고 군사를 내보내려 할 때 한 군사가 급히 들어와 보고했다.

"맹획의 처남인 대래동주가 맹획에게 항복을 권했지만 듣지 않아서 맹획과 축융 부인, 일족들을 사로잡아 승상께 바치러 온다는 반가운 소식입니다."

"반갑긴 하지만 저자들의 잔꾀일 수도 있다."

제갈공명은 장의와 마충을 불러 계책을 지시했다.

"정예병 이천 명을 거느리고 회랑 양쪽에 매복해 대기하시오."

마침내 대래동주 일행이 문 안으로 들어왔다. 도부수들을 대동하고 맹획의 무리 수백 명을 이끌고 온 대래동주가 전각 아래에서 절을 올렸다. 그 순간 제갈공명이 소리쳤다.

"저놈들을 모조리 묶어라!"

순식간에 회랑에서 군사들이 쏟아져 나와 둘이 하나씩 결박했다. 제갈공명이 말했다.

"내가 너희들의 잔꾀를 모를 줄 알았더냐? 동중 사람들에게 두 번이나 잡혀 왔어도 죽이지 않았더니 또 믿을 줄 알고 거짓 항복한 것이 아니냐!"

군사들이 그들의 몸을 뒤지자 품에서 날카로운 칼들이 나왔다. 제갈공명이 맹획을 꾸짖었다.

"네 입으로 다시 사로잡히면 진정으로 항복하겠노라 약조했는데 어찌 된 노릇인가?"

맹획이 말했다.

"이번에는 우리가 제 발로 걸어왔다. 어찌 그대가 잡았다고 할 수 있겠는가? 진심으로 복종할 수는 없다."

"내가 너를 여섯 번이나 사로잡았는데도 항복하지 않느냐? 도대체 언제 항복하겠다는 말이냐?"

"일곱 번 사로잡히면 내가 맹세코 반역하지 않겠소."

"소굴까지 쑥대밭이 된 마당에 걱정할 게 무엇이랴. 저자를 풀어 주어라. 다시 사로잡히면 그때는 절대 용서하지 않을 것이다."

맹획과 졸개들은 머리를 감싸쥐고 쥐구멍을 찾듯 도망쳤다. 싸움에서 패해 도망친 만병 천여 명은 부근을 헤매다 맹획과 마주쳤다. 맹획은 그들을 수습하고 나서 여유가 생기자 대래동주와 앞일을 의논했다.

"이제 어디로 가야 한단 말인가?"

대래동주가 대안을 제시했다.

"여기서 동남쪽 칠백 리에 오과국이 있습니다. 오과국 주인인 올돌골은 키가 열두 척이나 되고, 오로지 뱀과 사나운 짐승만 잡아먹은지라 몸에 비늘이 돋아 칼이나 활이 뚫고 들어가지 못한다 합니다. 게다가 군사들은 모두 다 등나무 갑옷을 입었는데, 그것은 깊은 계곡의 등나무를 채취해 반년 동안 기름에 담가 두었다가 꺼내 햇볕에 말리고 다시 담그기를 열 번이나 반복해 얻은 재료로 만들었답니다."

"오, 그런 갑옷이 있단 말인가?"

"그것을 입으면 물에 들어가도 가라앉지 않고 칼과 화살도 뚫지 못한답니다. 그들의 이름이 등갑군†인데, 그들과 손을 잡으면 제갈량쯤이야쉽게 무너뜨릴 수 있습니다."

"당장 그들의 도움을 받아야겠군."

맹획은 기뻐하며 그들을 만나러 오과국으로 달려갔다.

오과국 사람들은 토굴 속에 살았다. 맹획이 올돌골에게 두 번 절하고처량한 사정을 털어놓았다. 올돌골은 주저하지 않고 말했다.

"내가 군사를 일으켜 그대의 원수를 갚아 주겠소!"

올돌골은 삼만 명의 등갑군을 일으켜 부장인 토안과 해니를 앞세우고 동북쪽으로 나아갔다.

길을 떠난 지 얼마 뒤 그들은 도화수 강가에 이르렀다. 강 양안에는복숭아나무가 빽빽해 해마다 복숭아 잎이 떨어져 물속에 가라앉았는데,희한하게도 다른 나라 사람들이 이 강물을 마시면 모두 죽었지만 오과국 사람들은 오히려 정신이 맑아졌다. 올돌골과 군사들은 이곳에 영채를 치고 촉군을 기다렸다.

제갈공명은 투항한 병사들을 통해 맹획의 소식을 탐지했다. 올돌골이움직였다는 소식을 듣자마자 제갈공명이 대군을 이끌고 도화수 강가로이동했다. 강 건너에 있는 오과국 군사들은 모두 사람 같지 않고 모습이기괴했다. 강물까지 먹을 수 없다고 하자 제갈공명은 더 신중해졌다.

"여기에서 오 리쯤 물러나 영채를 세워라!"

제갈공명은 위연에게 그곳을 지키게 했다.

다음 날 올돌골이 등갑군을 이끌고 도화수를 건너와 위연의 군사들과 맞서 싸웠다. 촉군이 일제히 화살을 쏘았지만 등갑을 뚫지 못했다. 칼로 베고 창으로 찔러도 소용없었다. 게다가 만병은 날카로운 칼과 끝이 갈라진 강철 창인 강차를 휘둘러 촉군이 당해 내지 못하고 패배했다. 촉군이 도망가자 만병들은 뒤를 쫓지 않고 물러났다.

도화나루에서 뒤를 돌아본 위연은 제 눈을 의심했다. 만병들이 등갑을 입은 채 강물을 건너는데 몇몇은 등갑을 벗어 그 위에 올라앉아 유유히 강을 건넜다. 이런 사실을 보고하자 제갈공명이 여개와 그 지방 사람들을 불러 정보를 입수했다.

여개가 말했다.

"제가 일찍이 남만에 오과국이라는 인륜 도덕이 없는 나라[†]가 있다는 말을 들었습니다. 하지만 이런 만방과 싸워 이겨 봐야 무슨 이득이 있겠습니까? 군사를 돌려 돌아가십시오."

"하하하, 내가 여기 오기가 결코 쉬운 일이 아니었소. 어찌 중간에 돌아가겠는가? 내일이

등갑군이 썼다는 등갑의 재료는 우리나라에서 자라는 등나무(藤)가 아니야. 한자는 비슷하지만 래턴(rattan, 籐)이라 불리는 전혀 별개의 나무야. 이 나무는 열대와 아열대에 잘 자라는 덩굴성 식물인데, 식물성 섬유 가운데 가장 길고 질기지. 등나무로 만들었다는 가구는 다이래턴으로 만든 거야.

~

중국은 수천 년간 동양의 중심 국가였어. 4대 문명의 발상 국가 가운데 하나인 것도 사실이야. 하지만 주변 나라를 멸시하고 그들에게 인륜 도덕이 없다고 하는 건 다분히 중국 중심적 사고방식이야. 그런 시각으로 우리나라도 동이족이라 부르며 변방의 오랑캐로 여긴 전통이 있는 거야. 어느 지역이건 그들 고유의 문화와 전통이 있는 법이야. 문명화했다고 중국의 문화나 전통이 더 우월한 건 아니잖아.

면 만족을 평정할 계책을 세울 테니 걱정 마시오."

제갈공명은 조자룡에게 영채를 지키되 싸우지 말라고 당부한 뒤 지형지물을 살피러 나갔다. 주변을 돌아다니던 제갈공명이 강 북쪽 기슭의 산골짜기에 들어가 지세를 살폈다. 뱀처럼 긴 산골짜기가 눈에 띄었는데 석벽이 깎아지른 듯 솟아 있었다.

"이 골짜기의 이름이 무엇이냐?"

"반사곡이라 합니다. 이 골짜기를 나가면 바로 삼강성 대로로 이어지고 골짜기 앞은 탑랑전이라 합니다."

그 말을 듣고 제갈공명이 웃었다.

"하늘이 나를 돕는구나."

영채로 돌아온 제갈공명이 마대에게 검은 기름을 먹인 궤짝을 실은 수레 열 대를 내주며 말했다.

"자, 대나무 장대 천 개를 만들어 궤짝 안의 물건으로……."

제갈공명은 마대에게 은밀히 지시하고 나서 말을 이었다.

"군사를 거느리고 가서 반사곡 양쪽에 진을 치고 계책대로 행하도록 하시오. 보름 기한을 줄 테니 모든 준비를 완벽히 하여 시행하도록 하시오."

"어김없이 행하겠습니다!"

마대가 떠난 뒤 제갈공명이 조자룡을 불렀다.

"장군은 반사곡 뒤쪽 삼강대로로 가서 내가 시키는 대로 하되 필요한 물건을 기일 안에 완비해 한 치의 실수도 없도록 하시오."

이번에는 위연을 불렀다.

"그대는 도화나루 근처에 주둔하고 있다가 만병이 쳐들어오면 싸우지 말고 영채를 버린 뒤 백기가 꽂힌 곳으로 도망가시오. 보름 동안 열다섯 번을 싸워 패배하고 영채 일곱 개를 적에게 내주시오. 만일 열네 번만 지고 한 번이라도 이기면 나를 다시 볼 수 없을 것이오."

"반격하지 말라는 말씀이십니까?"

"절대로 하지 마시오."

맹장 위연은 싸움에 패하라고만 하자 시무룩한 얼굴로 영채를 떠났다. 모든 장수들이 제갈공명의 지략에 따라 배치되었다.

이때 맹획이 올돌골에게 당부했다.

"제갈량이 계교가 좋다지만 따지고 보면 매복이나 잘할 뿐이오. 전군에게 분부해 산골짜기에 나무가 우거진 곳에는 들어가지 말라고 하는 게 좋겠소이다."

올돌골이 고개를 끄덕였다.

"대왕의 말이 맞소. 나도 한나라 사람들이 꾀가 많다는 건 알고 있소."

이때 급보가 들어왔다. 촉나라 군사들이 도화수 북쪽 기슭에 영채를 세웠다는 것이다. 올돌골은 두 부장에게 명해 즉시 등갑군을 이끌고 강을 건너가 촉군과 싸우게 했다. 위연이 등갑군을 맞아 싸운 지 얼마 되지 않아 도망치기 시작했다.

"쫓지 마라!"

만병은 복병이 있을까 봐 도망가는 적을 추격하지 않고 돌아왔다. 다음 날 위연이 다시 도화수 북쪽에 영채를 세우자 또다시 만병들이 건너와 공격했다. 위연은 이번에도 말머리를 돌려 달아났다. 만병들이 십여

리를 추격하다 돌아왔다. 그들은 아무리 봐도 복병이 있을 것 같지 않자 강 건너로 돌아가기도 귀찮은 듯 촉군의 영채를 점령해 눌러앉았다.

다음 날 두 부장은 올돌골을 촉군의 영채로 청해 전황을 보고했다. 상황을 파악한 올돌골은 즉시 대군을 몰고 나가 위연을 추격하며 한바탕 싸움을 벌였다. 올돌골의 공격에 촉군은 갑옷까지 벗어 던지고 도망쳤다. 위연이 백기가 꽂혀 있는 것을 보고 군사들을 이끌고 달려가 보니 이미 영채가 세워져 있었다. 위연의 군사들은 즉시 영채 안으로 몸을 숨겼다. 그러나 잠시 뒤 올돌골의 군사들이 추격해 오자 다시 영채를 버리고 도망쳤다. 만병들은 또 촉의 영채를 점령했다.

다음 날에도 만병의 추격은 계속되었다. 위연의 군사들은 몇 합 싸우다 도망쳐 흰 깃발을 향해 달리는 것이 일이었다. 다음 날도 그다음 날도 위연은 싸우다 도망쳤다. 만병은 촉의 영채를 계속 점령해 나갔다. 이런 일이 되풀이되어 위연은 열다섯 번의 싸움에서 패했고, 일곱 개의 영채를 빼앗겼다. 올돌골의 만병은 승승장구했다.

"만세! 만세!"

"역시 올돌골의 군사들은 강해."

맹획도 기분이 좋아 어쩔 줄 몰랐다. 올돌골은 직접 승세를 타고 촉군의 뒤를 추격했다. 하지만 산림이 우거진 곳에서는 몸을 움츠리고 더는 나가지 않았다. 그런 곳마다 촉나라 군사들의 정기가 무수히 휘날렸다. 그걸 보고 올돌골이 맹획에게 말했다.

"역시 대왕이 말한 대로요."

맹획도 웃었다.

"하하, 제갈량의 꾀가 많아도 이번에는 소용없소이다. 대왕께서 연일 연승하니 촉군은 우리가 나타나기만 해도 도망가기 바쁘오. 한 번만 더 싸우면 대사가 결정날 것이오."

이쯤 되자 올돌골의 군사들은 촉군을 대수롭지 않게 여겼다. 열엿새째 되는 날이었다. 위연이 패잔병들을 거느리고 와 등갑군과 다시 맞섰다. 올돌골이 흰 코끼리를 타고 선두에서 군사를 이끌었다.

"후퇴하라!"

위연이 나가 싸우지 못하고 말고삐를 돌려 도망치자 만병들이 뒤쫓았다. 올돌골이 군사를 이끌고 맹렬하게 추격하며 위연이 도망간 골짜기를 살폈다. 이 골짜기는 다른 곳과 다르게 풀 한 포기, 나무 한 그루 없었다. 복병이 있다면 눈에 띌 지경이었다.

"복병이 없다. 마음껏 쫓아라!"

등갑군은 마음 놓고 골짜기로 추격해 들어갔다. 얼마쯤 가자 검은 궤짝이 실린 수레들이 길을 막았다.

"저건 무슨 궤짝이란 말인가?"

"이곳은 촉군의 군량 운송로인 듯합니다. 대왕께서 급하게 쳐들어오자 버리고 도망간 듯합니다."

"으하하, 저것도 우리가 차지하도록 하자. 계속 촉군을 쫓아라!"

반사곡을 벗어날 때까지도 촉군은 단 한 명도 보이지 않았다. 골짜기 어귀를 막 벗어나려 할 때 갑자기 나무토막과 큰 돌들이 굴러떨어지며 앞길을 막았다. 올돌골의 군사들이 길을 열어 빠져나가려는 순간 크고 작은 수레에 실린 풀 더미와 마른 나무에 불이 붙기 시작했다.

"후퇴하라! 위험하다!"

올돌골이 급히 후퇴하려는데 뒤쪽에서 보고가 들어왔다.

"대왕, 속임수에 빠졌습니다!"

골짜기 입구는 완전히 막혔고, 버려진 수레에 실린 검은 궤짝들은 모두 화약이었다.

펑! 펑! 펑!

화약이 터지며 사방으로 불길이 번졌다.

"걱정하지 마라. 주변에 나무가 없다. 길을 찾아 도망치면 된다."

그러나 그것은 잘못된 생각이었다. 양쪽 산꼭대기에서 불덩어리들이 떨어져 내려왔다. 불덩어리들이 땅속에 묻어 두었던 도화선에 불을 댕기며 철포가 폭발했다. 골짜기는 순식간에 불바다로 변했다. 게다가 불길이 만병의 등갑에도 옮겨붙었다. 기름 먹인 등갑은 불쏘시개 이상으로 잘 타올랐다. 올돌골과 삼만 군사들은 갈팡질팡 발버둥을 치다 불구덩이에서 모두 타 죽었다.

"아아, 괴롭구나!"

제갈공명은 산 위에서 눈앞에 연출되는 지옥도를 바라보며 눈물을 흘렸다. 살생하지 않고 폭력을 사용하지 않는 것이 가장 위대한 덕이고 도이다. 인류가 만든 최상의 도덕률이라 해도 과언이 아니다. 그런데도 어쩔 수 없이 살생을 해야 하는 제갈공명의 입장에서는 괴로울 수밖에 없었다. 만병들이 불에 타 쓰러졌고, 태반이 철포에 맞아 사지가 갈가리 찢어졌다.

"나는 공을 세웠지만 끔찍한 짓을 저질러 명대로 살지는 못할 것 같

구나."

장수들도 숙연해졌다.

맹획은 좋은 소식이 오기를 기다렸다. 그때 천여 명의 만병이 영채 앞으로 몰려와 환한 얼굴로 말했다.

"대왕, 오과국 군사들이 촉군과 싸워 제갈량을 반사곡에 가둬 놓고 포위했소이다. 어서 가서 도와주시오. 저희는 돈동 사람으로 촉군에게 항복했지만 이제 대왕께서 일어나신 것을 알고 도우러 왔소이다."

맹획은 크게 기뻐하며 군사들을 이끌고 반사곡으로 향했다. 만병들의 인도를 받아 와 보니 주변이 송장 타오르는 냄새로 진동했다. 맹획이 속았다는 것을 알고 도망치려 했다.

"속았다. 도망쳐라!"

황급히 군사를 물리려 할 때 왼쪽에서 장의가 나타나고 오른쪽에서 마충이 나타났다.

"맹획은 어딜 가느냐?"

"그 자리에서 꼼짝 마라!"

뒤에서 아군으로 알고 따라오라고 했던 만병도 대부분 촉군이었다. 그들이 달려들어 삽시간에 맹획 일족을 묶었다.

맹획은 말을 타고 산길을 뚫고 도망쳤다. 이때 산기슭에 한 떼의 인마가 작은 수레를 호위하며 나타났다. 제갈공명이 탄 수레였다. 제갈공명이 소리쳐 맹획을 꾸짖었다.

"맹획아, 이번엔 어찌할 것이냐?"

맹획이 말머리를 돌려 도망가려 할 때 마대가 앞을 가로막았다.

"꼼짝 마라!"

맹획은 순식간에 마대에게 사로잡혔다. 왕평과 장익은 맹획의 영채에서 축융 부인을 비롯한 일족을 사로잡아 왔다.

제갈공명이 장막에 올라 장수들에게 말했다.

"내가 이번에 반사곡에서 부득이하게 계책을 썼지만 음덕을 크게 잃었소이다. 적은 복병을 숨기지 않을 줄 알고 달려왔지만 나는 지뢰를 연이어 폭발하도록 하여 적을 무찔렀소. 만병의 등갑은 두꺼우니 불로 공격하지 않고는 이길 수 없었소. 그렇지만 오과국 사람들을 씨도 남기지 않고 없앤 것은 큰 죄라 하지 않을 수 없소이다."

장수들이 일제히 감탄하며 엎드려 말했다.

"승상의 천기는 귀신도 이길 수가 없습니다!"

제갈공명은 맹획을 끌고 오라 일렀다. 맹획이 땅바닥에 꿇어 엎드리자 촉군이 결박을 풀었다.

"맹획은 앞의 음식을 먹으라."

제갈공명은 술과 음식을 대접해 그가 진정하도록 했다. 이때 맹획은 축융 부인과 대래동주, 맹우 등을 만나 반가웠다. 그들은 무사함을 안도하며 함께 술을 마셨다. 배가 부른 맹획이 다음 일을 미리 알고 있다는 듯 말했다.

"이제 제갈공명이 또 나를 불러 어쩔 거냐고 물을 거야."

아니나 다를까, 사람이 들어와 말을 전했다.

"승상께서 서로 얼굴을 보기도 부끄럽다 하십니다. 대왕을 풀어 주라 하셨습니다."

"뭐? 또 나를 풀어 준단 말이냐?"

"다시 인마를 거두어 승부를 가리라고 하셨습니다. 음식을 다 드셨으면 어서 돌아가시오."

그 말을 듣고 난 맹획이 눈물을 흘리며 말했다.

"자고로 일곱 번이나 사로잡아 일곱 번 놓아주는 일은 없었을 것이오. 내 왕의 은덕은 받지 못했지만 예의는 조금 아는 사람이오. 어찌 그렇게 하겠소?"

맹획도 염치를 아는 자였다. 더 싸워 봐야 이길 수 없다는 것도 알았고, 사람으로서 번번이 약속을 뒤집는 것도 부끄러웠다. 무엇보다 등갑군이 몰살하자 더는 싸울 수 없다는 생각이 들었다. 맹획은 마침내 형제와 처자들, 일족을 거느리고 제갈공명의 장막 앞에 엎드려 사죄했다.

"승상의 위엄에 우리 남방 사람들이 감읍했습니다. 다시는 모반하지 않겠소이다."

제갈공명이 다정하게 물었다.

"이제 그대가 진정으로 항복하려는 것인가?"

맹획이 통곡하며 말했다.

"자자손손 살려 주신 승상의 은혜를 잊지 않겠습니다. 진심으로 복종하겠소이다."

제갈공명이 아래로 내려가 맹획의 손을 잡고 장막 위로 올라왔다.

"영원히 그대를 동주로 삼겠다. 빼앗은 땅도 돌려줄 테니 잘 다스리도록 하라!"

제갈공명의 처사에 모두들 감격하여 기뻐 날뛰며 돌아갔다. 그러자 장사 비의가 말했다.

"승상께선 친히 군사를 이끌고 이 불모지까지 들어오셨습니다. 마침내 만왕이 항복했는데 어찌 관리를 두어 지키지 않으십니까?"

"그렇게 하려면 세 가지 어려움이 있소이다."

"그게 무엇입니까?"

"우리 관원을 머물게 하면 군사도 주둔시켜야 하는데 식량을 마련하기가 어렵소. 또 이번에 많은 만인을 상하게 했기에 관원만 두고 군사를 두지 않으면 반드시 보복하겠다고 나서서 화가 생길 것이오. 마지막으로 만인은 누차에 걸쳐 자신들의 왕을 태우고 죽였는데 서로 의심이 많은 족속이라 외지인을 끝내 믿지 못할 것이오. 그리하여 내가 이 세 가지 어려움 때문에 관리를 두지 않고 양식을 보내라 하지 않은 것이오. 그러면 서로 무사히 지낼 수 있을 것이오."

"역시 탁견이십니다!"

듣고 있던 사람들이 탄복했다. 이날 이후 만인들은 살아 있는 제갈공명을 기리는 사당을 만들어 제사를 지냈다. 또한 제갈공명을 자애로운 아버지라는 뜻의 '자부'라고 불렀으며, 각종 진주와 금은보화, 약재와 소와 말을 보내 군용으로 쓰게 하고 다시는 반역하지 않겠노라 맹세했다. 이로써 남방은 완전히 평정되었다. 그 유명한 제갈공명의 칠종칠금(七縱七擒)이란 고사를 남기고.

6
출
사
표
를
던
지
다

제갈공명은 군사를 거두어 촉으로 돌아가려 했다. 맹획은 자기 밑에 있는 고을의 추장들과 사람들을 이끌고 나와 절하며 전송했다. 위연의 선봉대가 노수에 도착하자 느닷없이 일진광풍이 휘몰아쳤다. 강물이 거칠어져 건널 수가 없게 되자 위연이 돌아가 제갈공명에게 이런 사실을 알렸다. 공명이 까닭을 묻자 맹획이 말했다.

"승상, 노수에는 귀신이 있어서 재앙을 일으켜 왔습니다. 이곳을 건너시려면 반드시 제사를 지내야 합니다. 과거에는 마흔아홉 개의 사람 머리와 검은 소와 흰 양을 잡아 제사를 지냈습니다. 그래서 바람이 잦아들고 물결이 고요해져야만 강을 건널 수 있고 또 풍년이 들었습니다. 사람을 포함해 제물을 장만하십시오."

제갈공명은 고개를 저었다.

"안 되오. 나는 이제 큰일을 마무리했는데 더는 사람을 죽이고 싶지 않소. 방법을 찾아보겠소."

제갈공명은 직접 강변으로 나갔다. 거칠게 이는 강물을 보고 고장 사람들을 불러 물으니 그곳 사람들이 이렇게 말했다.

"승상께서 이곳을 건너간 뒤 밤마다 귀신들이 울부짖고 있습니다. 울음소리가 그치지 않고 음귀들이 해코지를 하고 있어서 강을 건널 수가 없습니다."

그 말을 듣고 제갈공명이 탄식했다.

"이는 모두 내 잘못이다! 마대의 촉군 천여 명이 이 강에서 죽었고, 또 남만 사람들을 이곳에 수장시켰으니 혼령과 원귀가 한을 풀지 못해 이런 일이 벌어진 것이다. 오늘 밤에 제사를 지내겠다."

"승상, 옛 법에 따라 그냥 사람 머리 마흔아홉 개를 바치십시오."

"안 된다. 다시 사람을 죽일 순 없다. 여봐라! 음식을 만드는 군사를 불러라."

음식 만드는 군사가 불려오자 제갈공명이 명령했다.

"소와 양을 잡고 밀가루를 반죽하여 사람 머리 모양으로 만들되, 그 속에 쇠고기와 양고기를 채워 넣도록 해라."

"그걸 뭐라 부를까요?"

"만두라고 불러라."

"예, 명을 시행하겠습니다!"

만두가 만들어지자 제갈공명은 노수 기슭에서 제물을 올리고 제사를 지냈다.† 깊은 밤 금관을 쓰고 학창의를 입고 제문을 읽었다.

"대한 건흥 3년 9월 무향후 익주목 승상 제갈량이 삼가 예를 갖추어 혼령들에게 고하노라. 뜻하지 않게 그대들이 전운이 없어 이곳에 빠져 죽음을 맞이했구나. 살아서는 용맹스러웠고 죽어서는 이름을 남겼도다. 이제 우리는 대업을 위해 개가를 부르며 승전보를 올리러 돌아가는 길이로다. 그대들의 영령이 있다면 이 기도를 들어 다오. 나의 깃발을 따라 함께 고향으로 돌아가자. 타향 귀신이 되지 말 것이며, 낯선 땅에서 떠돌지 말도록 하라. 황제에게 고해 그대들의 집집마다 은혜를 베풀도록 할 것이며, 해마다 옷과 양식을 보내 주겠다. 녹봉을 내려 그대들의 충정에 사례하고 그대들을 위로할 테니 분한 마음을 가라앉혀라. 그리고 이 지방의 토신과 혼령들에게도 고하노라. 매년 제사를 지내 제물을 바칠 것이며 의지할 곳이 생기도록 하겠다. 살아 있는 자들도 황제의 위엄에 굴복했다. 죽은 자들도 귀의하라. 원한을 거두고 슬프게 울지 말도록 하라. 여기에 보잘것없지만 지극한 정성으로 제사를 올리니 슬프고 애달픈 마음을 받아들여 흠향하기 바란다."

제문을 읽고 나서 제갈공명이 통곡했다.

"으흐흐흑, 애통하도다!"

군사들도 저마다 자기에게 얘기하는 듯하고 죽은 동료들이 생각나 함께 통곡했다. 그러자 음산한 기운이 위로받아 사라지기 시작해 수많은 혼령이 바람에 흩어졌다. 준비한 제물은 물에 뿌려졌다.

다음 날은 구름이 흩어지고 날씨가 맑았으며 바람도 잦아들고 물결도 평온했다. 촉군은 마음껏 강을 건널 수 있게 되었다. 제갈공명은 영창에 닿아서야 전송하러 온 맹획과 작별했다.

"그대는 정사에 힘써 아랫사람들을 잘 돌보시오. 백성들도 잘 보살펴 농사지을 시기를 놓치지 않기 바라오."

"명심하겠습니다!"

맹획이 울며 절하고 떠나갔다.

제갈공명은 대군을 거느리고 개선장군이 되어 성도로 돌아왔다. 후주 유선이 삼십 리 밖까지 마중 나와 제갈공명을 몸소 부축해 함께 수레를 타고 성으로 돌아왔다. 이어 연회가 베풀어지고 전군에게 큰 상이 내려졌다.

제갈공명의 위엄이 전국에 떨치자 변방 이백여 곳에서 조공을 바쳐 왔다. 제갈공명은 남만 원정에서 죽은 군사들의 집을 일일이 찾아가 보살피고 상을 내렸다. 백성들은 슬픈 가운데서도 위로를 받았다. 그리하여 조정과 온 백성이 평화로웠다.

이때가 조비가 왕위에 오른 지 7년이 지난 시기였다. 조비가 처음으로 맞이한 견씨 부인

여기서 잠깐!!

정사에도 제갈공명이 만두를 빚어 제를 지냈다는 기록이 있어. 하지만 이는 제례용품이야. 그전부터 만두는 제례용품으로 쓰였다는 기록이 있는 걸로 보아 제갈공명이 만들었다는 말은 의심의 여지가 있지. 밀가루로 고기를 감싸 만든 음식은 북방에서 실제로 있었던 음식이 분명해. 밀가루 음식도 오래전부터 있었고, 고기를 쪄서 먹는 것도 가능했기에 남쪽인 촉한에서 만두가 만들어져 퍼져 나갔다는 말은 허구일 가능성이 크다고 봐.

은 원소의 둘째 아들 원희의 아내였다. 업성을 점령할 때 빼앗아 아내로 삼았다. 이 여인과의 사이에 아들을 낳았으니 그가 조예였다. 조예는 어려서부터 총기가 뛰어나 조비가 무척 사랑했다.

그 뒤 조비는 곽영의 딸을 거두어 귀비로 삼았다. 곽 귀비는 용모가 아름다워 사람들이 그녀를 여왕이라 불렀다. 조비가 새로운 아내를 맞이하자 견씨 부인은 조비의 총애를 잃었다. 그런데 곽 귀비는 질투의 화신이라, 총애를 받으면서도 황후 자리를 탐내 견 부인을 모함하는 음모를 꾸몄다. 조비가 시름시름 앓자, 조비의 생년월일이 적힌 오동나무 인형을 바치며 견 부인을 모함한 것이다.

"견 부인이 궁궐 뜰에 인형을 묻어 놓고 폐하께서 빨리 죽기를 바랐습니다. 방자†한 견 부인을 그냥 두어서는 안 됩니다!"

"그게 정말이냐?"

어리석은 조비는 견 부인을 죽이고 곽 귀비를 황후로 내세웠다. 곽 귀비는 조예를 무척 사랑했지만 세자로 책봉하지는 않았다. 자기의 핏줄이 아니었기 때문이다.

조예가 열다섯 살이 되자 활쏘기와 말타기에도 능히 재주를 보여주었다. 그해 조비가 조예와 함께 사냥을 나갔다. 마침 숲속에서 어미 사슴과 새끼 사슴이 나타났다. 조비가 곧바로 화살을 쏘아 어미 사슴을 쓰러뜨렸다. 새끼 사슴이 놀라 도망치면서 조예의 앞으로 지나가자 조비가 외쳤다.

"어서 쏴라! 무엇 하느냐?"

그러나 조예는 활을 쏘지 않았다. 조비가 화가 나서 말했다.

"눈앞에 사슴이 있는데 어찌 쏘지 않았느냐?"

"폐하께서 어미를 죽이셨는데 어찌 새끼마저 죽이겠사옵니까?"

조예가 눈물을 흘리자 조비는 활을 땅에 집어던졌다. 견 부인을 죽인 일이 떠오른 것이다. 조예는 중의적으로 자신의 심정을 표현한 셈이었다.

'아, 내 아들이 참으로 어질고 덕이 있는 임금이 되겠구나.'

그해 오월, 조비가 감기에 걸렸는데 약을 써도 낫지 않았다. 사실 감기라기보다 그동안 쇠했던 몸에 온갖 질병이 들고일어난 것이다. 조비는 조예를 곁에 두고 중신들을 불러들여 유언했다.

"짐은 병이 위중해 가망이 없다. 아직 우리 아이가 어리니 경들이 잘 보좌해 짐의 마음을 저버리지 않도록 하라."

신하들이 말했다.

"그런 말씀 마십시오. 저희는 오로지 천추만세에 이르도록 폐하를 섬기겠나이다."

"아니다. 불길한 조짐이 이어지니 내 더 살

방자는 남에게 재앙을 내리도록 신에게 비는 행위야. 동서고금을 막론하고 오래된 주술이야.

지 못할 것을 안다."

그렇게 말한 뒤 조비는 숨을 거두었다. 그의 나이 사십 세였다. 조진, 진군, 사마의, 조휴 등 중신들이 국상을 선포했다. 그리고 조예를 옹립해 대위 황제로 삼았다. 조예는 부친 조비에게 문황제라는 시호를, 모친 견씨에게 문소황후라는 시호를 내렸다. 이어 문무 관료들의 벼슬을 높이고 대사면령을 내렸다.

이때 옹주와 양주, 두 고을의 관원이 비어 사마의가 표문을 올려 서량을 지키겠노라고 자원했다. 조예는 사마의가 원하자 뜻대로 하라고 허락했다.

칙명을 받은 사마의가 임지로 떠났다는 소식을 들은 제갈공명은 깜짝 놀랐다. 사마의가 서량을 맡는다면 중원을 차지하려는 자신의 뜻을 펼치기 힘들기 때문이다.

"사마의가 두 고을의 제독이 된 것은 촉에 큰 걱정거리로다. 우리가 선수를 쳐서 공격하고 위를 제압하는 편이 낫겠다."

그러자 마속이 말했다.

"승상, 남방을 평정하고 돌아오신 지 얼마 안 됐습니다. 군마들이 피곤해 쉬어야 합니다."

"그렇다고 후환을 놔둘 순 없지 않은가?"

"제게 한 가지 꾀가 있습니다. 사마의가 조예의 손에 죽게 만들어 보겠습니다."

"그런 좋은 꾀가 있단 말이오?"

"그렇습니다. 사마의는 위의 대신이지만 조조 때부터 의심하며 꺼린 인물입니다. 신임이 적기 때문에 낙양이나 업군으로 사람을 보내 사마의가 모반한다고 헛소문을 퍼뜨리십시오. 그렇게 하여 천하에 알리는 것처럼 벽보를 붙인다면 조예의 마음에 의심이 생겨 반드시 사마의를 죽일 것입니다."

밑져야 본전이었다. 제갈공명은 그렇게 해보라고 허락했다. 계책이 시행된 후, 어느 날 업군의 성문들에 다음과 같은 방문이 나붙었다.

옹주와 양주의 병마 총괄 표기대장군 사마의는 신의로 천하에 알리노라. 지난날 태조 무황제(조조)가 나라를 세우시고 진사왕 자건(조식)을 사직의 주인으로 삼고자 하셨다. 하지만 간신들이 모략해 오래도록 제위에 오르지 못하셨다. 지금의 황손 조예는 덕행도 없을뿐더러 세운 공도 없이 스스로 높은 자리에 올랐다. 이는 태조의 뜻을 저버린 짓이다.

나는 하늘의 뜻에 따라 군사를 일으켜 만백성이 바라는 대로 잘못된 것을 바로잡고자 한다. 이 방문을 본 사람들은 새 임금의 명을 받들어라. 순종하지 않는 자는 훗날 구족을 멸할 것이다.

조예는 방문을 읽고 깜짝 놀라 신하들을 불러 대책을 의논했다.

먼저 화흠이 말했다.

"이제야 분명해졌습니다."

"무엇이 말이오?"

"사마의가 왜 서둘러 표문을 올려 서량으로 갔는지 말입니다."

"반역하려는 뜻이었단 말이오?"

"태조 무황제께서 과거에 말씀하셨습니다. '사마의는 매처럼 노려보고 이리처럼 돌아보는 자이니 절대 병권을 주지 마라. 그에게 병권을 주는 날에는 나라에 화가 미친다.' 했습니다. 그 뜻이 무엇인지 이제야 알겠습니다."

옆에 있던 왕랑도 거들었다.

"사마의는 '육도삼략'†에 밝은 자입니다. 본래부터 큰 뜻을 품고 있었습니다. 일찍이 없애지 않으면 큰 화를 불러일으킬 것입니다."

"그렇다면 내가 직접 가서 사마의를 치겠다!"

조예가 나서려 하자 대장군 조진이 말렸다.

"폐하, 고정하십시오. 문황제께서 사마의를 믿으셨기 때문에 후사를 부탁하신 것입니다. 이 벽보는 가짜인지 진짜인지 알 수 없습니다. 그런데도 사마의를 치기 위해 군사를 일으킨다면 오히려 사마의에게 반역의 빌미를 주는 꼴이 될 것입니다. 이는 어쩌면 오나 측에서 보낸 첩자들의 반간계일 수도 있으니 깊이 살펴보십시오."

"정말 모반을 했다면 이렇게 넋 놓고 있을 수는 없지 않소?"

"그렇게 의심스러우면 시험을 해보시지요. 일부러 안읍으로 행차를 하십시오. 안읍으로 가면 반드시 사마의가 나와 영접할 것입니다. 그때 기회를 보아 사로잡으십시오."

조예는 조진의 말에 따라 그에게 나라 일을 감찰하게 한 다음 십만 명의 어림군을 이끌고 안읍으로 향했다. 사마의는 황제가 온다고 하자 그동안 훈련한 군사들의 위용을 보여주고 싶어 군마를 정비한 다음 수만 명의 갑옷 입은 군사를 거느리고 어가를 맞으러 나갔다. 이를 먼저 본 신하들이 조예에게 아뢰었다.

"폐하, 사마의의 군사가 십만 명입니다. 다 끌고 나왔습니다. 모반하려는 것 같습니다."

사마의는 한 무리의 군마가 달려오자 임금의 어가가 오는 줄 알고 말에서 내려 길가에 엎드렸다. 그때 조휴가 큰 소리로 외쳤다.

"중달은 어찌하여 중임을 거역하고 모반을 꾀하는가?"

사마의는 깜짝 놀랐다.

"모반이라니, 무슨 말씀이시오?"

자초지종을 설명하자 사마의가 길길이 날뛰었다.

"이는 동오와 촉의 간사한 반간계입니다. 속으시면 안 됩니다. 제가 황제를 뵙고 직접 말씀드리겠습니다."

사마의는 군마를 물리고 어가 앞에 엎드려 울면서 말했다.

"신은 선제께서 중임을 맡긴 신하입니다. 한순간도 딴마음을 먹은 적이 없습니다. 이것은 오와 촉의 간계이니 군사를 이끌고 촉을 격파한 뒤 오를 무찔러 선제와 폐하께 보답하겠습니다."

'육도삼략'은 중국의 병서(兵書)야. 주나라 강태공이 지었다는 《육도》와 황석공이 지어 장량에게 주었다는 상중하 세 권인 《삼략》을 아울러 이르는 말이야.

사마의의 변명에도 조예는 의심의 눈초리를 거두지 않았다. 사마의의 말을 그대로 믿자니 개운치 않은 데다 군사까지 달라고 하니 의구심이 더욱 커진 것이다.

곁에 있던 화흠이 말했다.

"절대 병권을 주어서는 안 됩니다. 파직해 고향으로 보내십시오."

모든 일은 튼튼하게 하는 것이 옳다 여긴 조예가 명을 내렸다.

"그대로 시행하라!"

조예는 사마의의 관직을 뺏고 고향으로 돌려보냈다. 그리고 조휴에게 옹주와 양주의 병마를 총괄하도록 한 뒤 낙양으로 돌아갔다.

사마의의 실권 소식은 곧 제갈공명에게 알려졌다.

"아, 드디어 기회가 왔도다. 우리의 계교로 사마의가 쫓겨났으니 근심할 것이 없다. 거사를 도모해야겠다."

제갈공명은 신료들이 모인 자리에서 마침내 후주 유선에게 출사표를 올렸다.

신 제갈량 아뢰옵니다. 선제께서 창업하신 뜻의 절반도 이루지 못한 채 중도에 붕어하시고, 이제 천하는 셋으로 나뉘어 서촉이 매우 피폐하니 참으로 나라의 존망이 위태로운 때입니다. 하오나 폐하를 모시는 신하들이 안에서 게으르지 않고 충성스러운 무사들이 밖에서 목숨을 아끼지 않음은 선제께서 특별히 보살펴 주시던 은혜를 잊지 않고 오로지 폐하께 보답하고자 하는 마음을 갖고 있기 때문입니다. 마땅히 폐하께서는 충언에 귀를 크게 열어 선제께서 남긴 덕을 빛내시며, 뜻있는 선비들의 의로운 뜻을 드넓

게 세워 주소서. 스스로 덕이 없고 재주가 부족하다 생각하셔서 대의를 상실하지 마시고, 신하들이 잘한 일에는 상을 주시고 잘못한 일에는 벌을 주시는 데 변함이 있어선 안 되며 충성스럽게 간하는 길을 막지 마소서.

또한 상과 벌에 다름이 있어서는 안 되며, 간악한 짓을 범해 죄 지은 자와 충성스럽고 착한 자가 있거든 마땅히 각 부서에 맡겨 형벌과 상을 의논하시어 폐하의 공평과 명명백백한 다스림을 더욱 빛나게 하시고, 사사로움에 치우쳐 안팎으로 법을 달리하는 일이 없게 하소서.

지금의 신하들은 모두 선량하고 진실하며 뜻과 생각이 고르고 순박해 선제께서 발탁해 폐하께 남기셨으니, 어리석은 신이 생각건대 궁중의 대소사를 그들에게 물어보신 후 시행하시면 허술한 부분을 메울 수 있을 것입니다.

전한이 흥한 것은 현명한 신하를 가까이하고 소인배를 멀리했기 때문이며, 후한이 무너진 것은 소인배를 가까이하고 현명한 신하를 멀리했기 때문이니, 선제께서는 생전에 신들과 이런 이야기를 나누시면서 일찍이 환제와 영제 때의 일에 대해 통탄을 금치 못하셨습니다. 시중과 상서, 장사와 참군 등은 모두 곧고 밝은 사람들로 죽기로써 절개를 지킬 신하들이니, 원컨대 폐하께서는 이들을 가까이 두시고 믿으소서. 그리하시면 머지않아 한실이 융성할 것입니다.

신은 본래 하찮은 사람으로 남양 땅에서 논밭을 갈면서 난세에 목숨을 보전하고자 했을 뿐 제후를 찾아 영달을 구하지 않았습니다. 하오나 선제께서는 신을 비천하게 여기지 않으시고 세 번이나 몸을 낮추어 몸소 초려를 찾으시어 신에게 당세의 일을 물어보시니, 신은 이에 감격해 마침내 선제를 위해 몸을 아끼지 않으리라 결심하고 응했습니다. 그 후 국운이 기울어 싸움에 패하는 어려움 가운데 소임을 맡아 동분서주해 온 지 어언 스무 해하고도 한 해가 지났습니다.

선제께서는 신이 삼가고 신중한 것을 아시고 돌아가실 때 대사를 맡기셨나이다. 신은 선제의 명을 받은 이래 조석으로 근심하며 혹시나 부탁하신 바를 이루지 못해 선제의 밝은 뜻을 손상하지 않을까 두려워하던 끝에, 지난 오월 노수를 건너 불모의 땅으로 깊이 들어갔습니다. 이제 남방은 평정되고 병기와 갑옷도 넉넉하니, 마땅히 삼군을 거느리고 북쪽으로 나아가 중원을 평정해야 할 것입니다.† 노둔하나마 있는 힘을 다해 간흉한 무리를 제거하고 한실을 다시 일으켜 옛 도읍으로 돌아가는 것만이 바로 선제께 보답하고 폐하께 충성하는 신의 직분입니다.

원컨대 폐하께서는 신에게 역적을 토벌하고 한실을 부흥시킬 일을 명하시고, 만일 이루지 못하거든 신의 죄를 다스리시어 선제의 영전에 고하소서. 폐하께서도 마땅히 스스로 헤아리시어 옳은 방도를 구하시고 신하들의 바른말을 잘 살펴 들으시어 선제께서 남긴 유지를 지키소서.

신이 받은 은혜에 감격을 이기지 못하옵나이다. 이제 멀리 떠나는 자리에서 표문을 올리오니 눈물이 앞을 가려 무슨 말씀을 아뢰어야 할지 모르겠나이다.

유선이 표문을 읽고 나서 말했다.

"상보께서는 멀고 먼 원정길을 다녀왔는데 쉬지도 못하고 또다시 북벌을 떠나려는 것이오? 걱정이 됩니다."

"아닙니다. 나라에 별다른 근심이 없사옵니다. 이때 역적을 토벌해 중원을 회복해야 합니다."

태사 초주가 나서서 말렸다.

"신이 천문을 보니 북방의 정기가 왕성해 지금은 때가 아닌 듯합니다. 누구보다 천문에 밝은 승상께서 어찌 이리 무리하게 일을 도모하십니까?"

"천도란 원래 덧없이 변하는 법이오. 얽매일 필요 없소. 내가 한중에 군마를 두고 상황에 따라 움직일 것이니 걱정 마시오."

애써 말리는 초주를 물리치고 제갈공명은 곽유, 동윤, 비의를 시중으로 삼아 대궐의 일을 맡아 보도록 했다. 그리고 장수들을 모아 명령을 내렸다. 건흥 5년(227) 춘삼월 병인일을 출정하는 날로 잡았다.

제갈공명은 장수들에게 각각 임무를 나누어 주었다. 그때 한 늙은 장수가 앞으로 나와 버럭 소리를 질렀다.

"승상, 내가 늙었다곤 하지만 아직 영웅의 기개가 있소이다. 어찌하여 나를 쓰지 않으시오?"

조자룡이었다. 제갈공명은 얼굴 표정을 누그러뜨렸다. 그는 조자룡과 오래전부터 친한

제갈공명이 북벌을 고집한 데는 이유가 있어. 첫째로 북벌이 자신을 거두어 준 유비에 대한 보은의 의미가 있었기 때문이야. 출사표에서 공명은 선제를 여러 차례 언급했어. 그의 은혜를 갚아야 한다는 것이지.

두 번째로 승리의 가능성도 있다고 보았어. 조조는 관도대전에서 미약한 세력으로 원소를 이겼어. 하늘이 돕고 땅이 돕는다면 적은 군사로도 얼마든지 승리를 거둘 수 있지. 제갈공명 역시 그런 기회를 얻으려 창의적인 방법으로 위를 괴롭혔어. 괴롭힐 목적이 아니라 승리를 목표로 했기 때문이지.

세 번째 이유라면 자신의 신념 때문이기도 해. 그는 한실을 부흥시킬 수 있다고 굳게 믿었어. 그렇기에 북벌로 중원을 수복하고자 했어. 이는 '수신제가치국평천하'라는 유교적 이념에 충실한 그의 삶을 반영한 것이기도 해.

관계였다. 유비, 관우, 장비, 삼 형제가 모인 뒤에 가세한 두 사람은 신세와 입장이 비슷했다.

"장군, 남방을 평정하고 돌아온 뒤 마초가 죽어 한쪽 팔이 떨어져 나간 것같이 허전하오. 장군은 연세가 많으니 무슨 일이 생길까 걱정이 되오. 일세의 영웅의 이름이 하루아침에 흔들려선 안 되오. 게다가 장군에게 무슨 일이 생기면 군사들의 사기가 꺾일 것 아니겠소?"

조자룡은 더욱더 화를 냈다.

"승상, 나는 선제를 따른 뒤로 한번도 뒤로 물러선 적이 없소이다. 적을 만나 선봉에 서지 않은 적도 없소이다. 대장부는 싸움터에서 죽으면 그만입니다. 무슨 여한이 있겠소이까? 승상께서 나를 선봉으로 삼아 주시오."

"안 되오. 편히 쉬시오."

"정 그러시다면 당장 이 자리에서 섬돌에 머리를 박고 죽겠소."

조자룡이 뜻을 꺾지 않자 어쩔 수 없이 제갈공명이 승낙했다.

"선봉에 서시겠다면 다른 장수와 함께 가시지요."

기다렸다는 듯이 등지가 나섰다.

"재주는 없지만 제가 장군을 모시고 나가 적을 물리치겠습니다."

제갈공명이 기뻐하며 정예병 오천 명을 내주고 조자룡과 등지를 따르게 했다.

마침내 제갈공명은 군사를 거느리고 출정길에 올랐다. 후주 유선이 문무백관을 이끌고 궁문 십 리 밖까지 나와 전송했다. 제갈공명이 하직하고 떠나자 깃발이 들판을 까맣게 뒤덮었고, 창날과 칼날이 숲을 이루었다. 드디어 제갈공명이 한중†을 향해 진군한 것이다.

제갈공명의 동향은 정탐꾼에 의해 곧바로 낙양에 전해졌다. 조회 때 조예가 그 소식을 듣고 깜짝 놀랐다.

"누가 나가서 저들을 물리칠 것인가?"

그때 하후연의 양아들인 하후무가 나섰다.

"폐하, 신의 아비가 한중 땅에서 죽었는데 저는 아직도 원한을 못 갚았습니다. 군사를 내주신다면 맹장들을 이끌고 나가 이 기회에 촉을 격파하겠습니다. 나라에 충성하고 부친의 원수를 갚을 수 있다면 만 번 죽어도 여한이 없습니다."

하후무는 성질이 급하고 인색했다. 조조의 부마로서 병권을 쥐기는 했지만 실전을 치른 적이 없었다. 그랬던 그가 전장에 나서겠다고 하니까 조예가 냉큼 대도독으로 삼았다. 그러자 사도 왕랑이 말렸다.

"폐하, 부마인 하후무는 실전 경험이 없을 뿐 아니라 갑자기 중대한 임무를 맡기면 능히 해낼지 의심스럽습니다. 게다가 그는 제갈량의 상대가 되지 않습니다."

하후무가 크게 노해 소리를 질렀다.

"사도는 혹시 제갈량 편이오? 나는 어려서부터 부친에게 '육도삼략'을 배워 병법에 통달했소. 왜 나를 어린애 취급하는 것이오? 만일 제갈량을 못 잡아 오면 황제를 뵈러 오지 않겠소."

그러자 감히 아무도 입을 열지 못했다. 하후무는 하직하고 장안으로 달려가 인근의 군사 이십만 명을 선발했다.

그때 촉군은 면양에 이르러 마초의 무덤을 지나게 되었다. 제갈공명은 마초의 아우인 마대에게 상복을 입히고 친히 제사를 지냈다. 마대가 크게 감동해 감사를 드리려는데 파발꾼이 도착했다.

"위주 조예가 부마인 하후무를 보내 장안 일대에서 군사를 뽑아 이리 오고 있답니다."

위연이 말했다.

"승상, 하후무는 귀한 집안에서 자란 유약하고 무능한 자입니다. 저에게 정예병을 주시면 가서 무찌르겠습니다."

위연이 호기롭게 나서자 제갈공명이 말했다.

"그대에게 계책이 있소?"

"제가 열흘 안으로 장안에 닿으면 하후무가 분명히 도망갈 것입니다. 그때 제가 동쪽에서 쳐들어가고 승상께서 대군을 몰아 야곡에서 진군하면 함양의 서쪽 지방은 단숨에 우리 것이 됩니다."

"그것은 위험한 계책이오. 중원에 인물이 없다고 생각하는 모양인데, 산속 외진 곳에 매복해 길을 끊으면 우리 군사들이 해를 입을 뿐 아니라 사기가 떨어질 것이오."

"큰길을 따라 진군한다면 적은 관중의 군사를 모두 일으켜 막을 텐데, 어느 세월에 중원

여기서 잠깐!!

한중은 산지야. 사방이 산으로 둘러싸인 곳인데, 외부와 연결되는 통로는 작고 좁은 도로 몇 개뿐이야. 그래서 이곳에 접근하려면 절벽에 설치한 잔도를 이용해야 해. 이태백조차 이곳이 얼마나 험한지 이런 시를 지었어.

촉땅으로 가는 길 어렵구나
푸른 하늘 오르기보다 힘이 드누나.

조조에게도 한중은 승리하기도 어렵고 퇴각하기도 아까운 땅이었어. 하지만 제갈공명에게는 진격하면 중원을 넘볼 수 있고, 옹주와 양주에서 토지를 개간할 수 있으며, 아래로는 요충지를 지켜 촉땅을 보존할 수 있는 중요한 곳이었지.

을 평정하겠습니까? 싸움이 길어질 것입니다."

제갈공명은 성질 급한 위연의 제안을 받아들이지 않았다. 오히려 조자룡에게 사람을 보내 진군하도록 명을 내렸다.

하후무가 장안에서 군사를 모을 때 서량 땅의 대장인 한덕이 군사 팔만 명을 거느리고 찾아왔다. 큰 도끼를 잘 쓰기로 유명한 한덕은 장정일만 명을 상대할 만큼 용맹스러운 장수였다. 하후무가 잘되었다고 고개를 끄덕이며 그를 선봉으로 삼았다.

한덕은 아들이 넷인데 하나같이 무예가 뛰어났다. 맏아들이 한영, 둘째가 한요, 셋째가 한경, 넷째가 한기였다. 한덕은 네 아들과 함께 군사를 이끌고 봉명산에 도착했다. 진을 치고 촉군과 대치하자 한덕이 큰 소리로 외쳤다.

"역적 놈들아, 감히 우리 땅을 침범한 까닭이 무엇이냐?"

선봉장 조자룡이 창을 휘두르며 달려 나가 싸움을 걸었다.

"누가 누구에게 역적이라는 것이냐?"

먼저 나가 조자룡에 맞선 자는 맏아들 한영이었다. 조자룡을 꺾어 이름을 온 천하에 떨치고 싶었던 한영은 물불 안 가리고 젊은 혈기로 세차게 달려들었다. 하지만 조자룡은 한영의 장창을 막아 비껴 세우며 가볍게 걷어 냈다. 몇 합 맞부딪치다가 조자룡이 순식간에 한영의 목을 찔렀다. 말이 그대로 달리는 바람에 한영의 시신이 말 안장에 걸린 채 질질 끌려갔다.

"에잇, 조자룡을 가만둘 수 없다!"

형이 시체가 되어 돌아오자 눈이 뒤집힌 한요가 칼을 휘두르며 달려 나왔다. 그렇지만 범 같은 조자룡이 맹공을 퍼붓자 몸을 피하며 칼을 허공에 휘저을 뿐 가까이 다가서지 못했다.

"내가 도와야겠다!"

셋째 아들 한경이 방천극을 휘두르며 달려왔다. 조자룡은 흔들림 없이 한요와 한경을 상대하면서 창 쓰는 법에 흐트러짐이 없었다. 한요가 순식간에 어깨를 찔렸고, 한경은 갑옷이 뜯겨 나갔다. 두 형이 쩔쩔매자 한기까지 쌍검을 휘두르며 달려왔다. 일 대 삼으로 싸우는데도 조자룡은 조금도 밀리지 않았다. 조자룡의 몸과 말은 일체가 되어 바람개비처럼 가볍게 휘돌리는 창봉과 창날에 가려 보이지 않을 정도였다.

먼저 당한 이는 한기였다. 조자룡의 창에 찔려 한기가 피를 뿜으며 말에서 굴러떨어지자 그를 구하려고 다른 장수가 달려 나왔다. 조자룡이 말머리를 돌려 도망치는 척하자 한경이 쫓아오며 화살 세 대를 날렸다. 하지만 조자룡은 세 대의 화살을 창을 휘둘러 쳐낸 다음 역으로 화살을 겨냥해 쏘았다. 방심하고 달려오던 한경은 얼굴에 화살을 맞고 말에서 떨어져 죽었다. 화가 난 한요가 칼을 휘두르며 달려왔다. 그때 조자룡이 스치듯 다가가 한요의 옆구리를 껴안아 사로잡아 버렸다. 본진으로 달려가 한요를 내려놓은 조자룡은 다시 적진을 향해 뛰어들었다.

"이, 이럴 수가!"

아들 넷이 모두 조자룡에게 당하는 것을 본 한덕은 두려움에 온몸이 떨렸다. 그는 뒤도 돌아보지 않고 도망쳤다.

"아아, 늙었지만 조자룡이 대단하군!"

"가히 신의 경지야!"

조자룡의 활약상을 본 서량 군사들은 누구도 감히 나서려 하지 않았다. 조자룡의 발길이 닿으면 앞다퉈 도망치기 일쑤였다. 호위하는 군사도 없이 조자룡은 혼자 창을 들고 무인지경을 드나들 듯 적진을 종횡무진으로 누볐다. 그 모습을 보고 등지가 촉군을 휘몰아 적진을 짓밟았다. 서량군은 뿔뿔이 흩어졌다. 조자룡에게 사로잡힐 뻔했던 한덕은 갑옷을 벗어 던지고 줄행랑쳤다.

대승을 거둔 뒤 등지가 조자룡을 치하했다.

"장군이야말로 진정한 영웅입니다! 이번 싸움에서 혼자 네 명의 장수를 베었습니다. 흔치 않은 일입니다."

"허허, 승상께서 나를 늙었다고 하시기에 전력을 다해 실력을 보여주었소."

조자룡은 한요를 압송하게 하고 승전보를 올렸다.

혼비백산한 한덕은 겨우 도망가 하후무에게 전황을 알렸다. 그러자 하후무가 대로했다.

"내가 직접 가서 상대해 주겠다!"

조자룡은 창을 들고 말에 올라 천여 명의 군사를 이끌고 봉명산 앞에 진을 쳤다. 하후무는 황금 투구를 쓰고 대감도를 들고 위풍당당하게 버텼다. 조자룡이 촉 진영 앞에서 움직이는 것을 본 하후무가 당장이라도 나가 싸우려 했다. 이때 한덕이 앞으로 나섰다.

"내 아들을 넷이나 죽인 놈이오. 내가 나가 원수를 갚겠소이다."

"좋다! 그대가 나가 싸워라!"

한덕이 큰 도끼를 휘두르며 달려 나오자 조자룡은 창을 거머쥔 손에 힘을 주었다. 둘이 몇 합 맞섰지만 한덕은 결코 조자룡의 상대가 아니었다. 그는 얼마 버티지 못하고 조자룡의 창에 찔려 말에서 떨어져 죽었다.

한덕을 쓰러뜨리자마자 조자룡이 하후무를 잡으려고 달려들었다. 놀란 하후무는 본진으로 도망쳤다. 등지가 군사를 몰아 공격하자 하후무는 십 리를 더 물러나 진을 쳤다. 하후무가 진지에서 장수들과 함께 한탄했다.

"내가 조자룡이란 이름은 들었지만 실제로 본 적은 없었소. 오늘 보니 늙었다고 하지만 장렬함이 그대로요. 장판교의 전설을 믿을 만하오. 그나저나 저자를 상대할 장수가 없으니 어쩌면 좋겠소?"

이때 정욱의 아들인 참군 정무가 나섰다.

"조자룡은 꾀가 없는 자입니다. 걱정하지 마십시오. 내일 싸우다 도망치는 척하면서 조자룡을 복병이 있는 곳으로 유인하십시오. 산으로 올라갔을 때 사면을 포위하면 사로잡을 수 있습니다."

정무의 의견에 따라 하후무는 군사들을 매복하고 계획대로 시행하도록 했다.

다음 날 하후무가 북과 징을 치며 싸움을 걸었다. 촉군에서 조자룡과 등지가 나와 맞섰다. 등지가 적의 움직임을 눈치채고 조자룡에게 조용히 말했다.

"어젯밤에 패해 돌아간 자들이 다시 나타난 것을 보니 계책이 있습니다. 조심하십시오."

"저런 젖비린내 나는 놈이 두려울 게 뭐 있소. 내 꼭 놈을 사로잡아 오겠소."

조자룡처럼 평생을 전장에서 보낸 이들은 늙을수록 덮어놓고 행동하는 경우가 많았다. 관우가 그러했듯 조자룡도 나이가 들자 분별을 잃어 갔다.

조자룡이 말을 타고 달려 나갔다. 위의 장수 반수가 나왔지만 조자룡의 위용을 보고 곧 도망쳤다. 위군 진영에서 연이어 장수들이 나와 도전했지만 다들 상대를 못 하고 도망쳤다. 조자룡을 사로잡기 위한 계책이었다. 조자룡이 승세를 타고 적진을 짓밟으며 쫓아가자 등지도 그 뒤를 따라왔다. 그러다 어느덧 적진 깊숙이 들어가고 말았다.

"조자룡을 잡아라!"

난데없는 함성이 터지며 복병들이 나타나 조자룡을 포위했다. 겹겹이 둘러싼 포위망에 갇힌 조자룡은 좌충우돌했지만 적군의 수는 점점 늘어갔다. 뒤따르는 군사들과 함께 조자룡은 좌우로 적을 베어 넘기며 산정으로 올라가려 했다. 하지만 그곳에는 이미 하후무가 버티고 있었다. 적들은 통나무를 굴려 촉군을 막았다. 하루 해가 가도록 죽을힘을 다해 싸웠는데도 여전히 포위를 벗어나지 못했다. 조자룡은 지칠 대로 지쳐 말에서 내려 숨을 돌렸다.

달이 떠오르자 갑자기 사방에서 불길이 치솟았다. 위군이 고함을 지르며 몰려와 외쳤다.

"조자룡은 항복하라! 너는 죽은 목숨이다!"

위군이 새까맣게 몰려오며 화살을 쏘았다. 조자룡은 하늘을 우러르며 탄식했다.

"어리석게도 늙지 않았다고 버티다 이렇게 죽는구나."

그때였다. 동북쪽에서 함성이 일고 위군이 후퇴하기 시작했다. 날쌘 군사들의 공격을 받은 것이다. 맨 앞장을 선 장수는 장팔사모를 높이 쳐 든 장포였다. 장포가 조자룡을 보고 기쁘게 말했다.

"승상께서 염려하시면서 저를 보내셨습니다."

조자룡은 크게 기뻐했다. 장포와 함께 서북쪽으로 길을 뚫는데 또다시 한 무리의 군사들이 밖에서 공격해 들어왔다. 청룡언월도를 휘두르며 달려오는 관흥이었다.

"승상의 분부를 받들고 왔습니다. 승상께서도 곧 오실 것입니다."

조자룡은 기쁜 낯을 감추지 않았다.

"두 조카가 이참에 하후무를 사로잡아 대사를 결정하지 않겠는가?"

조자룡의 말에 장포가 군사를 몰고 하후무를 쫓았다. 관흥도 달려 나갔다.

"저도 공을 세우겠습니다!"

위군을 쫓아 떠나는 두 장수를 보고 조자룡이 좌우의 군사들에게 말했다.

"저 두 사람은 내 조카들이고 자식뻘이지만 공을 세우려 저렇게 앞다투어 떠나는데, 상장이자 조정의 옛 신하로서 어린 장수들만 못해서야 부끄러운 일 아닌가. 이 늙은 목숨을 바쳐 선제의 은혜에 보답하리라."

조자룡도 군사를 이끌고 하후무를 잡으러 달려 나갔다. 촉의 군사들은 세 갈래로 공격해 그날 밤 위군을 대파했다. 들판은 온통 시체로 덮였고, 피가 내를 이룰 지경이었다. 하후무는 경험도 없고 지략도 없어 제대로 싸워 보지도 못한 채 장수 백여 명만 거느리고 남안군으로 도망쳤다. 뒤늦게 관흥과 장포가 쫓아왔지만 하후무는 성으로 들어가 문을 닫아걸고 움직이지 않았다. 조자룡의 군사들까지 도착해 삼면에서 공격을 퍼부었다. 하지만 열흘이 넘도록 성을 함락시킬 수가 없었다. 이때 제갈공명이 중군을 거느리고 들이닥쳤다.

성을 둘러본 제갈공명이 말했다.

"남안군은 성이 견고하고 해자가 깊소. 우리 목표는 이 성 하나가 아니니 이곳에서 지체할 필요 없소. 위군이 군사를 나누어 한중을 차지하면 우리가 위태로워질 것이오."

등지가 나서서 말했다.

"하후무는 위나라의 부마입니다. 이자를 잡는 것이 적장 백 명을 잡는 것보다 낫습니다. 어떻게 그냥 떠나겠습니까?"

"내게 계책이 있소. 남안성은 천수군과 안정군에 닿아 있는데 그곳 태수가 누군지 아시오?"

"천수 태수는 마준이고, 안정 태수는 최량입니다."

"아하, 잘 되었소."

제갈공명은 위연과 관흥, 장포를 불러 계책을 알리고 군사들을 이끌고 떠나도록 했다. 그러고는 남안성 밖에서 나무와 건초를 성 밑에 쌓아 올린 뒤 불질러 버리겠다고 큰 소리로 떠들게 했다. 한마디로 적의 관심을 돌리려는 술수였다.

이때 안정 태수 최량은 촉군이 남안성을 포위하고 그 안에 하후무가 갇혔다는 소식을 듣고 무척 당황했다.

"이를 어쩌면 좋으냐? 부마를 구하러 가지 않으면 조정에서 죄를 물어도 할 말이 없지 않은가. 아니, 그보다 먼저 군마 사천을 골라 우리 안정성을 잘 지키도록 해야겠다."

이때 남쪽에서 사람이 달려왔다.

"그대는 누구인가?"

"저는 하후 도독의 심복 장수인 배서입니다. 천수와 안정에 구원군을 요청하러 달려왔습니다. 남안성의 처지가 급박해 날마다 성에서 신호를 보내 두 고을에서 구원군이 오기만을 기다렸는데 어디서도 구원군이 오지 않았습니다. 당장 군사를 일으켜 도와주십시오. 원군이 당도하면 도독께서 성문을 열어 도울 것입니다."

"도독의 친서는 가져왔소?"

배서는 땀에 젖어 후줄근해진 서신을 꺼내 보여주었다. 자세히 볼 겨를도 없이 배서는 급히 말을 바꿔 타고 성을 빠져나가 천수로 향했다. 최량이 긴가민가해 결정을 못 하고 있는데, 다음 날 다시 파발꾼이 달려왔다.

"천수군 태수는 군사를 일으켜 남안성을 구하러 떠났소이다. 안정에서도 어서 군사를 일으키시오."

최량이 관원들을 불러 대책을 강구했다.

"이를 어찌하면 좋겠는가?"

"태수께서 구원군을 보내지 않았다가 남안군을 잃고 부마까지 붙잡힌다면 우리 안정군은 큰 죄를 범하는 것입니다. 즉시 구원병을 보내십시오."

결국 최량은 군마를 점검해 남안성을 향해 떠났다. 성안에는 오로지 문관들만 남았다. 멀리서 불길이 하늘을 찌를 듯 솟는 것을 보고 큰일 났다고 생각한 최량은 군사들을 재촉해 밤길을 한없이 달렸다. 그때 느닷없이 복병이 나타났다. 앞에서 관흥이 나타나고 뒤에서 장포가 짓쳐 들어왔다.

"물러서지 마라!"

최량은 죽기 살기로 싸우며 사방으로 흩어지는 군사들을 다독여 저항했다. 그러다 가까스로 포위를 뚫고 안정군으로 되돌아와 성 밑에 다다랐다. 그때 난데없이 성 위에서 화살이 쏟아지며 한 장수가 얼굴을 내밀었다. 촉장 위연이었다.

"이 성은 내 것이다. 그대는 왜 항복하지 않느냐?"

위연은 성이 비기만 기다렸다가 안정군의 군사로 꾸며 성문을 열게 해 단숨에 점령한 것이다.

"으으, 속았다."

최량이 발길을 돌려 도망쳤지만 또 다른 군사들에게 가로막혔다. 군사들 앞에 제갈공명이 수레를 타고 있었다. 더욱 놀란 최량이 다시 도망치자 관흥과 장포가 양쪽에서 쫓아오며 소리쳤다.

"항복하지 않으면 죽음뿐이다!"

완전히 포위된 최량은 어쩔 수 없이 항복해 촉군의 영채로 끌려왔다. 죽기를 각오했으나 제갈공명은 그를 부축해 상빈으로 대접하며 예를 갖추었다.

"어서 오시오. 그대가 무슨 죄가 있소? 싸움에 잠시 졌을 뿐인 것을."

최량은 크게 감동해 눈물이 날 지경이었다.

"그대는 남안 태수와 가까운 사이요?"

"남안 태수는 양부의 집안 아우 되는 양릉입니다. 가까운 곳에 있어 교우가 두텁습니다."

"그대가 성안에 들어가 은밀히 하후무를 사로잡자고 양릉을 설득할 수 있겠소?"

최량이 고개를 끄덕이며 말했다.

"군마를 물리면 제가 성으로 들어가 설득해 보겠습니다."

제갈공명은 영채를 이십 리 밖으로 물린 뒤 최량을 내보냈다. 최량은 성안 부중으로 들어가 양릉과 얘기를 나누었다. 최량에게 자초지종을 들은 양릉이 말했다.

"우리는 위나라 신하들이오. 나라의 은덕을 입었는데 배신할 수는 없지 않소? 오히려 우리가 장계취계하여 제갈량의 계책을 역이용하면 어떻겠소?"

"그거 좋은 생각이다."

양릉은 최량을 하후무에게 데려가 자초지종을 알렸다. 양릉의 말을 듣고 난 하후무가 물었다.

"어떤 계책을 쓰려는 것이오?"

"성을 바치겠다고 속여 촉군을 끌어들인 뒤 일시에 치면 됩니다."

"좋소!"

최량은 계략을 짠 뒤 다시 말을 타고 나와 제갈공명에게 보고했다.

"양릉이 수락해 승상께 성을 바치겠다고 했습니다. 다만 지금 하후무를 잡고 싶어도 군사가 적어 가벼이 움직일 수가 없답니다."

"그건 어려운 일이 아니오. 그대가 거느린 항복한 군사 백여 명 속에 촉의 장수들을 숨기겠소. 그런 다음 안정군 군사인 것처럼 성으로 들어가 하후무의 부중에 매복하는 거요. 양릉이 깊은 밤에 성문을 열어 호응하면 우리가 뜻을 이룰 수 있소."

최량은 당황했다. 제갈공명이 직접 성으로 들어올 줄 알았는데 작전이 예상과 다르게 전개되었기 때문이다. 그러나 의심받을까 싶어 달리 말할 수도 없었다.

"그, 그렇게 하겠습니다."

최량은 촉의 장수들을 데려가기로 마음먹었다. 성으로 데리고 들어가 죽인 다음 신호를 올리면 제갈공명이 속아 들어올 테니 그때 함께 처치하면 그만이라고 생각한 것이다.

제갈공명은 관흥과 장포를 그들과 함께 가도록 했다.

"그대들은 최량의 군사들과 함께 성안으로 들어가시오. 하후무를 안심시키고 나면 불을 들어 신호를 보내시오. 그러면 내 친히 군사를 이끌고 들어가 하후무를 사로잡겠소."

해가 질 무렵 관흥과 장포는 장비를 갖추고 말에 올랐다. 이어 안정군 군사들 속에 섞여 최량을 따라 남안성 아래 도착했다. 양릉이 성 위에서 아래를 내려다보며 물었다.

"어디에서 온 자들인가?"

"안정군에서 온 구원병이오."

그러면서 최량이 쪽지를 묶은 화살을 위로 쏘아 올렸다. 양릉이 화살에 묶인 편지를 펼쳤다.

지금 제갈량이 장수 둘을 보내 성안에 매복시키려는 계략을 꾸미고 있소. 경솔하게 움직이지 마시오. 내가 안으로 완전히 들어간 다음 일을 도모하시오.

밀서를 본 양릉은 하후무와 의논했다. 하후무는 별것 아니라는 듯 대수롭지 않게 말했다.

"걱정 마라. 제갈량은 이미 우리 계책에 말려들었다. 도부수 백 명을 매복시켜 두었다가 두 장수가 최량을 따라 들어오면 말에서 내리는 즉시 성문을 닫아걸고 목을 베라. 그런 다음 제갈공명을 끌어들이면 될 것이야."

하후무의 말대로 준비를 마친 뒤 양릉이 성문을 열었다. 관흥이 최량을 따라 먼저 성안으로 들어가고 장포가 그 뒤를 따랐다. 양릉이 성 위에서 내려와 일행을 영접했다. 그 순간 관흥이 칼을 들어 번개같이 양릉의 목을 쳤다. 최량이 깜짝 놀라 도망가려 하자 뒤따르던 장포가 기다렸다가 막아섰다.

"도적놈아, 네까짓 놈들의 계략에 승상께서 속을 것 같더냐?"

허공에서 장포의 창날이 휘날리자 최량이 그대로 말 아래 고꾸라졌다. 관흥이 성 위에 올라가 불을 올리자 촉군이 사방에서 기다렸다는 듯 함성을 지르며 밀고 들어왔다.

"아뿔싸, 계교에 속았다!"

미처 손쓸 새도 없이 군사들이 몰려들자 하후무는 남쪽 성문을 열고 죽기 살기로 도망쳤다. 그때 왕평이 그의 앞을 막아섰다.

"네 이놈, 기다리고 있었다!"

오도 가도 못하게 된 하후무는 좌충우돌하다 사로잡혔고, 군사들은 떼죽음을 당했다.

제갈공명은 남안성에 들어가 하후무를 수레에 가두고 백성들을 위무했다. 등지가 어찌 된 일이냐고 묻자 공명이 회심의 미소를 지었다.

"태수 최량이 항복할 마음이 없다는 걸 나는 이미 알고 있었소. 그래서 일부러 성안으로 들여보내 하후무와 작전을 짜도록 만든 것이오. 최량이 진심으로 항복할 마음이 있었다면 촉장들을 데려가라 했을 때 거절했을 것이오. 그런데 함께 갔다는 것은 내가 의심할까 봐 두려워한 것이지. 그래서 성안에 들어가자마자 적들이 손쓰기 전에 번개처럼 행동하라 일렀던 것이오. 게다가 우리가 이렇게 들이닥쳤으니 저들이 방비할 틈이 없지 않았겠소."

"승상의 지략은 볼 때마다 참으로 놀랍습니다."

"그나저나 심복 한 사람이 배서라는 위군 장수로 변장해 천수군에 침입해 들어갔는데 아직 돌아오지 않으니 까닭을 모르겠소. 이러고 있을 게 아니라 어서 천수군을 취해야 할 것 같소."

제갈공명은 위연에게 천수군을 공격하라고 명했다.

한편 천수 태수 마준은 하후무가 포위되었다는 소식을 듣고 대책을 논의하고 있었다.

"하후 부마는 금지옥엽 아니오. 어서 군사를 이끌고 나가 도와주셔야 합니다."

마준이 결단을 못 내리고 망설일 때 부하가 와서 알렸다.

"하후 부마께서 심복 장수인 배서를 보냈습니다."

배서는 부중에 들어와 마준에게 공문을 바쳤다.

"도독께서 밤새 달려와 도우라 하셨습니다."

그러고는 확인할 새도 없이 황급히 돌아갔다.

곧이어 파발꾼이 와서 알렸다.

"안정군의 군사들이 떠났습니다. 태수도 어서 합류하십시오!"

마준이 더 지체하지 않고 군사를 일으키려 할 때였다. 한 사람이 밖에서 들어오며 큰 소리로 외쳤다.

"이건 제갈량의 계략입니다. 말려들지 마십시오!"

태수가 돌아보니 천수군 기현 사람 강유†였다. 강유는 어려서부터 책을 많이 읽고 병법과 무예에 능했다. 게다가 어머니를 지극 정성으로 모시는 효자였다. 중랑장 벼슬로 군사 업무

강유는 원래 위의 중랑장이었어. 촉망받는 인재로 이 싸움에서 촉에 귀순하여 깊은 신임을 얻고 여러 차례 북벌에 따라 나서게 되지. 나중에 제갈공명이 죽은 뒤 그의 뜻을 이어받는 유일한 수제자가 돼. 한마디로《삼국지연의》에서 제갈공명 이후의 스토리는 강유가 이끌어간다고 해도 과언이 아니야.

를 맡아 보던 그가 앞에 나선 것이다.

"그대는 어찌하여 그런 말을 하는가?"

"들자하니 제갈량이 남안성에 갇힌 하후무를 포위해 물샐틈없이 공격한다 합니다. 그런데 어떻게 포위를 뚫고 나오겠습니까? 게다가 배서는 이름도 들어 본 적이 없는 자입니다. 파발꾼도 공문 한 장 없이 왔다 갔습니다. 이는 분명히 촉장을 위장으로 꾸며 태수를 성 밖으로 끌어내려는 수작입니다."

강유의 말을 듣고 난 마준은 그제야 사태를 파악했다.

"허허, 그대가 알려 주지 않았다면 적의 계략에 빠질 뻔했소."

강유가 웃으며 말했다.

"태수님은 마음을 놓으십시오. 제게 계책이 있습니다."

"무슨 계책이오?"

"제갈량은 속임수를 써서 우리를 성 밖으로 나오게 하려는 것입니다. 저에게 정예병 삼천 명만 주시면 군사를 매복시키겠습니다. 태수께서는 출병하되 멀리 가지 말고 삼십 리쯤 가다 돌아오십시오. 그때 불이 올라오는 것을 보고 신호 삼아 협공하면 우리가 대승을 거둘 것입니다. 제갈량이 직접 온다면 사로잡을 수 있습니다."

마준은 계책대로 강유에게 정예병 삼천 명을 주어 떠나보냈다. 자신은 양건과 함께 군사를 거느리고 나가고, 양서와 윤상에게 성을 지키도록 했다.

강유의 짐작은 맞았다. 제갈공명은 조자룡에게 군사들을 이끌고 산골에 매복해 기다리다 적군이 성 밖으로 나오면 공격하도록 작전을 짰다. 정탐꾼이 소식을 전하자 조자룡은 고개를 끄덕이며 명령을 내렸다.

"마준이 오면 즉시 죽여라!"

조자룡이 오천 명의 군사를 이끌고 천수성에 이르러 외쳤다.

"조자룡이 여기 왔다. 너희들은 우리의 계교에 빠졌으니 헛되이 희생하지 말고 성을 바쳐라!"

그러자 성 위에서 양서가 웃었다.

"누가 누구의 계책에 빠졌다는 것이냐? 네놈이 오히려 강유의 계교에 빠진 줄 모르는구나."

예상 밖의 반응에 조자룡이 당황했다.

"뭐라는 거냐? 성을 부숴라!"

조자룡이 성을 공격하자 갑자기 사방에서 불길이 치솟으며 젊은 장수가 창을 비껴들고 달려왔다.

"내가 바로 천수의 강유다!"

조자룡이 강유를 맞아 싸움을 벌였다. 여러 차례 불꽃 튀는 접전이 벌어졌다. 시간이 갈수록 강유의 창 솜씨는 무뎌지기는커녕 점점 더 매서워졌다. 조자룡이 날카로운 무예를 가진 강유를 보고 당황하면서도 감탄했다.

"어디서 이런 자가 나온 것이냐?"

두 장수가 박빙의 접전을 벌일 때 마준과 양건이 군사를 끌고 나타나 협공했다. 앞뒤를 동시에 막기 힘들어진 조자룡은 간신히 말을 돌려 후퇴했다.

"늙은 자룡아, 목을 놓고 가거라!"

강유가 바짝 뒤를 쫓아왔다. 때마침 장익과 고상이 구원해 조자룡은 무사히 영채로 돌아왔다. 적의 계교에 빠졌다는 사실을 알리자 제갈공명이 깜짝 놀랐다.

"나의 계책을 꿰뚫어 본 자가 있다니, 놀라운 일이다. 그가 누군가?"

곁에 있던 남안 사람이 말했다.

"그럴 만한 사람은 강유밖에 없습니다. 자는 백약이고, 모친에 대한 효성이 지극한데 문무를 겸비한 자입니다. 당대의 영걸이라 할 만한 장수입니다."

한 차례 겨룬 조자룡이 한마디 덧붙였다.

"그자의 창 쓰는 법은 보통 사람과 달랐습니다. 무예가 아주 뛰어난 자입니다."

제갈공명이 크게 한숨을 내쉬었다.

"아, 천수를 취하려 했는데 이런 뛰어난 인물이 숨어 있을 줄 미처 몰랐도다."

강유는 승전한 뒤 성으로 돌아와 태수 마준에게 말했다.

"이걸로 끝이 아닙니다. 제갈공명이 직접 군사를 끌고 올 것입니다. 제갈공명은 우리가 성안에만 있는 줄 알 테니, 군사를 네 갈래로 나눠 성안과 성 밖에 매복하는 것이 좋겠습니다. 공명이 쳐들어오면 제가 한 무리의 군사를 거느리고 성 동쪽에 있다가 치겠습니다."

마준은 강유의 계책에 따라 군사들을 배치했다.

제갈공명은 성 가까이 이르러 속전속결로 끝내리라 결심했다. 대군이 성 아래에 진격해 포위하고 보니 성 위 깃발들이 엄정해 경솔하게 공격하기 힘든 형세였다. 밤이 되기를 기다리는데 갑자기 불길이 치솟으며 함성이 울렸다. 사방이 깜깜해 적군이 어디에서 오는지도 알 수 없었다. 성 위에서는 북소리를 내며 응원하는 소리가 들렸다. 제갈공명이 황급히 후퇴하는 동안 동쪽에서 군마들이 보였다. 불빛을 안고 늘어선 모습이 마치 긴 뱀이 산허리를 감싼 듯했다. 바로 강유의 군사들이었다. 제갈공명이 감탄했다.

"군사의 많고 적음은 중요하지 않다. 어떻게 쓰느냐가 중요한데, 강유야말로 탁월한 인재로다. 진정 탐이 나는구나."

제갈공명은 강유를 자기 사람으로 만들고 싶었다. 안정 사람을 불러 알아보니 강유의 모친이 기현에 산다고 했다.

제갈공명은 위연에게 명령을 내렸다.

"그대는 가서 허장성세를 부려 기현을 취할 것처럼 행동하시오. 그러면 강유가 구출하러 올 터인데, 성으로 들어가게 내버려 두시오."

그러고 나서 다시 그곳 지리에 밝은 사람에게 물었다.

"이 지방의 요충지가 어디인지 알려 주게."

"상규가 그곳입니다. 천수의 식량과 돈과 물자가 모두 상규에 모여 있습니다. 상규를 치면 천수로 가는 군량이 끊깁니다."

그 말을 듣고 제갈공명은 조자룡에게 명을 내렸다.

"상규를 공격해 천수의 생명줄을 끊으시오."

조자룡이 떠나고 제갈공명은 천수성 밖 삼십 리쯤에 영채를 세웠다. 그러자 정탐꾼이 천수군에 상황을 보고했다.

"촉군이 셋으로 나뉘어 한 무리는 천수성을 지키고, 한 무리는 상규로 향하고, 나머지 한 무리는 기현으로 갔습니다."

기현이라는 말에 강유가 눈물을 흘리며 마준에게 말했다.

"제 어머니가 기성에 계십니다. 촉군이 그곳을 친다면 저희 어머니께서 살아날 수 없습니다. 저에게 군사를 주시면 제가 가서 기성도 구하고 노모도 구하겠습니다."

마준이 삼천 명의 군사를 주며 허락했다. 강유가 군사들을 재촉해 기현 가까이 갔을 때 위연의 군사를 만났다.

"촉군을 물리쳐라! 기성을 구해야 한다!"

강유의 명령에 군사들이 위연의 군사들과 맞부딪쳤다. 위연은 몇 차례 싸우다 말고 말머리를 돌려 후퇴했다.

"적장이 도망갑니다! 쫓아야 합니다."

"아니다! 놔둬라."

강유는 위연을 쫓지 않고 곧바로 성으로 들어가 성문을 닫아걸고 어머니를 찾았다. 어머니의 무사함을 확인한 강유는 성에서 나오지도 않고 싸우려 하지도 않았다.

이때 제갈공명은 조자룡을 상규성으로 보내 놓고 한편으로 남안군으로 사람을 보내 하후무를 데려오게 했다. 제갈공명이 하후무를 붙잡아 놓고 말했다.

"죽음이 두려우냐?"

"목숨만 살려 주십시오. 무슨 일이든 하겠습니다."

"지금 천수의 강유가 기현을 지키고 있다는 소식을 들었다. 네가 강유를 설득해 데려오겠느냐?"

하후무는 기뻤다. 살길이 생겼기 때문이다.

"반드시 설득해 데려오겠소이다."

제갈공명은 하후무에게 새 옷 한 벌과 말안장을 내주고 혼자 가라고 놓아주었다. 하후무는 촉의 영채를 나와 그대로 도망가고 싶었지만 길을 몰라 앞만 보고 달렸다. 그때 맞은편에서 마주 달려오는 몇몇 사람을 만났다. 하후무가 물었다.

"어디로 가는 자들이냐?"

"저희는 기현 사람입니다. 강유가 제갈량에게 성을 바쳐 항복한 뒤 촉장 위연이 들어와 함부로 불을 지르고 노략질을 일삼기에 상규로 도망가는 길입니다."

하후무는 생각했다.

'제갈공명이 강유를 설득하라고 했는데, 그럼 기현이 벌써 함락된 것인가?'

"그럼 천수군은 누가 지키느냐?"

"마준 태수가 지키고 있습니다."

하후무는 천수성으로 달려갔다. 도중에 만난 백성에게 다시 물었을 때도 대답은 똑같았다. 천수성에 도착해 성으로 들어가자, 마준이 깜짝 놀라 안부를 물었다.

"무사하셨군요. 어찌 오셨습니까?"

"제갈량이 조건을 걸고 나를 풀어 주었소."

하후무는 강유에 관한 일을 얘기하고, 도중에 백성들에게 들은 소문을 전했다.

"강유라는 자가 어떤 사람이오?"

"부마님, 강유는 제가 신뢰하는 자입니다. 믿고 군사를 내주었는데 이렇게 쉽게 항복할 줄은 몰랐습니다. 아마 도독을 살리려고 거짓 항복한 듯합니다."

그러자 하후무가 반박했다.

"이미 항복했다고 여러 곳에서 얘기를 들었는데 무슨 헛소리를 하는 것이오? 나를 살리다니?"

"인품으로 봐서 강유는 그럴 사람이 아닙니다."

천수성에서 갑론을박할 때 횃불을 든 촉군이 몰려왔다. 그런데 놀랍게도 불빛에 비친 강유가 창을 든 채 외치는 것이 아닌가.

"하후 도독은 어디 계시오? 나는 도독을 위해 항복했소. 그런데 어찌하여 약속을 어기시오?"

기가 막힌 하후무가 성 아래를 내려다보며 소리쳤다.

"너는 위나라의 은혜가 태산보다 높을 텐데 어찌하여 촉에 항복했느냐? 나는 너와 약속한 것이 없다. 무슨 약속을 말하는 것이냐?"

"도독이 내게 항복하라는 서신을 보내지 않았소. 그래 놓고 이제 와서 본인의 용맹을 지킨답시고 남을 모함하는 것이오? 나는 이미 항복해 촉의 장수가 되었으니 돌아갈 수도 없소."

말을 마친 강유는 군사들을 몰아쳐 밤새도록 성을 공격했다. 그러다 해가 뜨자 물러갔다.

"저자가 어쩌면 저렇게 태도를 완전히 바꿨단 말이냐?"

밤새 분전하느라 잠도 제대로 못 잔 하후무와 마준이 분을 삭이지 못하고 씩씩거렸다.

이때 제갈공명은 기성을 포위했다. 성안에서는 양식이 떨어져 군사들이 끼니조차 잇지 못했다. 멀리서 촉군이 군량과 마초를 위연의 영채로 나르는 것을 보고 강유가 말했다.

"저걸 빼앗으러 가자!"

삼천 명의 군사를 이끌고 성을 나간 강유가 군량을 뺏으려고 싸움을 벌였다. 촉군은 강유의 군사들이 다가오자 군량을 버리고 도망쳤다. 강유가 손쉽게 군량을 빼앗아 성으로 돌아오는데, 갑자기 날쌘 군사들이 앞을 가로막았다. 바로 장익의 군사들이었다.

"남의 군량을 훔쳐 어디로 가는 게냐?"

"길을 비켜라! 안 그러면 죽음뿐이다."

강유와 장익이 맞서 싸운 지 얼마 되지 않아 왕평도 가세했다. 강유가 못 버티고 길을 뚫어 성을 향해 달렸으나 때가 늦고 말았다. 성에 이미 촉의 깃발들이 꽂혀 있었다. 군량을 뺏느라 성을 비운 사이에 위연에게 쉽사리 점령당한 것이다.

"아, 이럴 수가!"

뒤통수를 맞은 강유는 겨우 길을 뚫어 천수성을 향해 내달렸다. 십여 기의 군사만이 그의 뒤를 따랐는데 도중에 촉장 장포를 만났다.

"강유야, 게 서라!"

장포의 군사들과 한판 싸움을 벌이고 나자, 어느새 따르는 군사 하나 없는 혼자 몸이 되었다. 천신만고 끝에 강유가 천수성 밑에 가서 외쳤다.

"문을 여시오! 나는 강유요!"

군사들이 강유를 알아보고 태수에게 알리자 마준이 말했다.

"저자가 진작 촉에 귀순해 놓고 이제 와서 나를 속이려 하다니 괘씸하구나. 활을 쏘아라!"

마준의 명에 따라 군사들이 화살을 날렸다. 강유는 당황했다. 하지만 뒤에서 촉군이 쫓아와 말머리를 돌리지 않을 수 없었다. 가까스로 상규성에 도착하자 양건이 성 위에서 내려다보며 욕설을 퍼부었다.

"네놈은 나라를 배반한 역적 아니더냐? 네놈이 촉에 항복한 사실을 다 알고 있다."

양건도 역시 화살을 날렸다.

'아, 내가 무슨 배신을 했단 말인가?'

강유는 영문도 모른 채 탄식하다 말머리를 돌렸다.

강유는 장안성을 향해 달렸다. 얼마 지나지 않아 수천 군사가 길을 가로막았다. 촉장 관흥이었다. 포위당한 강유는 지칠 대로 지쳐 싸울 엄두도 못 냈다. 그때 수레 한 대가 산모퉁이를 돌아 나왔다. 윤건에 학창의를 입고 깃털부채를 든 제갈공명이었다.

"백약(강유의 자)은 왜 항복하지 않는가?"

강유는 빠져나갈 길이 없었다. 그리고 노모가 살아 있기에 자결할 수도 없었다.

"항복하겠소."

강유가 말에서 내려 땅에 엎드렸다. 그러자 제갈공명이 수레에서 내려 강유를 일으켰다.

"일어나시오. 내가 초려에서 나온 뒤 현자를 구해 평생 배운 것을 전해 주려 했는데 아직까지 사람을 못 얻었소. 그래서 걱정하던 차에 그대를 만나게 되었구려. 나는 소원을 이루었소."

강유가 감격해 엎드려 절하며 사례했다. 자고로 군자라면 먼저 인재를 찾는 데 노고를 아끼지 않지만, 일단 찾은 후에는 그 사람에게 일을 맡기고 자기 자신은 편안하게 즐기는 법이다. 이것이 인재를 대하는 요령이었다. 제갈공명도 그 길을 가려 하고 있었다.

"감사합니다! 부족한 저를 높이 봐 주셔서."

제갈공명은 강유와 함께 영채로 돌아와 천수군과 상규군을 취할 계책을 의논했다.

"그대와 비슷하게 생긴 자를 그대인 양 변장하여 하후무와 마준을 속였소. 그 전략으로 그대가 나의 사람이 된 것이오."

그러자 강유가 말했다.

"천수성에 있는 양서와 윤상은 저와 친분이 두텁습니다. 그들에게 연락을 취하면 내분이 일어날 테니 앉아서 성을 얻을 수 있습니다."

"좋은 계책이오."

그에 따라 두 통의 밀서를 화살에 매어 성안으로 쏘아 보냈다. 성안 군사가 강유의 밀서를 마준에게 바쳤다. 밀서를 읽은 마준은 의심이 들어 하후무와 의논했다.

"아무래도 강유와 친분이 두터운 양서와 윤상이 강유와 내통하는 듯합니다. 어찌해야 할까요?"

하후무가 잘라 말했다.

"둘 다 죽여 후환을 없앱시다!"

윤상이 낌새를 눈치채고 곧장 양서를 찾아갔다.

"하후무에게 개죽음을 당하느니, 차라리 촉에 성을 바치고 항복해 크게 쓰이는 게 낫겠소."

그날 밤, 하후무는 여러 차례 사람을 보내 두 사람을 불렀다. 양서와 윤상은 사태가 급박함을 깨달았다.

"들어가면 우리는 죽은 목숨이오."

"이러고 있을 시간이 없소이다."

두 사람은 갑옷과 투구를 갖춰 입고 성문을 열었다. 열린 성문으로 촉군이 물밀듯 밀려 들어왔다. 사태를 파악한 하후무와 마준은 수백 명의 군사를 거느리고 서문으로 도망쳤다.

양서와 윤상은 제갈공명을 맞아들였다. 제갈공명은 성안 백성들을 위무하고 두 사람에게 물었다.

"상규를 취할 계책을 알려 주시오."

양서가 말했다.

"상규는 저의 친동생 양건이 지키고 있습니다. 제가 가서 항복하도록 타이르겠습니다."

제갈공명은 그대로 실행하게 했다. 결국 양서가 양건을 설득해 성문을 열고 제갈공명을 맞아들였다. 제갈공명은 양서에게 상을 내린 다음 천수 태수로 삼았다. 그리고 윤상을 기성 현령, 양건을 상규 현령으로 삼았다.

군마를 정비해 떠나려 할 때 장수들이 말했다.

"하후무를 왜 사로잡으려고 하지 않으십니까?"

"하하하, 하후무를 놓아준 것은 오리 한 마리 놓아 보낸 것이나 마찬가지요. 나는 강유를 얻었소. 한 마리 봉황을 얻었는데 무엇을 아쉬워하겠소?"

그 말을 들은 강유가 감격해 몸 둘 바를 몰랐다.

제갈공명이 천수와 기성, 상규 등의 성을 얻으니 그 명성이 하루가 다르게 높아 갔다. 주변의 성주들은 풍문만 듣고도 항복했다. 제갈공명은 한중의 군사들을 정비해 기산을 거쳐 위수 서쪽에 다다랐다.

여러 차례에 걸쳐 이루어진 제갈공명의 북벌 경로

7
돌아온 사마의

위주 조예는 부마 하후무가 세 개의 성을 잃고 강인들에게 도망쳤으며, 촉군이 기산을 지나 위수 부근까지 진군했다는 소식을 듣고 신하들에게 물었다.

"누가 짐을 위해 촉군을 물리치겠느냐?"

사도 왕랑이 아뢰었다.

"선제께서는 항상 대장군 조진†을 아껴 쓰셨습니다. 그를 대도독으로 삼아 촉군을 물리치십시오."

조예가 그의 말대로 조진을 불렀다.

"촉군이 중원을 침범했는데 그대는 어찌 가만있는 게요?"

"신은 늙고 재주가 적으며 지혜도 부족하옵니다."

조진이 몸을 사리는데도 조예가 거듭 출전을 명했다. 게다가 조정 대신들도 나서라고 권하자 조진은 어쩔 수 없이 수락했다.

"큰 은혜를 입은 신이 어찌 감히 사양하겠습니까? 부장으로 곽회†를 데려가겠습니다."

이때 곽회의 벼슬은 사정후이며 옹주 자사였다. 조예는 조진을 대도독으로 삼고 곽회를 부도독, 왕랑을 군사로 삼았다. 왕랑은 그때 나이가 당시로서는 기록적인 일흔여섯이었다.

조예는 동쪽과 서쪽의 두 수도인 낙양과 장안에서 선발한 군사 이십만 명을 조진에게 통솔케 했다. 조진은 대군을 이끌고 장안에 도착해 위수 서쪽에 진을 쳤다. 이어 왕랑, 곽회와 함께 적을 물리칠 계책을 상의했다.

왕랑이 나섰다.

"내가 직접 담판을 지어 제갈량이 스스로 물러나도록 하겠소이다."

다음 날 촉군과 위군이 기산 앞에서 맞섰다.

조진은 위나라의 대장이고 조조에게는 집안 조카뻘 되는 사람이야. 조조가 죽은 뒤에도 충성을 다해 조예를 보좌하면서 대장군 지위에 올랐지. 제갈공명의 1차 북벌 때 위의 대도독이 되어 대군을 이끌고 나가는데 여러 차례 제갈공명의 지략에 농락당하고 말아.

정사에는 곽회가 조진의 부도독을 맡은 기록이 없어. 또《삼국지연의》에는 곽회가 나중에 강유의 화살에 맞아 죽는 것으로 나오지만 정사에는 훨씬 일찍 죽은 걸로 나와. 아마 이야기를 재미있게 전개하려고 연도를 무시하고 꾸민 것 같아.

위군의 기세는 웅장하고 위엄이 있었다. 위세를 돋우는 북소리와 함성이 멎자 왕랑이 말을 타고 나왔다.

"적장은 나와서 나와 대화를 나누자."

촉군의 문이 열리고 장수들이 먼저 나온 뒤 중앙에 한 채의 사륜거가 나타났다. 그 위에 윤건을 쓰고 깃털부채를 손에 든 제갈공명이 흰 도포에 검은 띠를 두르고 자리를 잡았다. 제갈공명은 위군의 군사인 왕랑을 논리로 꺾으리라 결심했다.

"소장은 왕랑이라 하오."

왕랑이 말을 몰고 앞으로 나서서 예를 갖추자, 제갈공명도 두 손을 맞잡고 응대했다.

"이몸은 촉의 제갈량이오."

"공의 이름을 들은 지 오래됐지만 만나 뵙지 못했소. 이제라도 뵙게 되어 다행이오. 공께서는 이미 하늘의 뜻을 알고 시대의 책무에 밝은 몸일 텐데, 어찌하여 명분 없이 군사를 일으키셨소?"

"황제의 뜻을 받들어 역적을 치는데 어찌 명분이 없다는 말씀이오? 명분은 차고도 넘칩니다."

"하늘의 뜻은 바뀌고 제위도 변하기 마련이라서 덕이 있는 사람에게 돌아가는 것이 당연한 이치입니다. 지난날 나라가 어지러울 때 우리 태조 무황제(조조)께서 세상 천하를 평정하셨습니다. 그로 인해 만백성이 공경하고, 모든 사람이 덕을 우러러 찬양하지 않은 바가 없습니다. 이것이야말로 권세를 취한 것이 아니라 하늘의 뜻에 따라 명을 받들었다는 증좌입니다. 게다가 문황제(조비)께서는 문무에 통달하신 분으로 대통을 이어받았습니다. 이 역시 하늘의 뜻을 따르고 사람의 마음에 합당한 처사라 하지 않을 수 없습니다."

"……"

제갈공명은 말없이 듣기만 했다. 자신의 말이 먹힌다고 생각한 왕랑이 목소리를 높여 떠들었다.

"귀공께서는 스스로 관중과 악의에 비하시면서 어찌 천리를 거역하십니까? 공께서는 하늘에 순종하는 자는 흥하고 거역하는 자는 망한다는 옛말을 들어 보셨겠지요? 우리 위나라는 군사가 백만 명이요, 장수가 천여 명입니다. 그런데 어찌 감히 수레바퀴를 상대하는 사마귀가 되려 하십니까? 이제라도 갑옷을 버리고 항복한다면 갖고 있는 지위를 잃지 않고 백성과 나라도 안락할 것이니, 이보다 아름다운 일이 어디 있겠소이까?"

왕랑은 논리적으로 제갈공명을 설득했다. 다 듣고 난 제갈공명이 크게 웃었다.

"하하하, 그대는 한나라의 원로대신이라 들었소. 무슨 대단한 고견이라도 있나 싶었는데, 지금 듣고 보니 참으로 비루한 이야기만 늘어놓는구려."

"어찌하여 내 말을 비루하다 하시오?"

"내 말을 들어 보시오. 지난날 환제와 영제 때 한나라 법통이 흐려졌소. 환관 무리가 재앙을 일으켰고, 나라가 어지러워 해마다 흉년이 들지 않았소? 게다가 황건적까지 난리를 일으켜 동탁이라든지 이각, 곽사 등이 연이어 황제를 핍박했소. 이때 조정에는 썩은 나무토막 같은 관리들에 금수 같은 자들이 녹을 받아먹으며 개 같은 무리들이 조정의 정사를 좌우했소. 게다가 아첨이나 일삼는 자들이 권력을 잡으니 사직은 폐허가 되고 창생은 도탄에 빠지지 않았소이까?"

"……"

이번에는 왕랑이 말이 없었다. 그 말이 사실이었기 때문이다.

"나는 너의 소행을 진작부터 알고 있었다!"

제갈공명이 갑자기 해라를 했다.

"대대로 동해 가까이 살다가 효렴으로 벼슬에 들었으면 임금을 받들고 나랏일을 도와야 할 것 아니냐? 한나라를 평안하게 하고 유씨를 일으켜야 마땅하거늘 오히려 역적을 도와 분수에 넘치는 군주의 자리를 도모했다. 그 죄가 얼마나 깊고 큰지 네놈이 정녕 모른단 말이냐? 다행히 천하의 뜻이 바로잡혀 한나라의 적통을 이은 선주께서 뜻을 높이 세우셨다. 그리고 내 이제 후주의 뜻을 받들어 군사를 일으켜 도둑을 치려 하는 것이다. 너는 아첨이나 일삼는 신하로서 부끄러운 줄 알고 머리를 숙이고 몸을 숨겨야 하거늘 감히 황제의 군사 앞에 나타나 망령되이 하늘의 뜻을 말하는 것이냐? 이 머리 허연 필부 도적놈아! 네가 머지않아 황천을 갈 터인데 무슨 수로 황천에 계신 스물네 분의 역대 황제들을 뵈려 하는 것이냐? 늙은 도적은 속히 물러가고, 역적의 무리를 내보내 나와 승부를 겨루게 하라!"

노도와도 같은 제갈공명의 말에 왕랑은 기가 막히고 숨이 차올랐다. 말 한마디 한마디가 그의 폐부를 깊숙이 찔렀다.

"아아악!"

무어라 말도 못 하고 수십만 대군 앞에서 망신을 당한 왕랑은 그 자리에서 비명을 지르며 말에서 떨어져 즉사했다. 이를 보고 사람들은 얘기했다. 제갈공명은 군사를 이끌고 나가 만인을 대적할 뿐만 아니라 세치 혀로 늙은 간신을 꾸짖어 죽게 만들었다고.

　제갈공명은 깃털부채를 들어 조진을 가리키며 꾸짖었다.

　"너를 당장 공격하진 않겠다. 군마를 정돈해 내일 나와서 결전하라!"

　기선을 제압했다고 생각한 제갈공명은 수레를 돌려 물러났다. 조진은 왕랑의 시체를 거두어 장안으로 보냈다.

　곽회가 나서서 계책을 물었다.

　"공명은 분명 오늘 우리가 왕랑의 초상을 치를 거라고 예측해 영채를 습격할 것입니다."

　조진이 걱정스러운 얼굴로 말했다.

　"그에 대한 대책은 무엇인가?"

　"군사를 네 방면으로 나누십시오. 두 방면의 군사들은 산골짜기로 해서 비어 있는 촉의 영채를 급습하고, 나머지 두 방면의 군사들은 본채 밖에 매복했다가 적이 우리 본채를 칠 때 좌우에서 협공하면 됩니다."

　"그거 좋은 생각이오."

　조진은 당장 조준과 주찬을 불러 각각 군사 일만 명을 이끌고 기산 뒤쪽에 매복하라 일렀다. 그러고 나서 곽회에게 말했다.

　"우리 둘은 군사를 둘로 나누어 영채 밖에 매복합시다. 영채 안에는 장작과 마른풀을 잔뜩 쌓아 놓고, 촉군이 들어오면 불을 질러 불바다를 만듭시다."

계략에 따라 장수들은 좌우로 나뉘어 흩어졌다.

이때 제갈공명 또한 조자룡과 위연을 불러 명령을 내렸다. 각자 군사를 이끌고 위의 영채를 공격하라는 명령이었다. 위연이 걱정되는지 조심스레 의견을 냈다.

"조진은 병법에 밝습니다. 우리가 쳐들어올 줄 알고 미리 방비하지 않겠습니까?"

"하하, 위 장군 말이 맞소! 그래서 우리가 기습하러 간다는 걸 저자들에게 보여주어야 하오. 저자들은 분명히 우리가 영채를 비웠을 거라 생각하고 군사들이 나가면 영채를 덮칠 것이오. 두 분 장군은 영채를 나가 위군을 유인한 뒤 산 뒤쪽 멀리 떨어진 곳에 진을 치시오. 위군이 공격해 오면 그때 위 장군이 산의 입구를 막고, 조 장군은 군사를 이끌고 돌아오시오. 오는 길에 위군을 만나더라도 달아날 길을 열어 주었다가 승세를 타서 추격하면 적들은 당황해 자기들끼리 죽고 죽일 것이니, 승리는 우리 것이오."

명을 받은 두 장수가 떠났다. 제갈공명은 이어 관흥과 장포를 불러 지시했다.

"그대들은 각자 군사를 이끌고 기산의 요로에 매복하라. 위군이 우리를 치러 나오거든 그대로 놓아 보내고, 위군이 온 길로 해서 위의 영채를 습격하면 된다."

관흥과 장포를 보낸 뒤, 제갈공명은 마대와 왕평, 장익, 장의를 불러 영채 밖 곳곳에 매복하라고 일렀다. 또한 불을 질러 신호를 보낼 수 있게 빈 영채를 만들어 장작과 마른풀을 잔뜩 쌓아 올리게 했다. 그리고 영채 뒤로 물러나 적군이 오기를 기다렸다. 전쟁이란 어찌 보면 속임수로 시작해 속임수로 끝난다. 나라가 백성을 기만해 전리품을 주고 영토를 확장한다는 명목으로 군사를 모집하는 것이고, 전투에 임해서는 처음부터 끝까지 적을 속여야 승리할 기회를 잡는 법이다.

위의 선봉인 조준과 주찬은 해 질 무렵 영채를 떠나 촉의 진지로 나아갔다. 멀리서 촉의 영채를 유심히 살펴보니 어둠 속에서도 촉군의 움직임이 느껴졌다.

"우리 영채를 기습하러 가는 게 분명하다."

"맞소. 우리가 여기 온 건 꿈에도 모를 것이오."

조준과 주찬은 곽 부도독의 계략이 맞았음을 기뻐하며 군사들을 거느리고 앞으로 나아갔다. 위군이 촉의 영채에 다다랐을 때는 깊은 밤이었다. 조준이 앞장서서 쳐들어갔다.

"촉군을 짓밟아라!"

위군이 함성을 지르며 영채 안으로 돌격해 들어갔다. 그러나 영채 안이 텅 비어 군사들 그림자조차 보이지 않았다.

"아뿔싸, 함정이다! 퇴각하라!"

적의 계교에 빠져 급히 군사를 물릴 때 쌓아 둔 장작과 풀 더미에서 불길이 솟았다. 그 순간에 주찬의 군사가 들이닥쳤다. 위군은 상대방을 서로 적군인 줄 알고 치고받아 많은 사상자를 냈다.

"멈춰라! 모두 우리 군사들이다!"

군사를 수습해 후퇴하려는데 왕평과 마대, 장익과 장의가 여기저기서 들이닥쳤다.

"역적들은 어디 가지 말고 게 서라!"

조준과 주찬은 어마지두에 도망치느라 백여 기만 이끌고 대로로 내달렸다. 그때 한 떼의 군사들이 쏟아져 나와 앞을 가로막았다. 선봉에 선 장수가 상산 조자룡이었다.

"적장은 이리 와서 목을 내밀어라! 어딜 도망치는 게냐?"

조준과 주찬은 궁지에 몰린 쥐새끼마냥 죽기 살기로 빠져나갔다. 그러자 이번에는 위연의 군사들이 달려들었다. 대다수 병력을 잃고 대패한 조준과 주찬은 겨우 목숨을 건져 본채로 돌아갔다.

이때 본채를 지키던 위의 군사들은 어둠 속에서 한 떼의 군사들이 달려오는 소리를 듣고 촉군이라 지레짐작해 불을 놓았다. 비어 있던 영채에서 불길이 치솟자 기다리던 조진과 곽회가 좌우에서 들이닥쳐 또다시 처절한 싸움을 벌였다.

위군이 자기편끼리 죽고 죽이는 아수라장을 연출할 때 촉군은 세 방면에서 본격적인 기습을 감행했다. 중앙에서 위연이 앞장섰고, 왼쪽에서 관흥, 오른쪽에서 장포가 숨통을 조여 왔다. 밤새 들판에서 피비린내 나는 살육전이 벌어졌다.

날이 밝았다. 결과는 촉군의 대승이었다. 위군은 대패해 십 리 밖으로 물러났다. 조진과 곽회는 패군을 수습했다.

조진이 분통을 터뜨렸다.

"아, 형세는 불리하고 촉군 세력은 너무 크구나. 어떻게 적을 물리친단 말인가?"

곽회가 그를 위로했다.

"장군, 이기고 지는 것은 병가지상사입니다. 너무 걱정하지 마십시오. 제게 한 가지 계책이 있습니다."

"무슨 계책인가?"

"촉군의 앞뒤가 연결되지 못하게 하면 스스로 물러갈 것입니다."

"자세히 말해 보시오."

"서강 사람들은 오래전부터 위에 조공을 바쳐 왔습니다. 문황제께서도 그들을 은혜로이 대해 주셨지요. 지금 우리가 싸움을 계속하면서 구원을 청하면 서강 군사들이 반드시 우리를 도울 것입니다. 그들이 군사를 일으켜 촉군의 배후를 공격할 때 우리가 대군을 일으켜 앞뒤로 협공하면 승리할 수 있습니다."

"지금은 그 방법밖에 쓸 수가 없구려."

조진은 곽회의 계략에 따라 서강으로 사람을 보냈다.

서강의 국왕 철리길 밑에는 문관 아단 승상과 무관 월길 원수가 있었다. 위의 사자가 금은보화를 가지고 서강에 도착해 아단에게 예물을 바치고 구원의 뜻을 전했다. 아단이 국왕에게 안내해 서신과 예물을 바치자 국왕 철리길은 서신을 읽은 뒤 신하들과 상의했다.

아단이 먼저 나섰다.

"조 도독이 구원을 요청한다 하니 윤허해 주십시오."

"그간의 의리를 생각하면 그래야지."

철리길은 당장 아단과 월길에게 명해 강병 십오만을 일으켰다. 이들은 대개 쇠뇌와 창칼을 잘 다루었다. 게다가 이들에게는 특별한 무기가 있었다. 바로 전차의 일종인 철거였다. 수레에 온통 못을 박아 날카롭게 꾸민 것으로, 양식은 물론 무기와 군대에 필요한 물품들을 잔뜩 싣고 낙타나 노새가 끌게 했다. 이 수레를 이끄는 군대를 철거병이라 불렀다.

그 소식이 알려지자 제갈공명은 강병을 물리칠 장수를 물색했다.

"누가 가서 강병을 물리칠 것인가?"

장포와 관흥이 동시에 대답했다.

"저희를 보내 주십시오."

"그대들이 가는 것도 좋지만 길을 잘 모르니 어찌하면 좋을지 모르겠다."

제갈공명은 마대를 불렀다.

"그대는 일찍이 강인들과 잘 어울려 지냈고, 그들의 성질을 잘 아니까 함께 가서 길을 안내하시오."

명에 따라 정예병 오만 명이 관흥과 장포의 뒤를 따랐다. 그들은 출발한 지 얼마 되지 않아 월길의 군사들과 맞닥뜨렸다. 강병들은 철거를 길게 연결해 영채를 세우고 철거 위에 무기를 두루 배치해 놓았다. 마치 단단한 성곽을 이어 놓은 것 같았다. 관흥은 쉽사리 공략할 방안이 떠오르지 않았다. 영채로 돌아와 의견을 구하자 마대가 말했다.

"내일 일단 부딪쳐 보고 허실을 살핀 뒤 계책을 마련하는 게 좋겠소."

"그렇게 합시다."

다음 날 촉의 군사들은 셋으로 나눠 중군은 관흥, 좌군은 장포, 우군은 마대가 이끌며 일제히 진격했다. 강군은 원수 월길이 보석 박은 활을 들고 용감하게 앞장서서 말을 타고 나아갔다. 촉군은 명령에 따라 일제히 적의 영채를 향해 진군했다.

그 순간 놀라운 장면이 연출되었다. 강병이 양쪽으로 갈라서더니 철거가 파도처럼 몰려오는 것이 아닌가! 동시에 화살이 빗발치듯 날아와 관흥의 군사들이 제대로 싸우지도 못한 채 대오가 흩어졌다. 뒤따르던 마대와 장포의 군사들은 이를 보고 후퇴했지만 관흥의 군사들은 강병에게 포위당해 서북쪽으로 밀려났다. 아무리 포위망을 뚫으려 해도 철거가 워낙 강해 뚫고 나갈 수가 없었다. 관흥이 간신히 포위망을 뚫고 산골짜기로 도망쳤지만 강병의 추격은 날카로웠다. 끝까지 쫓아온 장수가 관흥에게 외쳤다.

"꼼짝 마라! 내가 바로 월길이다!"

월길은 집요하게 쫓아왔다. 관흥은 죽을힘을 다해 말을 채찍질하며 도망쳤다. 그런데 어쩌다 보니 앞쪽이 길이 끊어진 낭떠러지가 아닌가. 어쩔 수 없이 월길과 맞서야 할 운명이었다. 하지만 관흥은 싸우기보다 계곡을 뛰어넘기로 작정했다. 있는 힘을 다해 말에 탄력을 붙이는데 뒤쫓아 온 월길이 휘두른 철퇴가 말의 넓적다리를 가격했다. 그 바람에 말이 제대로 힘을 주지 못해 계곡을 뛰어넘지 못하고 아래로 곤두박질쳤다. 동시에 관흥이 계곡 물속으로 처박혔다. 뒤이어 월길 또한 달려오는 탄력을 이기지 못하고 말과 함께 계곡으로 떨어졌다.

"아아아!"

다행히 몸이 상하지 않은 관흥이 물에서 떠올라 살펴보니 월길이 허우적거리고 있었다. 언덕 위에서는 한 장수가 날쌔게 칼을 휘둘러 강병들이 지푸라기처럼 쓰러지는 모습이 보였다. 관흥이 힘을 얻어 손에 쥔 칼로 월길을 내리쳤다. 하지만 월길은 잽싸게 몸을 피하더니 물 밖으로 나갔다. 관흥이 월길의 말을 끌고 나와 언덕을 살펴보니 장수가 여전히 강병을 낙엽 떨구듯 베는 것이 아닌가. 관흥이 고맙다는 말을 전하려고 언덕 위로 달려갔다.

"그대는 뉘시기에 이리 도와주는 것이오?"

강병들이 흩어지고 장수가 모습을 드러냈다. 얼굴은 붉은 대춧빛에 누에 눈썹, 긴 수염, 녹색 전포, 황금 갑옷에 청룡도를 든 그는 다름 아닌 관우였다. 관흥은 기절할 듯 놀랐다.

"아, 아버님!"

관우가 손으로 동남쪽을 가리켰다.

"아들아, 이 길로 가거라! 내가 너를 보호해 영채로 돌아가게 해주겠 노라!"

말을 마친 관우는 사라졌다. 관흥은 젖 먹던 힘을 짜내 동남쪽으로 말을 달려 한밤중에야 한 떼의 군사들을 만날 수 있었다. 장포의 군사들 이었다. 장포가 관흥을 보고 반갑게 물었다.

"혹시 둘째 백부님을 못 뵈었느냐?"

"형님이 어찌 아시오?"

"아하, 너도 뵈었구나. 내가 철거에 쫓길 때 백부님께서 공중에서 내 려와 강병들을 물리치신 뒤 말씀하셨다. '너는 가서 내 아들을 구해라.' 그래서 이 길로 달려가는 길이었다."

두 장수는 관우의 혼령이 구해 주었다는 사실을 알고 기이함을 느끼 며 영채로 돌아왔다.

"무사히 돌아와 다행이오!"

마대가 기쁘게 두 장수를 맞이했다. 하지만 기쁨도 잠시, 그들은 첫 싸움에서 크게 패배해 대책을 세워야 했다. 힘으로 적을 꺾을 수 없다는 것이 판명된 것이다.

"우리 힘으로는 안 되겠소. 승상께 가서 계책을 세워 옵시다."

그들은 밤새 말을 달려 제갈공명에게 보고했다. 제갈공명은 조자룡과 위연에게 군사를 거느리고 매복하라 이른 뒤 직접 마대가 지키는 영채에 도착했다. 철거가 빈틈없이 이어진 모습을 살펴보고 제갈공명이 대수롭지 않게 말했다.

"깨기가 어렵지는 않겠구나."

제갈공명은 마대와 장익을 불러 계책을 말한 뒤 강유를 불러 물었다.

"백약은 적을 깨칠 전법을 아는가?"

"강인은 힘만 믿고 날뛰는 자들입니다. 제가 어찌 승상의 묘책을 알겠습니까?"

말을 하고 난 강유가 염화미소†를 지었다. 그 말에 이미 해결책이 있다는 뜻이었다. 강유가 제갈공명의 의견을 겸손하게 기다렸다.

"하하하, 그대가 내 마음을 아는구나. 지금

'염화미소'는 불교에서 나온 말이야. 범왕이 영산에 와서 석가모니께 바라화를 바치고 중생들을 위한 설법을 청했어. 그러자 석가모니가 단에 올라가 말없이 꽃을 들어 보였어. 대중들 가운데 여기에 응대하는 자가 없었는데, 유독 마하가섭이 뜻을 알고 환하게 웃었어. 그러자 석가모니가 말했지. "나의 정법안장 열반묘심 실상무상을 마하가섭에게 전하노라."
여기서 유래해, 말로 통하지 않고 마음에서 마음으로 전하는 일이란 뜻으로 쓰는 말이야.

검붉은 구름이 몰려오고 바람이 찬 걸 보니 곧 눈이 내릴 것이다. 그리되면 내 계책을 쓸 만할 것이다."

제갈공명이 관흥과 장포에게 군사를 이끌고 가 매복하라 이른 뒤 강유에게 나가 싸우라고 명했다.

"철거병이 오거든 거짓으로 싸우는 척하다가 퇴각하라. 영채 어귀에는 깃발만 꽂아 두고 군마는 두지 않는 게 좋을 것이야."

"알겠습니다!"

때는 바야흐로 동장군이 기승을 부리는 십이월 하순이었다. 예상대로 하늘이 흐려지더니 이윽고 눈이 내렸다. 강유가 군사를 이끌고 나가자 월길은 기다렸다는 듯 철거병을 끌고 나왔다. 철거병을 본 강유가 재빨리 말머리를 돌려 달아났다.

"촉군을 쫓아라!"

강병이 촉군 영채까지 쫓아오자 강유는 영채마저 버리고 도망쳤다. 강병은 영채를 점령한 뒤 구석구석 살폈다. 하지만 아무것도 없이 텅 비어 있었다. 그때 느닷없이 북소리와 거문고 소리가 사방에서 은은하게 울렸다. 강병들은 의심이 들어 급히 돌아가 월길에게 이런 사실을 알렸다. 월길은 적의 계략이 있다는 생각에 함부로 나서지 않았다. 이때 승상 아단이 한마디 했다.

"원수께서 뭘 그리 두려워하시오? 적이 잔꾀를 부리는 것일 뿐이오. 눈속임이니까 당장 공격하시오!"

아단의 말에 따라 월길이 군사를 이끌고 촉의 영채에 도착했다. 그 순간 제갈공명이 거문고를 연주하다가 수레에 올라 영채 뒤로 도망가는 모습이 보였다.

"저자를 잡아라!"

제갈공명이 직접 미끼가 된 것이다. 강병들이 제갈공명을 잡으려고 뒷산 어귀까지 쫓아갔다. 하지만 공명의 수레는 점점 더 멀어져만 갔다.

월길이 다시 머뭇거리자 아단이 말했다.

"촉군이 매복했다 해도 우리는 강한 군사들이오. 두려워 말고 쫓아갑시다!"

월길은 강병을 이끌고 눈보라 속을 분주히 내달렸다. 눈은 쉬지 않고 내려 쌓였다. 쌓인 눈 때문에 산길 저 멀리까지 평탄한 길처럼 보였다. 한 병사가 산 뒤쪽에서 촉군이 나타났다고 보고했지만 아단은 퉁명스럽게 무시했다.

"그까짓 복병 따위를 두려워하지 마라. 제갈공명만 잡으면 승리는 우리 것이다!"

월길은 눈보라 속에 군사들을 독려했다.

"강병이여, 승리가 눈앞에 있다. 공명을 쫓아라!"

그 순간 땅이 꺼지고 산이 울리는 굉음이 나는가 싶더니 맹렬한 기세로 쫓아가던 강병들이 한꺼번에 함정에 빠졌다. 따라오던 철거들도 제때 멈추지 못해 앞쪽 철거들을 따라 함정으로 빠져들었다. 순식간에 함정 안에 지옥도가 펼쳐졌다.

"후퇴하라!"

월길의 후군이 퇴각할 때 비로소 관흥과 장포가 기습적으로 화살을 쏘아 댔다. 뒤에서 장익과 강유, 마대의 부대까지 덮치자 철거병은 속수

무책으로 무너져 혼란에 빠졌다. 월길은 뒤쪽 산골짜기로 도망가다 관흥을 만났다. 관흥이 소리쳤다.

"네 이놈, 기다려라! 저번 싸움의 끝을 보자!"

도망치던 월길은 관흥의 칼을 피하려다 말 아래로 떨어졌다. 아단은 마대에게 사로잡히고, 강병들은 뿔뿔이 흩어져 숨기에 바빴다.

싸움은 촉군의 대승으로 끝났다. 마대가 아단을 끌고 나오자, 제갈공명이 즉시 결박을 풀어 주었다. 그리고 술을 주어 진정시킨 뒤 위로했다. 아단이 감동하자 제갈공명이 말했다.

"나의 주인은 대한의 황제이시다. 나는 황제의 명을 받아 역적을 토벌하러 왔는데 너는 오히려 역적을 돕고 있구나. 네 주인에게 돌아가라. 우리는 너희와 이웃해 있기 때문에 길이 우호 관계를 맺고자 한다. 부디 역적을 돕는 도적이라는 말은 듣지 않도록 해라."

제갈공명은 생포한 강병들을 돌려보내고 온갖 병장기까지 내주었다. 영락없이 죽을 줄 알았던 강병들은 제갈공명의 너그러운 처사에 감동해 돈수백배하고 돌아갔다.

조진은 서강의 소식을 애타게 기다렸다. 그때 촉군이 영채를 거두어 떠났다는 소식이 들어왔다. 곽회가 기뻐하며 말했다.

"이는 강병의 공격을 견디지 못하고 퇴각한 것입니다. 도독, 즉시 공격하십시오."

위군은 군사를 두 길로 나누어 퇴각하는 촉군을 추격했다. 가는 곳마다 촉군이 어지러이 도망친 흔적이 남아 있었다.

"서둘러라! 적이 당황한 게 분명하다."

조준이 촉군의 목을 움켜쥐겠다고 황급히 쫓을 때 예상치 않게 복병이 나타났다. 선두에 선 장수는 위연이었다.

"역적 놈아, 거기 서라!"

조준이 위연과 맞상대했지만 역부족이었다. 삼 합도 못 버티고 위연의 칼에 쓰러졌다. 부선봉인 주찬도 조자룡의 창에 찔려 숨을 거두었다. 창졸간에 선봉장 둘을 잃은 조진과 곽회는 군사를 수습해 떠나려 했다. 하지만 이미 때는 늦었다. 함성이 이는 동시에 북소리, 뿔피리 소리와 함께 두 방면에서 쳐들어온 관흥과 장포의 군사들에게 포위되고 만 것이다. 정신없이 당하던 조진과 곽회는 패잔병을 이끌고 길을 뚫어 도망쳤다. 촉군은 완승을 거두고, 내친 김에 위수까지 쳐들어가 위의 영채까지 차지했다.

조진은 슬퍼하며 조정에 표문을 올렸다. 구원병을 청하는 표문이었다.

소식이 알려지자 조예는 물론 신하들도 깜짝 놀랐다. 화흠이 나서서 말했다.

"아무래도 폐하께서 나서셔야 할 것 같습니다. 제후들을 크게 모으십시오. 그래야 모두 목숨 걸고 싸울 것입니다. 안 그러면 장안은 물론 관중까지 위태로워집니다."

태부 종요가 말했다.

"장수라면 지혜가 남보다 앞서야 합니다. 손자 역시 남을 알고 나를 알면 백전불태라 하지 않았습니까? 신이 생각하기에 조진은 제갈공명의 상대가 못 됩니다. 제가 한 사람을 천거하고자 합니다."

"그게 누군가?"

"잘못하면 이 천거는 저와 제 가족의 목숨을 걸어야 하는 일입니다."

"주저하지 말고 말해 보시게."

"폐하께서 윤허하실지 모르겠습니다."

"그대는 원로대신 아니오? 현명한 사람이 있어서 촉군을 물리칠 수만 있다면 나는 쓸 것이오. 짐의 근심을 덜어 주오."

종요가 결심한 듯 말했다.

"바로 표기대장군 사마의입니다."

"사마의라고?"

조정에 잠시 정적이 흘렀다. 그간 사마의를 입에 올리는 건 금기나 마찬가지였다.

"그렇습니다. 지난번에 제갈공명이 군사를 일으켜 우리의 경계를 범하려다 이 사람을 두려워해 유언비어를 퍼뜨려 쫓아 버리게 만들지 않았습니까? 그를 다시 쓴다면 제갈공명이 물러날 것입니다."

"아, 나도 그 일은 후회하고 있소."

조예도 뒤늦게 적의 꾀에 넘어가 사마의를 파직했다는 사실을 깨닫고 있었다.

"그래, 중달은 지금 어디 있소?"

"듣자하니 완성에서 낚시를 하며 지낸다 하옵니다."

조예가 당장 조치를 내렸다. 사마의를 복직시키고 도독으로 임명한 것이다. 그리고 남양 곳곳의 군마를 동원해 장안으로 진군해 오도록 명했다.

"짐이 직접 나설 것이다. 중달에게 속히 출발해 약속한 날짜에 닿도록 명을 전하라!"

명을 받은 사자는 완성을 향해 달려갔다.

이런 사실을 알지 못하는 제갈공명은 잇달아 대승을 거두고 흡족해했다. 기산의 영채에서 장수들을 모아 놓고 앞일을 의논할 때 영안궁을 지키는 이엄이 아들 이풍을 보내왔다. 동오가 경계를 침범하기라도 했나 싶어 이풍을 불러 얘기를 듣기로 했다.

이풍은 제갈공명 앞에 엎드려 절을 하고 나서 말했다.

"기쁜 소식을 전하러 왔습니다."

"기쁜 소식이라? 무엇이냐?"

"지난번에 맹달†이 위에 항복했던 것은 부득이한 일이었다고 했습니다. 조비가 맹달의 재주를 아껴 준마와 보배를 내주고 총애했지요. 그러면서 신성 태수로 삼아 상용과 금성의 서남 일대를 지키도록 했습니다. 그런데 조비가 죽고 조예가 즉위하자 조정 신하들의 시기가 심해 마음이 편치 않았답니다."

배신자의 입장이란 이랬다. 자신을 받아들

맹달은 건안 16년(211) 법정과 함께 촉으로 들어오는 유비를 영접한 사람이야. 이후 유비에게 귀순했는데, 나중에 동오가 형주를 빼앗을 때 관우가 패해 맥성으로 달아나면서 그와 유봉에게 도움을 청한 일이 있어. 그때 맹달은 유봉과 함께 민심이 안정되지 않았다며 도움을 거절했지. 그 때문에 관우가 죽은 뒤 유비가 원한을 품자 두려워한 나머지 위의 조비에게 투항해 벼슬을 얻은 인물이야.

인 조비가 죽고 난 뒤 새로운 황제의 신임을 얻지 못한 맹달은 불안했던 것이다. 개밥에 도토리 신세가 따로 없었다.

"그래서 맹달이 무어라 하던가?"

"맹달은 '나는 원래 촉의 장수였는데 형세가 잘못되어 이 지경이 되었다.'며 탄식했습니다. 최근에는 심복 부하를 통해 제 부친에게 서신을 보냈는데, 승상께서 자신의 입장을 헤아려 주셨으면 좋겠다고 했습니다. 그러면서 승상께서 허락하신다면 위를 칠 때 금성, 신성, 상용의 군사를 일으켜 낙양을 공격하겠다고 했습니다. 승상께서 장안을 손에 넣으면 위의 두 수도가 쉽게 평정된다는 것입니다."

깜짝 놀랄 소식이었다. 위의 내부에서 도와주는 우군이 생기는 셈이었기 때문이다. 이풍이 이어서 말했다.

"그리하여 맹달이 보낸 심복 부하를 데려왔습니다. 그리고 맹달이 보내온 서신도 바칩니다."

제갈공명은 크게 기뻐하며 이풍에게 상을 내렸다.

그때 정탐꾼이 들어와 보고했다.

"위주 조예가 직접 쳐들어온다 합니다. 그리고 사마의를 복직시켜 평서도독으로 삼고 장안에서 합류하기로 했답니다."

"뭐라, 그것이 정말이냐?"

제갈공명의 머리가 복잡해졌다. 의외의 변수가 생긴 것이다. 얼굴에 수심이 가득하자 마속이 보다 못해 물었다.

"그까짓 조예를 어찌 그리 두려워하십니까? 조예가 직접 온다면 잡아버리면 그만이지 않습니까?"

"내가 두려워하는 것은 조예가 아니다. 내 근심은 오로지 한 사람, 사마의뿐이다."

"맹달이 안에서 돕겠다고 하지 않았습니까?"

"맹달이 큰일을 도모하려 해도 사마의를 만나면 반드시 패한다. 맹달은 사마의의 적수가 못 돼. 맹달을 잃으면 중원을 얻기가 쉽지 않다."

"대책을 강구하십시오."

제갈공명이 서둘러 서신을 써서 맹달에게 보냈다.

"밤낮을 가리지 말고 달려가 이 사실을 전해라!"

제갈공명은 사자에게 신신당부했다. 이때 맹달은 신성에서 심복 부하가 돌아오기만 기다리다 제갈공명의 급한 편지를 받았다.

근래에 장군의 서신을 보고 충성과 의리가 높아 옛 벗을 잊지 않고 있음을 알게 돼 무척 기뻤소이다. 만일 대사를 이루기만 한다면 공은 한조 중흥의 일등공신이 될 것이오.

하지만 각별히 조심하시오. 절대 사람을 믿지 말고 경계를 늦추지 마시오. 사마의가 다시 돌아온다 하니, 공이 거사하려는 것을 알면 반드시 먼저 들이닥칠 테니 만반의 준비를 하고 가볍게 생각하지 마시오.

편지를 읽은 맹달은 기뻐했다.

"아하, 제갈 승상은 역시 마음 씀씀이가 너무 세세해. 글을 읽어 보니 걱정이 너무 많아."

맹달은 곧장 편지를 써서 제갈공명에게 보냈다.

잠시도 태만하지 않겠습니다. 승상의 가르침을 잘 받았습니다.

하지만 사마의를 두려워할 필요는 없습니다. 완성은 낙양에서 팔백 리고, 신성까지 가자면 천이백 리나 됩니다. 사마의가 이 몸의 거사를 듣고 움직이려 해도 위주에게 표문을 올려 고하고 군사를 이끌고 오는 데 한 달은 걸립니다. 그동안 성지를 튼튼히 하고 장수들과 함께 지세가 험한 요충지를 지킬 텐데, 사마의가 온다 한들 뭐 그리 두렵겠습니까?

승상께서는 마음 놓으시고 제가 이겼다는 소식만 기다리십시오.

제갈공명은 맹달의 편지를 집어던지며 말했다.

"맹달이 사마의에게 죽고 말겠구나."

"왜 그렇다 말씀하십니까?"

"병법에 말했다. 준비 없는 곳을 치고 뜻하지 않은 곳으로 나아간다 했는데, 사마의가 어찌 한 달을 기다리겠느냐? 조예는 이미 적을 만나면 물리치라 명하고 전권을 주었을 것이야. 그러니 사마의가 일일이 조예에게 표문을 올릴 리가 없다. 맹달이 배반했다는 소식을 들으면 열흘도 못 돼 당도할 텐데, 그 틈에 손을 쓸 수 있겠느냐?"

"아, 그렇군요."

장수들이 고개를 끄덕였다.

"그렇더라도 할 일은 해보도록 하자."

제갈공명은 서신을 써서 사자에게 주며 맹달에게 전하게 했다.

"가서 말해라. 아직 거사를 하지 않았다면 절대로 그 사실을 알리지 말라고. 만일 그 사실이 알려지면 반드시 패배한다고 전해라."

사자는 절을 하고 신성으로 돌아갔다.

한편, 사마의는 완성에서 일없이 세월을 보내고 있었지만 소식은 듣고 있었다. 위군이 잇달아 촉군에게 패했다는 소식이었다. 그때마다 하늘을 우러러 깊이 탄식했다.

"아, 위의 운명이 이로서 끝인가? 애달픈지고."

그때 아들들이 다가와 물었다.

"아버님, 무엇을 걱정하고 계십니까?"

사마의는 두 아들이 있었다. 맏아들은 사마사, 둘째 아들은 사마소였다. 둘 다 뜻이 컸고, 병서를 익혀 통달한 뛰어난 인재들이었다.

"너희들은 큰일을 알지 못한다."

둘째 아들 사마소가 앞일을 예측하듯 말했다.

"어찌 그렇습니까? 황제께서 쓰지 않아 탄식하시는 것입니까? 걱정 마십시오. 그렇다면 곧 황제께서 사람을 보내 아버님을 부를 것입니다."

"허허, 네가 어찌 아느냐?"

"형세로 보아 그렇게 될 수밖에 없습니다."

그 말이 채 끝나기도 전에 칙사가 찾아왔다는 전갈이 왔다.

사마의는 조칙을 받자마자 완성 일대의 군마를 불러 모았다.

"어서 출병 준비를 하라. 한시가 급하다!"

그때 금성 태수 신의가 사람을 보내왔다. 그는 맹달이 모반하려 하고 있고, 맹달의 심복인 이보와 처남인 등현이 그런 사실을 알리는 문서를 가져왔다고 전해 주었다. 사마의는 이마에 손을 얹고 기뻐했다.

"이야말로 황제 폐하의 큰 복이로다. 제갈량 때문에 우리 모두 간담이 서늘할 때 맹달이 뒤를 친다면 백약이 무효할 뻔했다. 이때 황제께서 나를 쓰시지 않았다면 맹달이 일시에 양경을 격파했을 것이야."

"그렇지만 확실한 건 아니지 않습니까?"

"맹달이 벌써 제갈공명과 내통했을 것이다. 내가 먼저 그자를 사로잡으면 제갈공명이 스스로 물러갈 것이다."

맏아들 사마사가 말했다.

"그렇다면 한시바삐 황제께 표문을 올리소서."

"표문을 올리자면 한 달은 걸린다. 내가 먼저 결단할 것이다."

사마의가 곧 명령을 내렸다.

"모든 군마는 당장 길 떠날 채비를 하라. 하루에 이틀 길을 달릴 것이다. 늦는 자가 있으면 그 자리에서 목을 베겠다!"

사마의는 또한 참군 양기에게 격문을 주어 신성으로 보냈다. 맹달에게 거병할 준비를 하라고 하여 의심을 사지 않으려는 계략이었다. 양기가 떠난 뒤 사마의는 군사를 이끌고 황급히 행군을 시작했다.

군사를 이끌고 내려가자 사흘째 되는 날 우장군 서황이 달려왔다. 서황이 사마의에게 물었다.

"황제께서 촉군을 맞아 싸우기 위해 장안으로 가셨습니다. 도독께서는 도우러 가지 않고 지금 어디로 가십니까?"

사마의가 목소리를 낮춰 말했다.

"모반을 꾀한 맹달을 사로잡으러 가는 길이오."

앞뒤 상황을 들은 서황이 기뻐하며 말했다.

"그렇다면 제가 선봉을 맡겠소이다."

그렇게 다시 이틀을 더 나아갔을 때 척후병이 맹달의 심복을 잡아 왔다. 사마의에게 끌려온 심복의 품에서 맹달에게 보내는 제갈공명의 답신이 나왔다. 사마의가 그를 직접 문초했다.

"죽이지 않을 테니 살고 싶으면 모든 걸 자백해라."

맹달의 심복은 두려움에 떨며 그간 제갈공명과 맹달이 주고받은 서신에 대한 내용을 모두 털어놓았다.

사마의가 놀라며 말했다.

"아, 세상에 뛰어난 자들의 생각은 모두 같도다. 제갈공명이 이미 나를 알고 있었구나. 하지만 내가 모든 내막을 알았으니 우리 황제께서는 복이 많으시다. 여봐라, 맹달을 사로잡아야 한다. 더욱 달려라!"

사마의는 밤잠도 자지 않고 전진했다.

이때 맹달은 금성 태수 신의, 상용 태수 신탐과 함께 거사하기로 약속하고 그날이 오기를 기다렸다. 신의와 신탐은 사마의에게 비밀 명령을 받아 거짓으로 응해 놓고 군마를 조련하며 위군이 오기만 기다렸다. 그러면서 맹달에게는 차일피일 약속 날짜를 미루었다. 그런데도 여유 있게 생각한 맹달은 조금도 그들을 의심하지 않았다.

그럴 즈음 신성의 맹달에게 참군 양기가 찾아왔다.

"사마 도독께서 여러 지방의 군마를 일으켜 촉을 물리치러 가시려 하오. 태수도 군사를 조련하며 기다렸다가 떠날 태세를 갖추라 하셨소."

"도독이 언제쯤 군사를 일으킨다는 것입니까?"

"지금쯤 완성을 떠나 장안으로 향하실 거요."

맹달은 속으로 기뻐했다.

'드디어 대사를 이루게 되었구나.'

맹달은 만족스러워하며 양기를 대접해 보낸 뒤 곧바로 신의와 신탐에게 통보했다.

"내일 거사하겠소. 깃발을 대한의 기로 바꾸어 달고 군마를 출정시켜 낙양을 취합시다."

그때 군사들이 들어와 다급하게 보고했다.

"성 밖에 군사들이 몰려옵니다. 어느 편 군사인지 모르겠습니다."

맹달이 성 위에 올라가 군사들을 내려다보았다. 깃발에 '우장군 서황'이라는 이름이 또렷했다.

"위군이 들이닥쳤다! 성문을 닫아라!"

맹달은 황급히 성문 다리를 끌어올렸다. 서황이 성 주변의 해자 앞에서 외쳤다.

"반역자 맹달은 항복하라!"

맹달은 화가 나서 재빨리 활을 꺼내 서황을 겨누어 쏘았다. 황급히 달려오느라 미처 방비하지 못한 서황은 맹달의 화살에 맞아 그 자리에 쓰러졌다. 위군은 비 오듯 쏟아지는 화살 때문에 더 전진하지 못하고 물러났다. 맹달이 위군을 추격하려고 성문을 열었다. 그때 정기를 휘날리며 사마의의 군사들이 몰려왔다. 이를 본 맹달이 크게 놀랐다.

"아, 제갈 승상의 말이 맞았구나. 성문을 닫아라!"

맹달은 성문을 닫아걸고 지키기만 했다.

서황은 영채로 옮겼지만 깨어나지 못하고 그날 밤 숨을 거두었다. 그의 나이 쉰아홉이었다. 사마의는 서황의 영구를 낙양으로 보내 장례를 치르게 하고 맹달과 대치했다.

다음 날 맹달이 성 위에 올라 사방을 훑어보았다. 위군이 철통같이 성을 포위하고 있었다. 어쩔 줄 몰라 불안에 떠는데 두 갈래 길로 군사들이 몰려왔다. 신탐과 신의의 군사들이었다.

"드디어 구원병이 왔도다! 군사들을 받아들여라!"

성문을 열고 나가 군사들을 맞으려는 순간, 신탐과 신의가 소리를 지르며 본색을 드러냈다.

"반역자 맹달은 속히 나와 죽음을 맞아라! 우리는 너와 뜻을 같이할 수 없다!"

맹달이 사태를 파악하고 재빨리 말머리를 돌려 성을 향해 달렸다. 그런데 성 위에서 화살이 빗발치듯 쏟아지는 것이 아닌가. 이보와 등현이 성 위에서 내려다보며 소리를 질렀다.

"역적 놈아, 우리는 이미 사마 도독에게 성을 바쳤다!"

맹달이 다시 말을 돌려 도망치려 했다. 하지만 전의를 상실한 채 제대로 싸워 보지도 못하고 신탐의 창에 맞아 땅으로 굴러떨어졌다. 신탐이 맹달의 머리를 베어 높이 쳐들었다. 맹달의 군사들은 저항하지 않고 모두 항복했다. 이보와 등현이 성문을 열어 사마의를 영접했다. 사마의는 백성들을 위로하고 군사들에게 상을 내렸다.

후환을 없앤 사마의는 그길로 군사들을 몰고 가 장안성 밖에 영채를 세웠다. 그리고 성안으로 들어가 조예를 만났다.

조예가 크게 기뻐했다.

"아둔한 짐이 그대를 몰라보고 반간계에 빠졌던 것이 후회스럽소. 맹달의 반역도 그대가 있었기에 막을 수 있었소."

사마의가 자초지종을 얘기했다.

"촌각을 다투는 일이라 표문을 올리지 못했습니다. 용서하십시오. 여기 제갈량과 맹달이 주고받은 서신이 있습니다."

서신을 읽고 난 조예가 말했다.

"그대의 전략은 과거 손오를 능가하는구려. 그대에게 황금 도끼 한 쌍을 내릴 테니, 앞으로도 급박하고 중대한 일이 생기거든 내 허락을 구하지 말고 알아서 행하시오."

조예는 말 그대로 전권을 주었다. 이 결정은 훗날 큰 화근이 되지만, 조예는 당장 촉을 격파하라고 명령했다. 사마의는 우장군 장합을 선봉으로 삼고, 이십만 대군을 이끌고 관을 나와 영채를 세웠다.

사마의가 장합을 불러 말했다.

"제갈량은 꼼꼼하고 매사에 조심스러워 일처리를 소홀히 한 적이 없소. 내가 촉의 군사라면 자오곡으로 해서 곧바로 장안을 취했을 거요. 그랬더라면 장안성은 함락됐을 것이오. 제갈량이 그렇게 하지 않은 것은 몰라서가 아니라 실수를 두려워해 모험을 하지 않았기 때문이오."

"앞으로 어찌하면 좋습니까?"

"제갈량은 반드시 야곡에서 출군해서 미성을 칠 것이오. 미성을 취하고 나면 다시 군사를 나누어 기곡을 취할 것이오. 내 이미 조진에게 격문을 보내 나가 싸우지 말고 미성을 지키기만 하라 했소. 손례와 신비에게는 기곡으로 가는 길목에 매복해 있다가 촉군이 오면 기습적으로 공격하라고 일러두었소."

"도독께선 어디로 진군하실 생각입니까?"

"진령 서쪽에 길이 있소. 그곳으로 가면 가정에 닿게 되오. 가정 옆에 열류성이 있는데, 이 두 곳이 한중을 안전하게 지키는 요충지요. 제갈량은 분명히 조진이 아무 방비도 하지 않을 거라 생각해 그리 쳐들어올 것이오. 우리가 가정을 먼저 취한다면 양평관도 멀지 않고, 내가 가정의 길목을 끊어 저들의 군량 보급을 차단한 것을 알게 되면 제갈량은 농서 일대의 위험을 알아채고 즉시 한중으로 돌아갈 것이오. 그때를 기다렸다가 소로에서 맞서 싸우면 우리가 완전히 승리할 수 있소."

"만약 제갈량이 군사를 돌리지 않으면 어찌하십니까?"

"그렇다 해도 요충지마다 군사를 배치하고 보급로를 차단해 한 달만 시간을 끌면 촉군은 모두 굶어 죽을 것이오. 제갈량은 반드시 내 손에 잡히게 돼 있소이다."

장합은 사마의의 계책을 듣고 탄복했다.

"도독의 계책은 참으로 절묘합니다."

"하지만 내 뜻대로 된다 해도 제갈량은 맹달과 비교할 수 없는 인물이오. 절대 경솔하게 응하지 마시오. 장수들과 연락을 긴밀하게 취하고, 항상 복병이 있는지 확인하고 진군하시오. 잠시라도 방심하면 제갈량의 계략에 빠질 것이오."

장합은 사마의의 말을 명심하고, 군사를 이끌고 떠나갔다.

주석으로 쉽게 읽는
고정욱 삼국지 8

초판 1쇄 발행 2022년 1월 7일
초판 11쇄 발행 2025년 1월 17일

엮은이 고정욱
펴낸이 이범상
펴낸곳 (주)비전비엔피 · 애플북스

기획 편집 차재호 김승희 김혜경 한윤지 박성아 신은정
디자인 김혜림 이민선
마케팅 이성호 이병준 문세희 이유빈
전자책 김희정 안상희 김낙기
관리 이다정

주소 우) 04034 서울특별시 마포구 잔다리로7길 12 (서교동)
전화 02) 338-2411 | **팩스** 02) 338-2413
홈페이지 www.visionbp.co.kr
인스타그램 www.instagram.com/visionbnp
포스트 post.naver.com/visioncorea
이메일 visioncorea@naver.com
원고투고 editor@visionbp.co.kr

등록번호 제313-2007-000012호

ISBN 979-11-90147-85-9 04820
       979-11-90147-77-4 04820 [SET]